KB078195

사이케델리아 Second Act

MAGIC CREATOR 매직
크리에이터

매직 크리에이터 2

이상규 판타지 장편 소설

초판 1쇄 찍은 날 § 2006년 7월 1일
초판 1쇄 펴낸 날 § 2006년 7월 10일

지은이 § 이상규
펴낸이 § 서경석

편집장 § 문혜영
편집책임 § 최하나
편집 § 문정흠

펴낸곳 § 도서출판 청어람
등록번호 § 제1081-1-89호
등록일자 § 1999. 5. 31
어람번호 § 제1-0723호

주소 § 경기도 부천시 원미구 심곡1동 350-1 남성B/D 3F (우) 420-011
전화 § 032-656-4452 팩스 § 032-656-4453
http://www.chungeoram.com
E-mail § eoram99@chollian.net

ISBN 89-251-0201-3 04810
ISBN 89-251-0199-8 (세트)

사이케델리아 Second Act

MAGIC CREATOR

매직
크리에이터

2
The Growth of a Hero

이상규 판타지 장편 소설

도서출판 청어람

CONTENTS

제9장
몬스터 토벌대 /7

제10장
상급 마족 /57

제11장
엘프 남매 /103

제12장
이름과 의미 /143

제13장
새로운 마법의 가능성 /187

제14장
페르키암과의 전투 /229

제15장
의문의 노인 /305

제9장

몬스터 토벌대

마나 생성 코드는 내 예상대로 자동적으로 마나를 생성해 주었다. 2서클을 이루기 위해서는 석어도 2,000조의 렌더링 시간이 필요하다는 걸 실험을 통해서 알았다. 일반적으로 2서클의 마나를 하나 모으는 데 30분 이상이 걸린다고 했으니까 시간 단위를 1,800초부터 시작해서 쭉 늘려갔던 것이다. 그 결과, 2,000초였을 때 마나가 하나 완전히 새겨졌다.

흐음… 슈아로에의 말로는 1서클의 마나를 하나 새기는 데 보통 20분 조금 덜 걸린다니까 그걸 대충 초로 환산하면 1,200초 이하. 그렇다는 건 어쩌면 1서클의 마나는 1,000초마다, 2서클의 마나는 2,000초마다, 3서클의 마나는 3,000초마다 하나씩 마나가 새겨지는지도 모르겠군. 어쨌든 렌더링 시간을 2,000초 단위로 길게 잡으면 2서클의 마나가 자동적으로 모아지니까 그렇게 해야겠다.

"슈아로에도 되지?"

값싼 식당에서 저녁 식사를 하는 도중 난 슈아로에의 상태를 물었다. 몇 시간 전에 슈아로에가 10,000초로 마나 생성 코드를 렌더링시켰기 때문이다. 내 가정에 의하면 5서클의 마나를 하나 새기기 위해서는 5,000초가 걸리고, 10,000초면 두 개 정도의 마나가 새겨져야 했다. 그것을 확인하기 위해 슈아로에에게 상황을 물어본 것이었다.

"……."

그러나 슈아로에는 대답하지 않고 내 얼굴만 쳐다보았다. 금방이라도 울음을 터뜨릴 것만 같은 표정이었다. 그 표정 하나만으로도 난 마나 생성 코드가 슈아로에에게도 충분히 실행됐음을 알 수 있었다.

"두 개 정도 새겨졌지?"

"잉……."

슈아로에는 긍정도 부정도 아닌 소리를 내뱉었다. 어떻게 보면 울먹거리는 것으로도 들릴 수 있는 소리였다. 어쨌든 슈아로에의 표정을 통해 내 가설이 전부 맞았음을 확신하고 난 득의의 웃음을 지었다.

"앞으로 마나 생성 코드 열심히 써. 씻을 때나 식사할 때 실행시켜 놓으면 알아서 마나가 모이니까."

"우잉……."

슈아로에의 표정이 울상에 가까워졌다. 그런 슈아로에를 지켜보던 레이뮤가 날 향해 입을 열었다.

"슈아로에를 너무 몰아세우지 말아요. 지금 슈아로에는 충격을 받았으니까요."

잉? 난 몰아세운 적 없는데?

"그리고 슈아로에뿐만 아니라 나와 유리시아드도 충격을 받았습니다. 일단 모두의 마음이 정리될 시간을 주길 바래요."

레이뮤는 그렇게 말했지만 그녀의 얼굴은 전혀 충격을 받지 않은 것처럼 보였다. 그렇지만 유리시아드는 확실히 할 말을 잃고 멍하게 날 쳐다보는 중이다. 충격을 받았다면 유리시아드처럼 넋을 잃어야 제 맛이지.

"히잉……."

"하아……."

"음……."

슈아로에, 유리시아드, 레이뮤는 잠시 동안 위와 같은 반응을 보였다. 그사이 난 열심히 식사를 했다. 식사량이 적은 편이어서 이 틈에 빨리 먹어치우자는 생각이었다. 마법학회 공식 지정 업체를 전전할 때는 몰랐는데, 마부는 보통 마차에서 밥을 먹고 잠을 잔다고 한다. 그것이 마부의 기본인 모양이었다. 그래서 우리와 같이 온 마부도 지금 마차 안에서 음식을 배달시켜 먹는 중이었다.

사회적 지위가 낮은 마부는 참 고달픈 인생이야. 그나마 마법학회 공식 지정 업체에서는 무상으로 음식과 방을 제공하니까 편했을 텐데, 지금은 그것도 아니니 힘들겠지. 이제 잠을 잘 때 마부는 마차에서 자야 하니까 더 힘들걸? 나도 웬만하면 마부 아저씨랑 마차에서 자고 싶긴 한데, 마차는 성인 남자 둘이 자기엔 너무 비좁아.

"레이뮤 씨, 이제 잠자는 건 어떻게 할 거죠? 마부는 마차에서 잔다고 치더라도 네 명이라 두 명씩 자야 할 텐데… 그럼 또 제가 문제라서……."

"…그렇군요."

레이뮤는 내 문제 제기를 듣고 고민했다. 아니, 고민을 했다기보다는 그냥 생각하는 척했다. 이미 그녀의 얼굴에는 그 문제에 대해서 다 결정해 놓았다는 표정이 떠올라 있었기 때문이다.

"이번 여행의 첫째 날처럼 누군가가 레지스트리 군과 함께 방을 써야겠지요. 문제는 저번처럼 유리시아드가 또 희생하느냐, 다른 사람이 희생하느냐겠군요."

"……."

너무하잖습니까?! 희생이라니요?!

"유리시아드 씨가 계속 희생하는 건 불쌍하니까 이번엔 제가 할게요."

마나 생성 코드의 효율성을 몸소 깨우치고 울상을 짓고 있
던 슈아로에가 담담한 표정으로 입을 열었다. 어차피 레이뮤
는 아무나 희생하라는 생각이었고, 나 역시 누구든지 불편한
건 마찬가지였기 때문에 슈아로에의 의견에 반대하지 않았
다. 그러나 유리시아드는 슈아로에의 의견에 결사 반대했다.

"안 돼! 저런 남자와 같이 잤다가는 무슨 일을 당할지 몰
라! 이번에도 내가 저 남자를 책임질게!"

"네? 그렇지만 유리시아드 씨에게 또 희생을 강요하는
건……."

"괜찮다니까. 저런 남자한테 당할 정도로 약하지 않으니
까. 저런 남자쯤은 가뿐하게 맨손으로도 죽일 수 있어."

"……."

서로의 의사 소통이 뭔가 미묘하게 어긋나 버린 것 같았지
만, 어쨌든 유리시아드의 강력한 요청에 의하여 난 또다시 유
리시아드와 한방을 쓰는 것으로 결정되었다.

"그럼 내일 봐요."

여관에 도착하여 방을 잡은 뒤, 레이뮤는 슈아로에를 데리
고 방 안으로 들어갔다. 난 살벌한 눈초리의 유리시아드와 함
께 배정받은 방으로 향했다. 다른 사람이라면 그 눈초리에 심
기가 매우 불편했겠지만 나는 어느새 그 눈초리를 친숙하게
받아들이고 있었다.

쏴아―

첫째 날과 마찬가지로 내가 먼저 샤워를 마친 뒤 유리시아드가 뒤이어 샤워했다. 유리시아드가 샤워를 하는 사이 난 언제나처럼 마법책을 뒤적이며 마법 코딩을 했다. 이미 정신력 제어 코드 없는 파이어 볼 코드를 만들어봤기 때문에 다른 마법의 코딩도 별 문제 없이 할 수 있었다.

이런 때에는 마법 형식이 거의 비슷한 것에 고마움을 느낀다니까. 파이어 볼 코드와 비슷하게 코딩하면 되니까 별로 어렵지도 않구먼. 역시 기본기가 탄탄해야 응용력이 생긴다니까. 우리 나라 교육은 기본을 싸그리 무시하고 암기와 기교만 가르치니 우리 나라의 대학생 수준이 형편없지. 나도 그 형편없는 대학생 중 하나지만.

"공부를 열심히 하고 있군요?"

내가 마법 코딩하는 것을 보고 유리시아드는 바람직하다는 표정을 지어 보였다. 그녀가 나에게 적대감을 갖고 있지 않은 것을 노려 난 그녀에게 질문을 던졌다.

"그런데 유리시아드, 갑옷에 보석 박아놨잖아? 그거 매직 오너먼트지?"

"맞아요. 왼쪽 보석이 치유 마법, 오른쪽 보석이 파이어 월, 가운데 보석이 중력 마법이죠."

"근데 왜 그 마법들을 새긴 거야? 다른 마법도 많잖아? 파이어 볼이라든지 번개 마법이라든지."

난 좀 더 구체적인 대답을 원했고, 유리시아드는 내 기대에 부응해 주었다.

"난 검사니까 주로 검으로 상대를 공격해요. 그래서 공격형 마법은 굳이 필요없죠. 상대의 발을 묶어놓는 마법이 가장 효율적이에요. 그리고 부상 입었을 때를 대비해서 치유 마법도 새겨뒀죠."

"그렇구나. 자신에게 가장 필요한 마법을 새겨야겠네."

굳이 말 안 해도 되는 소리를 입 밖에 내며 난 고개를 끄덕였다. 그러다가 저번에 유리시아드가 지공(指功)이란 걸로 촛불을 끄는 장면을 떠올리곤 그것에 대해 질문했다.

"근데 유리시아드는 무공을 쓰잖아? 무공이란 게 뭐야? 마법하고는 당연히 다르겠지만 뭐가 어떻게 다른 건지 잘 모르겠어."

"무공 말인가요?"

내 질문이 의외였는지 유리시아드는 약간 놀란 표정을 지었다. 아마도 내가 마법이 아닌 무공에 관심을 나타내서 신기한 모양이었다.

"무공이란 건 내공(內功)을 기반으로 행하는 것이에요. 마법을 사용하기 위해서 마나가 필요하듯이 무공을 사용하기 위해서는 내공이 필요하죠."

오호~ 내공? 설마 여기, 실상은 무협 세계?

"내공은 보통 무공을 닦는 횟수와 비례해요. 20년 무공을

닦았으면 20년 내공, 60년 무공을 닦으면 60년, 즉 1갑자의
내공을 얻죠."

"그럼 내공을 얻는 방법은?"

"일단 내공을 얻기 위해서는 타고난 자질이 있어야 해요. 내
공을 사용할 수 있는 신체적 조건이 갖춰져야 한다는 소리죠."

크억! 무공도 자질이 없으면 안 되는 거야?

"난 무공을 배울 수 있을까?"

"음……."

내 물음에 유리시아드는 내 몸을 찬찬히 뜯어보았다. 왠지
유리시아드에게 신체검사를 받는 것 같아 조금 부끄러웠다.
그렇게 내 몸을 훑어보던 유리시아드가 단호한 얼굴로 입을
열었다.

"욕망 덩어리 씨는 절.대.로. 무공을 배울 수 없어요. 자질
이 전.혀. 없어요."

"……!"

유리시아드는 내 희망을 무참히 짓밟는 말을 거침없이 했
다. 특히 '절대로'와 '전혀'를 어마어마하게 강조하면서 내
기를 팍 꺾어놓았다. 이미 레이뮤나 슈아로에게서 '검은
머리는 마법을 배울 수 없다'라는 말을 들어서 이번에도 그
러려니 하고 싶었지만, 유리시아드의 말이 너무 단정적이어
서 내 여린 가슴에 깊은 상처가 생기고 말았다.

"머리가 검으면 마법이든 무공이든 아무것도 못 배우는

거야?"

"그렇긴 한데 무공은 머리 색깔과는 관련없어요. 욕망 덩어리 씨의 타고난 자질이 형편없어서 무공을 배울 수 없을 뿐이죠."

"……."

으, 이건 확인 사살이야.

"이제 무공에 대해 궁금한 점 없죠? 어차피 배우지도 못하는데……."

"아니, 하나 물어볼 거 있어."

내 질문이 끝난 줄 알고 잠을 청하려던 유리시아드는 내 질문이 남아 있다는 말에 다시 상체를 일으켰다.

"뭔데요?"

"별건 아니고, 무공 쓸 때 무슨 주문 같은 거 외우잖아? 그게 뭔지 궁금해서."

난 그것을 마지막 질문으로 채택했다. 그래서인지 유리시아드는 내 마지막 질문에 성심성의껏 답변해 주었다.

"구결이에요. 구결을 외움으로써 내공을 사용하게 되는 거니까요."

"구결?"

"마법으로 치자면 코드예요. 코드에 일정한 형식이 있듯이 구결에도 일정한 형식이 있죠. 어차피 욕망 덩어리 씨는 상의어(像意語)를 모르니까 말해줘 봐야 소용없겠지만요."

잉? 상의어? 한자어 같았던 구결이 상의어라면… 역시 상
의어는 한자?

"그래도 종이에 써줘."

난 친히 펜과 종이를 가져다주며 유리시아드를 재촉했다.
돌발적인 내 행동에 유리시아드는 짧은 한숨을 내쉬었지만
내 바람대로 종이에다 상의어라는 글자를 쓰기 시작했다.

선자기위노궁성백(選子氣位勞宮成百).

그녀는 여덟 글자를 썼다. 내 예상대로 그 여덟 글자는 모
두 한자였고, 내가 알고 있는 한자와 그 모습이 완전히 똑같
았다. 고등학교 이후로 한자 공부를 전혀 하지 않았지만 아직
도 내 머릿속에는 그때 배운 한자의 모양이 조금은 남아 있었
다.

"이 글자들, 어떻게 읽는지 모르죠?"

유리시아드는 내가 글자를 뚫어져라 쳐다보는 것을 보고
그렇게 생각한 듯했다. 하지만 나는 내가 정확히 알지 못하는
한자를 여기저기 끼워 맞추며 그 글자들을 읊었다.

"선자기… 위? 노? 음… 위노궁… 성백."

"……!"

내 찍기가 맞았는지 유리시아드의 표정이 확 변했다. 그것
은 여태까지 보았던 유리시아드의 표정 변화보다 그 강도가

훨씬 강한 것이었다.

"어떻게… 상의어를 알고 있는 거죠? 어디서 상의어를 접한 거예요?"

"아니, 그게……."

유리시아드의 추궁 어린 질문에 난 선뜻 대답할 수가 없었다. 일단 내가 다른 세계에서 왔다는 말을 믿어주지 않을 것이고, 마법학교에서 상의어를 배웠다는 거짓말은 통하지 않을 게 뻔했기 때문이다. 이래저래 난감한 상황에서 난 과장법을 사용했다.

"내가 워낙 천재라서 한 번 보면 다 알지."

"……."

순간 유리시아드의 눈빛이 험악해졌다. 하지만 의외로 더 이상의 추궁은 하지 않았다.

"알았어요. 말하기 싫으면 말아요. 그쪽한테서 억지로 비밀 따위는 듣고 싶지 않으니까."

"……."

왠지 나… 무시당하는 느낌…….

"어서 불이나 끄고 자요."

유리시아드는 그렇게 말하며 침대에 휙 돌아누웠다. 그 모습이 꼭 앙탈 부리는 고양이 같았지만 그런 생각을 했다가는 유리시아드에게 어떤 눈초리를 받을지 알 수 없었기에 난 재빨리 내 생각을 끊어버렸다. 그리고 잘 타고 있는 촛불 쪽으로 고개를 돌렸다.

흐음, 나도 유리시아드처럼 원거리에서 촛불을 꺼볼까? 나한테는 무공이 없으니 마법으로 해야겠지? 그럼 어떤 마법으로 할까? 그래, 파이어 월을 응용하자. 좋아, 결정!

"Create space range, mapping water, render ten."

난 촛불에다 범위 설정을 하고 물 성질로 매핑을 해서 10초간 렌더링을 시켰다. 파이어 월이라면 활활 타오르겠지만 물로 매핑을 해서 촛불이 꺼져야만 한다. 그런데 상황은 전혀 달라진 것 없이 촛불만 잘 타고 있었다.

잉? 왜 마법이 구현되지 않는 거지? 아무리 내가 1서클이라지만 파이어 월 종류의 간단한 마법은 코드 마나량이 600을 약간 넘기 때문에 1,024로 추정되는 내 마나량으로 충분히 구현 가능한데? 왜 구현이 안 되는……!

"……!"

워터 월(Water Wall)이 구현되지 않는 이유를 알아보던 나는 문득 내가 몇 시간 전에 마나 생성 코드를 실행시켰다는 점을 떠올렸다. 마나 생성 코드 자체는 마나량을 별로 차지하지 않기 때문에 워터 월을 구현할 때 전혀 문제가 되지 않는다. 그러나 마나 생성 코드가 실행되고 있을 때에는 마법이 전혀 구현되지 않는다는 사실을 알게 된 것이다.

호오, 이게 마나 생성 코드의 단점인가? 실행시키면 일체의 마법을 사용할 수 없다는 것? 게다가 이 마법을 중도에 취소시키는 방법도 없으니……. 잉? 중도 취소? 아, 그런 방법이 있었구나!

"뭐 하는 거예요, 불 안 끄고?"

내가 불을 끄지 않고 침대에 앉아 잡생각을 하고 있자 유리시아드가 불만 어린 표정을 지었다. 난 좀 더 마법책을 뒤적이며 알아보고 싶은 코드가 있었지만 더 이상 유리시아드를 화나게 하고 싶지는 않아 친히 몸을 움직여 촛불을 껐다. 그리고 나서 유리시아드의 옆에 드러누웠다.

"잘 자."

"…빨리 자기나 해요."

유리시아드는 내 인사를 대충 흘려들으며 잠을 청했다. 하지만 나는 마법 실행을 중단시키는 명령 코드를 떠올리느라 잠을 이룰 수가 없었다.

Code Library에 어떤 코드가 있는지 다 보지는 않았지만 실행 중단 코드도 있지 않을까? 예를 들어서 Cancel이라든지…또 뭐가 있지? 으으, 내 영어 실력이 허접해서 그 외의 것들은 잘 모르겠어. C언어에서 명령문 깨고 나오는 게… Break니까 그것도 한번 찾아봐야겠군. 아아, 내일 오전에도 할 일이 생겼군. 나 요즘 너무 바쁜 것 같아. 아흠.

*   *   *

미스틱으로 가는 여행 이틀째.

아침 식사를 마치고 출발하기 전에 난 모두에게 마나 생성 코드의 약점을 알려주었다. 마나 생성 코드를 실행시키면 그 동안은 다른 마법을 전혀 사용할 수 없다는 말을 듣고 모두들 안심하는 표정이었다. 그 정도의 패널티도 없으면 완전 사기 마법이라는 의미였다.

"마나 생성 코드는 실행 중지 코드도 안 먹히더라? 모든 코드에 대해서 우선시하는 것 같아."

난 지나가는 말투로 그렇게 말했지만 슈아로에는 내 말을 흘려듣지 않았다.

"실행 중지 코드? 그건 또 뭐예요?"

"간단해. 마법을 중지시키는 코드야. 찾아보니까 Break더라고. 예를 들어서 파이어 월 같은 마법은 100초 동안 계속 실행되잖아? 그 상태에서 Break를 외치면 파이어 월이 중단 돼. 그러니까 실행 중지 코드."

"……."

난 나름대로 의기양양하게 말했지만 슈아로에는 얼굴에 물음표를 띄웠다. 처음에는 그 물음표가 내 말을 이해하지 못해서 그런 것인 줄 알았지만 알고 보니 그게 아니었다.

"굳이 실행 중지 코드를 사용해야 할 필요가 있나요? 정신력 제어 코드를 쓸 때에는 정신력만 흐트러뜨려 놓으면 알아서 마법이 중지되는데."

"……!"

헉! 생각해 보니 유리시아드가 파이어 월을 쓰고 바로 구결을 외워서 파이어 월이 실행 중지된 적이 있었구나! 정신력 제어 코드를 잘 안 쓰는 내가 그걸 어찌 알겠누. 하하, 결국 난 삽질을 하고 만 것인가?

"레지스트리 군도 별거 아닌 코드를 만들어낼 때도 있네요? 어서 타요."

슈아로에는 뭐가 그리 좋은지 싱글벙글 웃었다. 하지만 난 풀이 죽어서 뚱했다. 나름대로 괜찮은 코드라고 생각했는데 별거 아니라는 소리를 들어서였다.

덜컹덜컹.

마차는 정신없이 달렸고, 시간 때마다 식당에서 식사를 하고 여관에서 잠을 잤다. 잠을 잘 때에는 언제나 유리시아드와 함께였나. 그래서 기왕이면 유리시아드에 대해서, 무공에 대해서 낱낱이 알아내려고 했지만 그녀의 살벌한 눈초리에 결국 아무것도 알아내지 못했다.

"다 왔습니다."

3일에 걸쳐 달린 끝에 우리는 노스브릿지 산맥에 인접해 있는 매트록스 영토 내 미스틱 지방에 도착했다. 사방 중 북쪽과 서쪽이 산으로 둘러싸여 있다 보니 미스틱은 거의 산동네나 마찬가지였다. 만약 산 아래쪽에 커다란 성이 없었다면 조그만 촌락이라고 생각해 버렸을 정도였다.

흐음… 이제 이 동네에서 몬스터 토벌대를 어디서 모집하는지 물어보면 되겠군. 잉? 저기 레일과 트레일의 모습이 보이네? 마침 잘됐군. 어차피 저 사람들도 몬스터 토벌대에 참가할 테니까 같이 가면 되겠다! 지금까지 쌩까다가 필요할 때만 말 걸어주는 이 센스!

"에인마크 씨! 오어론네스 씨!"

내 생각을 알아챘는지 슈아로에가 먼저 레일과 트레일을 불렀다. 어차피 저 두 사람의 성을 몰라 어떻게 부를까 난감했던 나로서는 잘된 일이었다.

"이제 도착하신 모양이군요. 저희는 이제부터 몬스터 토벌에 참가하기 위해 성으로 갈 생각이었습니다. 괜찮으시다면 같이 가시죠."

좋았으!

"그렇게 하는 편이 좋겠군요."

리더인 레이뮤의 찬성으로 우리는 레일 일행과 함께 미스틱 성으로 향했다. 가는 동안 레일과 트레일이 슈아로에와 유리시아드에게 쉴 새 없는 질문 공세를 퍼부었지만 앞으로 몬스터 토벌대에서 싫든 좋든 얼굴을 맞댈 수밖에 없다는 생각에서인지 두 여성은 전보다는 그들의 질문에 성의껏 답변해 주었다.

"누구시오?"

우리들이 성 앞에 도착하자 성문을 지키고 있던 중장갑의 병사 두 명이 앞을 가로막으며 물어왔다. 원래 같으면 가장 연장자인 레이뮤가 방문 목적을 얘기해야 했지만 겉모습 때문에 트레일이 우리 중에서 대표가 되었다.

"우리는 몬스터 토벌대에 지원하기 위해 왔소."

"그러시오? 그럼 성안에 들어가서 테스트를……."

별 생각 없이 말을 이어가던 병사가 슈아로에를 보곤 기겁했다. 그러더니 떨리는 목소리로 물었다.

"혹시… 이안트리 아가씨가 아니신지……?"

"네, 맞아요. 마법학회에 참여했다가 레이뮤님의 권유로 몬스터 토벌대에 지원하기로 했어요."

"……!"

슈아로에의 대답에 병사들의 눈빛이 크게 흔들렸다. 그리고 잠시 후 한 병사가 헐레벌떡 성안으로 뛰어들어 갔고, 남은 병사는 무기를 거두어들이고 허리를 숙였다.

"귀하신 분을 몰라뵈어 죄송합니다. 잠시만 기다리시면 성주님을 만나실 수 있을 겁니다."

"네……."

병사의 태도가 워낙 겸손했기 때문에 도리어 우리들이 당황스러웠다. 매트록스 왕국이 슈아로에의 고국인 것은 알고 있었지만 퍼미디어가 아닌 다른 지방에서조차 그녀의 이름이 알려져 있다고는 생각하지 못했던 것이다.

"이거 이안트리 양 덕분에 테스트 같은 걸 받지 않아도 되겠군요. 하하하!"

트레일은 기분 좋다는 듯이 웃음을 터뜨렸다. 레일이나 트레일의 실력이 어느 정도 되는지 잘 모르는 나로서도 그가 테스트를 두려워해서 그런 말을 하는 게 아님을 알았다. 단순히 테스트를 받는 데 걸리는 시간과 체력 낭비가 아깝다는 느낌이었던 것이다.

뭐, 만약 내가 입단 테스트를 받았다면 500%의 확률로 떨어졌겠지. 이제 1서클밖에 안 되는 데다가 아는 마법도 별로 없으니 날 몬스터 토벌대에 참가시켜 줄 이유가 없잖아? 흐, 이거 슈아로에에게 감사해야겠구먼.

"어이구, 이안트리 아가씨. 이런 곳까지 직접 오시다니……. 미리 연락을 줬으면 마중 나갔을 것을."

성주로 보이는 치렁치렁한 옷차림의 중년 아저씨 하나가 성에서 걸어나오며 환한 웃음을 지었다. 얼굴 자체는 그다지 튀거나 하지 않고 인상에 별로 남지 않는 평범한 얼굴이었으나 입고 있는 옷이 화려해서 쉽게 잊혀질 것 같지는 않았다. 오히려 치렁치렁하고 화려한 옷차림이 그의 첫인상을 그다지 좋지 않게 만들고 있었다.

"예정에 없이 찾아온 것이라 신경 쓰실 것 없어요. 그보다 몬스터 토벌대에 참가할 생각으로 온 것이니 특별히 생각하지는 말아주세요."

슈아로에는 그렇게 성주에게 못 박았다. 그것은 성주에게 특별한 대접을 받기 싫다는 의미였다. 나 같으면 두말 않고 특별 대접을 받았겠지만 본인이 싫다고 하니 찌끄러기인 나는 얌전히 있어야만 했다.

"몬스터 토벌대에? 아가씨가 직접?"

"네."

"그런 위험한 일을……!"

성주는 놀란 표정을 지었다. 차기 백작 후보가 스스로 위험을 자초하고 있으니 놀라는 게 당연했다. 귀족인 부모 밑에서 태어나 아무 탈 없이 작위를 물려받았을 듯한 성주이다 보니 슈아로에의 행동을 이해할 수 없었던 것이다.

"굳이 직접 참가하지 않아도……."

"괜찮아요. 그보다 몬스터 토벌대는 어디 있죠?"

성주는 슈아로에의 마음을 돌리고자 했으나 슈아로에의 뜻은 완강했다. 아마도 슈아로에는 성주가 자신의 실력을 믿지 못하기 때문에 말리는 것이라고 생각한 듯했다. 그런 그녀의 생각은 귀족은 직접 싸울 필요가 없다는 귀족들의 생각과는 거리가 멀어 보였다. 어쨌든 슈아로에의 결심을 도와주기 위해 레일이 발벗고 나섰다.

"우리는 경험을 쌓기 위해 몬스터 토벌대에 참가하려는 것입니다. 그러니 걱정하지 마세요. 현존 최고의 대마법사 레이뮤 스트라우드님과 대륙 유일무이한 자유기사 유리시아드 케리만 씨가 같이 있으니까요."

"……!"

레이뮤와 유리시아드의 이름을 듣자 성주의 얼굴이 굉장히 급격하게 변했다. 그도 그럴 것이, 거물급이 두 명이나 몬스터 토벌대에 참가하리라고는 전혀 생각하지 못했기 때문이다. 지금 상황은 단순한 아시아 친선 축구 경기에 영국 프리미어 급 프로 선수들이 대거 출전한 꼴이니 놀라지 않는 것이 더 이상했다.

"하아, '소성녀(小聖女)', '나그네 검객'도 모자라서 대마법사에 자유기사라니……."

성주는 질렸다는 표정을 지으며 고개를 설레설레 저었다. 그러나 나는 소성녀니 나그네 검객이니 하는 말을 처음 들었기 때문에 성주의 행동을 의아하게 여겼다. 그러는 사이 잠자코 있던 유리시아드가 성주의 말에 반응하여 그를 다그쳤다.

"여기에 나그네 검객이 있다구요? 정말인가요?"

"그렇습니다. 저 막사 안에 있으니 들어가 보십시오."

성주는 성내 연병장에 쳐져 있는 여러 개의 12인용 급 텐트 중 흰색 텐트를 가리켰다. 다른 텐트가 꾀죄죄한 회색인 것에 비해 그 텐트만 깨끗한 흰색이라 척 보기에도 특수 계급을 위한 텐트임을 알 수 있었다.

"여러분도 저 천막에서 대기하십시오. 토벌대 모집이 끝나는 대로 부르겠습니다."

탁탁탁.

성주의 말이 끝나기가 무섭게 유리시아드가 날 듯이 흰 텐트 쪽으로 뛰어갔다. 우리들은 그저 느긋한 걸음걸이로 흰 텐트 안으로 들어갔다.

"오오, 진짜로군!"

12인용 텐트 안으로 들어가자마자 40대쯤으로 보이는 중년 아저씨가 큰 소리를 냈다. 중국 사람들이 입을 법한 헐렁한 흰색의 긴소매 옷을 펄럭이는 중년 아저씨의 모습은 왠지 나도 모르게 무공을 사용하는 무림인이라는 느낌을 갖게 했다. 특히 굵은 눈썹과 잘 묶은 짙은 남색의 긴 머리카락, 강인한 듯하면서도 부드러워 보이는 단아한 얼굴이 그런 느낌을 더욱 강하게 했다.

"말로만 들었는데 이렇게 실제로 뵙게 되니 영광입니다, 대마법사 레이뮤 스트라우드님."

중년 아저씨는 호탕한 웃음을 터뜨리며 레이뮤에게 살짝 허리를 숙여 보였다. 개인적으로는 허리 숙이는 인사보다 두 주먹을 맞잡는 포권(抱拳)이 더 어울려 보였지만, 이 세계에서 포권이라는 동작 자체가 아예 없는 것 같아 나 혼자만의 생각으로 묻어두었다.

"유명한 나그네 검객을 이 자리에서 보게 되어 반갑습니다."

레이뮤는 나그네 검객이라 불린 중년 아저씨와 달리 간단한 목례만 했다. 역시 레이뮤와 중년 아저씨의 연배 차이가 상당하기 때문에 인사하는 것에도 차이가 있는 것 같았다.

"제대로 소개를 하겠습니다. 저는 나그네 검객이라 불리는 '휴트로 테리아드'입니다. 그리고 이쪽은 소성녀라 불리는 '네리안느 세비안'입니다."

"……!"

난 소성녀라는 사람에 대해 잘 몰라 무반응이었지만 다른 사람들은 크게 놀란 표정이었다. 그래서 난 그녀가 누구기에 이렇게들 놀라나 하는 생각이 들어 소성녀 쪽을 자세히 쳐다보았다.

잉? 지금은 여름인데 온몸을 흰 드레스로 덮었잖아? 흰색 드레스, 흰색 부츠, 흰색 면사포……. 완전히 흰색 일색이군. 저렇게 올 화이트로 하면 금방 더러워져서 세탁을 자주 해야 할 텐데……. 아니, 그보다 어떻게 밖으로 노출된 피부가 없냐? 옷 자체가 얇고 새하얀 색이라 그렇게까지 더워 보이지는 않지만 온몸을 옷으로 감싸고 있으면 답답하지 않아?

"네리안느 세비안입니다."

흰색 일색의 소성녀 네리안느는 파란색의 눈동자를 빛내며 목례를 했다. 눈동자가 파란만큼 그녀의 머리카락도 파란색이겠지만 흰색의 모자 속에 머리카락을 전부 집어넣은 상태라 머리 색을 확인할 수는 없었다. 그나마 얼굴을 가리고 있는 면사포가 투명한 재질이라 그녀의 이목구비를 알아볼 수 있다는 게 다행이었다. 투명한 면사포를 통해 보이는 그녀의 얼굴은 꽤나 미인이었다. 특히 항상 웃고 있는 표정이 보기 좋았다.

"슈아로에 이안트리입니다."

"보브 마법학교 대표 레일 에인마크입니다."

"경호를 맡고 있는 트레일 오어론네스입니다."

슈아로에를 비롯한 다른 사람들은 네리안느에게 허리를 굽혀 깍듯이 인사를 했다. 연령 대를 보더라도 나와 비슷해 보이는 네리안느는 목례를 하고 레이뮤를 제외한 다른 사람들은 허리를 숙이는 걸 보며 난 의아함을 가질 수밖에 없었다.

잉? 레이뮤가 목례하는 건 당연한 거겠지만 새파랗게 어린 네리안느도 목례를 하나? 40대 아저씨인 휴트로 씨도 허리를 숙이는데, 레이뮤 앞에서 당당히 목례? 이거 세상이 어떻게 돌아가는 거지?

"뭐 해요, 인사 안 하고?"

내가 멍청히 서 있자 슈아로에가 날 재촉했다. 그래서 난 네리안느처럼 목례를 하며 내 소개를 했다.

"레지스트리입니다."

"……!"

"……!"

내가 목례를 하자 사람들이 기겁했다. 감히 소성녀에게 목례를 할 줄은 전혀 예상하지 못한 듯했다. 일행 중 놀라지 않은 사람은 담담한 표정의 레이뮤와 싱긋 미소를 짓고 있는 소성녀 네리안느뿐이었다.

"레지스트리 군이로군요. 네리안느라 불러주세요."

"……!"

"……!"

웃으며 말하는 네리안느의 응답에 주위 사람들이 또다시 놀랐다. 그들이 놀라는 이유는 금방 알 수 있었다. 보통 처음 만나면 성을 부르는 게 일반적인 이곳에서 만나자마자 이름을 부르라고 하니 그들로서는 놀라지 않을 수 없었던 것이다.

"네리안느!"

중년 아저씨 휴트로가 놀란 표정으로 네리안느를 불렀다. 그녀의 이름을 대뜸 부르는 것으로 봐서 둘 사이가 각별하다는 것을 알 수 있었다. 그것으로 휴트로와 네리안느가 그렇고 그런 사이라는 생각을 하게 되었지만 곧바로 유리시아드의 살벌한 눈초리를 받아야 했다.

"스트라우드님도 절 편하게 대해주세요."

네리안느는 이어서 레이뮤를 지목했다. 지목당한 레이뮤는 고개를 끄덕이며 화답했다.

"그냥 레이뮤라 불러줘요. 모두의 추앙을 받는 소성녀에게 성으로 불리기는 부담스러우니까요."

흐음, 역시 레이뮤 씨는 뭐랄까, 첫인상이 괜찮거나 명성이 높은 사람들에게는 편하게 대하려고 하는군. 자신한테 라이벌 의식을 맹렬히 불태우고 있는 소렌느 할머니한테는 그냥 성으로 불리도록 놔두니까 말이야. 나 같은 경우는 레이뮤 씨가 나한테 성을 지어주지 않아서 내 이름을 부르는 것일 테고……. 그나저나 왠지 성격상 레이뮤 씨와 네리안느가 닮은 것 같다? 항상 담담한 표정의 레이뮤 씨와 언제나 웃고 있는 네리안느… 둘 다 감정 파악이 힘들다는 점에서 똑같은데?

"모두들 앉으세요. 오늘 저녁쯤에 1차적으로 몬스터 토벌대 모집을 마친다고 하니 여기에서 기다려야 해요."

네리안느는 그렇게 말하며 텐트 안에 있는 긴 테이블에 먼저 앉았다. 그 옆에 휴트로가 앉았고, 우리는 레이뮤를 중심으로 둘러싸듯이 자리를 잡았다. 난 자리에 앉으며 네리안느가 나와 레이뮤 이외의 사람들에게 자신의 이름이 불리는 것에 내해 언급하지 않은 것을 확인했다. 레이뮤는 그렇다 쳐도 왜 나에게까지 편하게 대하려는 것인지 그녀의 속마음을 이해하기 힘들었다.

"그런데 네리안느는 왜 몬스터 토벌에 참가하려는 것인가요?"

레이뮤는 테이블에 앉자마자 네리안느에게 질문을 던졌다. 소성녀쯤 되는 사람이 굳이 몬스터 토벌을 할 필요가 있느냐는 뜻이었다. 네리안느는 그녀의 질문을 받고 여전히 얼굴에 미소를 띠며 입을 열었다.

"지금 온 대륙에서 마수들이 날뛰고 있습니다. 그래서 '쟈느네가 사일'의 뜻에 따라 마수 퇴치에 나서고 있는 것이랍니다."

흐음… 쟈느네가 사일? 그건 또 뭐야? 그리고 나그네 검객은 무슨 뜻인지 어느 정도 감이 오는데, 소성녀는 무슨 뜻인지 잘 모르겠는걸?

"슈아로에, 쟈느네가 사일이 뭐야? 또 소성녀의 뜻은?"

내가 걸어다니는 백과사전인 슈아로에에게 물어보자 슈아로에는 조용한 어조로 답변했다.

"쟈느네가 사일은 소리의 신이에요. 그리고 소성녀님은 소리의 신의 최고위 사제의 따님이구요. 성녀 '페리아 세비안'님의 딸이라서 소성녀라는 칭호를 얻은 거예요."

오호, 그런 거였어? 솔직히 내가 그런 사소한 것까지 기억할지는 미지수지만 성녀가 딸을 낳았다니 뭔가 아이러니한걸? 성녀와 성녀의 남편이 밤만 되면 으샤으샤를……!

"……!"

내가 그런 생각을 함과 동시에 유리시아드의 눈빛 공격이 시작되었다. 그러한 유리시아드의 강력한 무언의 공격에서 벗어나기 위해 난 나그네 검객 휴트로에게 질문을 던졌다.

"그런데 휴트로 씨는 왜 네리안느 씨와 같이 다니는 거죠? 유리시아드와도 아는 사이 같던데……."

"……!"

내가 대뜸 '휴트로 씨'라고 하자 휴트로의 굵은 눈썹이 꿈틀했다. 하지만 네리안느조차 이름으로 불리고 있기 때문에 휴트로는 불편한 심기를 겉으로 드러내지는 않았다.

후후, 네리안느 덕분에 휴트로 씨라고 부를 수 있게 됐군. 마침 휴트로 씨의 성을 잊어먹고 있었는데 잘됐다. 난 이상하게 성을 잘 못 외우겠단 말이야. 역시 내 두뇌 용량이 딸린 건가?

"흠흠, 난 소성녀의 경호를 위해 같이 있는 거다. 그리고 유리시아드는 내 제자다. 그러니 알고 있는 게 당연하지."

휴트로는 그다지 호의적이지 않은 말투를 구사하며 내 질문에 대답했다. 나로서도 휴트로가 날 막 대하는 것이 편했기 때문에 별 불만은 없었다. 대신 유리시아드가 휴트로의 제자라는 사실이 놀라웠다.

"유리시아드의 스승이요? 그럼 무공도 할 줄 아시겠네요?"

"물론. 내가 직접 가르쳤으니 당연하지."

단아한 이목구비와는 달리 휴트로는 자신감에 가득 차 있었다. 그것이 자신감인지 자만감인지 지금의 나로서는 알 수 없었지만 휴트로의 첫인상과 성격이 왠지 다를 것 같다는 느낌을 받게 되었다.

"그럼 나중에 무공에 대해서 여쭤봐도 될까요? 궁금한 게 있어서요."

내가 휴트로에게 그런 제안을 하자 휴트로는 어리둥절한

표정을 지었다.

"질문할 게 있다고? 난 원래 남자한테는 무공을 가르치지 않지만, 물어볼 게 있다니 알려주도록 하지. 나도 그 정도의 도량은 있으니까."

잉? 남자한테는 무공을 가르치지 않는다?

"지금 물어보게. 어차피 시간은 많으니까."

휴트로는 크게 선심 쓴다는 표정으로 당장 질문하라고 요구했다. 이 시점에서 레이뮤 급의 거물이 다른 화제를 꺼내지 않는 이상 누구도 휴트로와 나 사이의 질의응답을 방해할 수 없었다. 그래서 난 모두의 시선 집중을 받음에도 불구하고 휴트로에게 질문을 날려야 했다.

"아니, 별거 아닌데… 무공 쓸 때 구결이 있잖아요. 그게 마법으로 치면 주문과 똑같다던데, 구결도 정형화된 형식이 있나 궁금해서요."

"구결? 아, 있기는 하지. 나 같은 고수는 굳이 구결을 외우지 않아도 내공을 끌어올려 사용할 수 있지만."

"……."

역시 저 인간, 자기 자랑을 엄청 하는군.

"일단 구결은 기본적으로 선기(選氣)를 통해 내공을 끌어올리고 위(位)를 통해 사용할 곳을 지정한 후 성(成)을 통해 내공을 방출하지. 이제 궁금증이 풀렸나?"

단 한 번의 설명으로 이해했냐고 묻는 휴트로를 보며 난 속으로 한숨을 내쉬었다. 만약 나 말고 다른 사람이 이야기를 시작했다면 이쯤에서 질문을 끝냈겠지만, 아무도 입을 열고 있지 않아서 내 퀘스천 타임은 계속되었다.

"내공에도 정도가 있지 않나요? 내공을 끌어올릴 때 모든 내공을 다 사용하지는 않을 거 아니에요?"

"물론. 선기로 내공을 끌어올릴 때 십이지(十二支)로 자신의 내공을 나누지. 1성의 공력을 사용하려면 선자기(選子氣), 2성의 공력을 사용하려면 선축기(選丑氣), 이런 식이다."

하하, 십이지로 내공을 나눠? 그럼 내공이란 건 총 12성이겠군. 차라리 십간(十干)으로 나누는 게 더 편하지 않나? 십간은 열 개니까 계산하기도 편하잖아.

"위치 선정의 기준은 뭐예요? 마법은 마법사의 머리인데."

"그냥 혈(穴)이다. 위 다음에 혈 이름을 붙이면 그 혈 쪽으로 내공이 이동하지. 장풍이나 지풍을 사용하려면 위노궁(位勞宮)이나 위중충(位中衝)이라고 해야 한다."

호오, 혈? 혹시 사혈(死穴)이나 아혈(啞穴) 같은 것도 있으려나? 설마 생사현관 타동해서 환골탈태?

"성 다음에는 뭐가 오는데요?"

"숫자가 온다. 보통 초 단위의 시간이지. 성백(成百)하면 100초 동안 내공이 혈에 머무른다."

난 무공에 대해서 쉴 새 없이 질문했고, 휴트로는 막힘없이 대답했다. 질문을 하고 답변을 들으면 들을수록 나는 무공이 마법과 매우 유사하다는 느낌을 받았다. 그래서 내 질문은 갈수록 구체적이 되었다.

"성 다음에 무조건 숫자만 오나요? 예를 들어, 손바닥 혈에 내공을 모으면 바로 장풍을 쓸 수 있나요? 성백을 했으면 100초 동안 장풍을 무한정 쓸 수 있는 건가요?"

"아니, 장풍이나 지풍은 성을 쓰지 않는다."

"그럼 뭘 쓰는데요?"

"동(動)을 쓰지. 그전에 조법선(造法線)을 써야 하지만."

"조법선?"

"조는 만들다는 뜻인데, 법선은 뭘 의미하는지 잘 모른다. 무공에 달통한 내가 모르니 아마 법선을 왜 써야 하는지 아는 무도인은 아무도 없을 거다."

휴트로는 그렇게 단정 지었다. 자신이 모르면 남도 모른다라는 광오한 말이었지만 왠지 그의 말이 맞을 것 같다는 느낌이 들었다. 그러나 나는 법선이라는 말을 들었을 때부터 뭔가 알 것 같다는 느낌을 받고 있었다.

법선이라……. 내가 이공 계열이다 보니 자꾸 법선 벡터가 떠오르네? 손바닥의 법선 벡터면……. 잉? 이거 손바닥의 법선은 장풍이 나가는 루트잖아? 그렇다면 조법선이라는 구결은 장풍이 나갈 경로를 지정하는 명령어? 동(動)은 Animate 코드?

"동 다음에 법선인가요?"

내가 약간 떨리는 목소리로 묻자 휴트로는 고개를 끄덕였다.

"맞다. 동법선(動法線)이다. 근데 너, 어디서 구결 공부한 적 있냐?"

자신이 알려주지 않은 것을 내가 알아맞히자 휴트로가 신기하다는 표정을 지어 보였다. 매지스트로 마법학교의 상징인 그린 케이프를 걸치고 있는 풋내기 마법사가 무공에 대해서 알고 있다는 사실이 의외였기 때문일 것이다.

"따로 배운 적은 없는데 무공의 구결하고 마법의 주문이 정말 비슷한 것 같아서요. 마법은 경로 지정을 정신력 제어 코드로 하는데 무공은 법선이라는 개념을 쓰네요? 근데 이 법선이란 게 생각보다 괜찮은 개념 같은데요? 마법 코드에도 법선 같은 게 있으면 더 쉽게 코딩할 수 있을 것도 같은데……."

"……."

내 말을 듣던 휴트로가 굳게 입을 다물었다. 난 순간 내가 무슨 말을 잘못했나 하는 생각에 가슴이 철렁했다. 여차하면 휴트로에게서 대성일갈이 터져 나올 것 같았기 때문이다. 그러나 휴트로가 말문을 닫았던 이유는 화가 나서가 아니었다.

"너… 법선이 뭘 의미하는지 알고 있다는 거냐?"

아하, 그거 때문이었군. 난 또 뭐라고. 괜히 쫄았잖아.

"간단해요. 법선이란 건 어떤 면에 수직하는 선이니까요. 손바닥의 법선은 이거, 손등의 법선은 이거, 이마의 법선은 이거."

난 일일이 법선에 해당하는 방향을 손가락으로 지정하며 친절히 설명해 주었다. 그러나 대부분의 청자들이 수학 과목에 취약한 것인지 내 설명을 제대로 이해하지 못하는 것처럼 보였다. 그래서 난 더 이상의 설명을 자제하고 그들을 위해 결론을 내렸다.

"이건 그냥 편리를 위해 수학자들이 고안해 낸 개념이니까 그러려니 하세요."

"……."

모두들 입을 닫은 채 아무 말도 하지 않았다. 물론 소성녀 네리안느는 싱글싱글 웃고만 있었다. 뭔가 분위기가 심각하게 다운된 상황이라 난 더 이상 휴트로에게 질문을 할 수가 없었다. 그래서 나의 퀘스천 타임을 끝내기로 했다.

"이제 어느 정도 궁금증이 풀렸어요. 친절한 답변, 감사합니다."

"……."

어이, 휴트로 아저씨. 사람이 감사의 인사를 했으면 응답을 해야지. You' re welcome이라든지 どういたしまして라든지 해야 될 거 아니냐고. 말한 내가 뻘쭘해지잖아.

"이 아이는 원래 학습 의욕이 높습니다. 그래서 마법뿐만이 아닌 다른 것에도 관심이 많지요."

내 뻘쭘함을 해결해 주기 위해 레이뮤가 직접 나섰다. 그리고 네리안느도 어시스트해 주었다.

"다양한 공부를 하다 보면 시야가 넓어지니까요."

두 여성은 날 감싸주려고 했다. 레이뮤의 경우에는 내 정체를 들키게 하지 않기 위해 그런다 셈 치더라도 네리안느의 경우에는 선뜻 이해하기 힘들었다. 나하고는 오늘 처음 만나는 사이인데 이름으로 부르라는 것하며, 날 도와주려는 것 등 쉽게 납득할 수 없는 부분이 많았다.

"실례합니다. 토벌대 소집이 있으니 모두 밖으로 나와주시기 바랍니다."

일행의 분위기가 묘하게 흘러가고 있을 때 텐트 밖에서 한 병사가 우리들을 불렀다. 덕분에 우리들은 싸한 분위기를 정리하고 텐트 밖으로 나갔다. 밖으로 나가니 연병장 한쪽 구석에 사람들이 모여 있는 모습이 보였다. 어림잡아도 30여 명 정도 되어 보이는 용병들이었다.

"오! 진짜였군!"

"소성녀님에 대마법사에 나그네 검객까지……!"

"우리들은 명함도 못 내밀겠는걸?"

레이뮤와 네리안느, 휴트로의 모습을 본 사람들이 저마다 한마디씩 했다. 그중 일부는 유리시아드와 슈아로에를 알아보기도 했다. 그리고 매우 극소수의 사람들이 레일과 트레일을 알아보았다. 그에 비해 날 알아보는 사람은 단 한 명도 없었다. 심지어 나에게 관심조차 가지지 않았다.

하하, 저들이 날 무시하는 게 당연하긴 하지. 어차피 전투가 벌어지면 난 뒤에서 구경만 할 건데, 뭐. 내가 마법을 잘 쓰는 것도 아니고, 힘이 센 것도 아닌데 괜히 나섰다가 오히려 방해만 될걸? 얌전히 찌그러져 있는 게 상책.

"모두 조용히 해주시오!"

연병장 쪽 단상에 오른 성주가 모여 있는 용병들에게 소리쳤다. 그러나 용병들은 그다지 말을 잘 듣지 않았다. 본래 그들은 귀족에 대해 별로 좋은 감정을 가지고 있지 않기 때문이었다. 그들의 목적은 몬스터를 퇴치하고 돈을 받는 것. 명성을 얻기 위해서가 아닌 생존을 위한 단순한 일거리일 뿐이었다.

"오늘 저녁에 노스브릿지 산맥 쪽으로 들어가서 이 근처에 있는 모든 마수들을 처리하면 되는 것이오. 보수는 마수의 눈알 개수만큼 주도록 하겠소. 지금 당장 출발해도 상관없으니 가기 전에 저 주머니를 가져가도록 하시오. 저 주머니에 마수의 눈알을 넣어오면 되오."

성주는 그렇게 말하며 단상 옆에 마련된 테이블을 가리켰고, 그 테이블 위에는 여러 개의 주머니가 준비되어 있었다. 성주의 말이 끝나자 용병들은 제각각 주머니를 챙겨 들고 자기네 일행끼리 모여 성을 빠져나갔다. 우리 역시 주머니를 받으러 테이블 쪽으로 갔다.

흐으, 마수의 눈알을 뽑아 오라는 거냐? 근데 이런 식이면 다른 용병이 가지고 있는 주머니를 몰래 뺏어다가 가져오면 되잖아? 특히 마수들과 싸우느라 지친 틈을 타서 빼오면 완벽하지 않나? 물론 얼굴에는 복면을 해야겠지만.

"마수의 눈알이라니… 끔찍해요."

슈아로에는 주머니를 하나 받아 들고 얼굴을 찌푸렸다. 그래서 난 슈아로에게 하나의 제안을 했다.

"슈아로에가 잡은 몬스터, 내가 눈알 팔게. 어차피 하는 일도 없는데 그거라도 해야지."

"레지스트리 군이요?"

내 제안에 슈아로에는 놀란 표정을 지었다. 난 처음엔 슈아로에가 '내가 잡은 걸 그런 식으로 가로챌 셈이죠?'라고 놀란 것인 줄 알았다. 그러나 그녀가 놀란 이유는 정작 다른 데 있었다.

"그… 눈알을 뺄 수 있어요? 징그럽지 않아요?"

"응? 뭐… 징그럽긴 하겠지만 못할 것도 없지."

뭘 그런 것 가지고 놀라나? 눈알 후벼파는 정도 가지고. 아, 근데 난 칼이 없어서 눈알 후벼파기가 힘들 것 같은데? 잉? 자세히 보니 유리시아드의 허벅지 쪽 금속 링에 단검이 두 개나 매어져 있네? 저걸 쓰면 되겠다.

"유리시아드, 나중에 그 단검 좀 빌려주면 안 될까?"

내가 유리시아드에게 가서 부탁하자 유리시아드는 잠깐 동안 날 쏘아보더니 입을 열었다.

"맘대로 해요. 근데 단검을 쓰고 나서는 천으로 칼날을 잘 닦아요. 안 그러면 녹스니까."

"어, 알았어."

유리시아드가 단검을 빌려준다니 잘됐군. 근데 자꾸 날 죽일 듯이 노려보지 마. 그냥 허벅지 좀 쳐다본 걸 가지고 무섭게시리. 스승인 휴트로 씨는 가을 패션인데 제자는 왜 여름 패션인 거야? 계절을 보면 여름 패션이 맞긴 하지만, 스승이 가을 패션이면 제자도 가을 패션이어야지. 그래야 내가 덜 쳐다볼 거 아니냐고.

"저는 트레일과 같이 움직일 건데, 이안트리 양과 케리만 씨도 저희와 같이하는 게 어떻습니까?"

모두 주머니를 하나씩 받자 레일이 슈아로에와 유리시아드를 자기 진영으로 끌어들이려 했다. 그러나 그러한 레일의 야망은 레이뮤에 의해 산산이 부서졌다.

"슈아로에와 유리시아드는 나와 같이 움직일 것입니다. 물론 레지스트리 군도 함께입니다."

"예, 그럼 저희는 먼저 실례하겠습니다."

이 대 이 부킹에 실패한 레일은 풀이 죽은 표정을 지으며 트레일과 함께 성을 빠져나갔다. 그사이 레이뮤는 아직 소속이 불분명한 네리안느와 휴트로에게 향후 행동에 대해 물었다.

"네리안느와 휴트로 씨는 어떻게 할 것인가요? 따로 움직일 건가요?"

"모처럼 만났으니 같이 움직이도록 하죠. 제자 녀석이 얼마나 성장했는지도 보고 싶고."

휴트로는 우리들과 같이 움직일 뜻을 밝혔다. 네리안느는 그저 싱글싱글 웃고 있어서 그녀 역시 휴트로와 같은 생각인 것처럼 보였다. 그리하여 총 여섯 명이 된 우리는 노스브릿지 산맥으로 출발했다.

"슈아로에, 그런데 노스브릿지 산맥이 있다는 건 사우스브릿지 산맥도 있다는 거지?"

내가 노스브릿지 산맥으로 가는 도중 슈아로에에게 질문을 던지자 슈아로에는 조금 놀란 표정을 지었다.

"어떻게 알았어요? 이 그래픽스 대륙은 북으로 노스브릿지 산맥과 남으로 사우스브릿지 산맥으로 둘러싸여 있어요. 서쪽은 바다고 동쪽이 모바일 대륙으로 이어지죠."

"그래……."

하하, 역시 내 생각대로군. 근데 동쪽이 모바일 대륙이라는 건… 거기에 유리시아드의 고향인 센트리노 제국이 있다는 소리인가? 한국하고 일본에서 유달리 센트리노 노트북이 인기 높았다고 하던데, 이제 슬슬 노트북은 센트리노 플랫폼에서 소노마 플랫폼으로 넘어가고 있지 않나? 그것은 이제 모바일 대륙에도 소노마 제국이 나타난다는 소리?

"어이, 너."

"……?"

내가 잡생각을 하고 있을 때 휴트로가 나에게 다가왔다. 내가 얼굴에 물음표를 띄우며 쳐다보자 휴트로가 진지한 표정으로 물었다.

"너, 진짜 구결 공부한 적 없냐?"

"마법 코드밖에 아는 게 없는데요."

"근데 어떻게 상의어를 알고 있냐? 게다가 아무도 모르는 법선까지 알고 있잖아?"

"…우연찮게 책에서 배웠어요. 나름대로 수학도 공부했구요."

난 최대한 사실을 은폐하려고 했지만 휴트로는 여전히 석연찮은 표정이었다.

"책에서 배운 걸로 상의어를 이해한다? 진짜 천재가 아니고서는 힘든데? 게다가 너 검은 머린데 마법사지? 원래 검은 머리는 마법이나 정령술 같은 걸 사용 못하는 걸로 알고 있는데?"

"그게……."

으으… 이 아저씨, 생긴 거와는 다르게 끈질기게 물고늘어지는데? 전생에 무슨 거머리였나? 이거 나 혼자서는 도저히 상대할 수 없겠는걸? 레이뮤 씨에게 Help를 요청해야겠다.

"레지스트리 군은 뭔가 특별한 느낌이 있어요."

"……!"

내가 레이뮤에게 헬프 요청을 보내기도 전에 네리안느가

내 곁으로 다가오더니 한마디 했다. 그 한마디가 워낙 의외라서 난 도리어 그녀에게 되물었다.

"특별한 느낌이요?"

"그래요. 이곳 사람들과는 다른 무언가를 느껴요. 마치…
다른 세계에서 온 사람처럼."

"……!"

헉! 진짜 그렇게 생각하는지 아닌지는 모르겠지만 정곡을
제대로 찌르는군. 늘 실실 웃고 있어서 몰랐는데 눈썰미가 날
카로운걸? 이러다가 내 정체가 탄로 나는 거 아냐?

"이제 산속으로 들어갑니다. 모두 만반의 준비를 해주기
바래요."

네리안느가 의미심장한 웃음을 짓고 있는 동안 레이뮤가
일행에게 전투 준비 태세를 지시했다. 그래서 유리시아드는
검을 뽑아 들었고, 휴트로 역시 벨트 대신 허리에 둘둘 감고
있던 철제 검집에서 검을 빼냈다. 휴트로의 검은 일명 연검(軟
劍)으로, 평소에는 허리춤에 둘둘 말아서 가지고 다니는 종류
였다.

윙윙―

휴트로는 잘 구부러지는 연검을 움직이며 일부러 소리를
냈다. 마치 먹이가 여기 있으니 어서 덮쳐라, 하는 식의 낚시
질 같았다. 그 모습을 보며 난 문득 궁금한 것이 떠올랐다.

"슈아로에, 근데 몬스터들은 뭘 먹어? 사람도 먹어?"

"아, 그건······."

"보통은 동물을 먹지만 때로는 사람도 먹는답니다."

난 걸어다니는 백과사전 슈아로에게 질문을 했지만 중간에 네리안느의 태클이 들어왔다. 그녀는 슈아로에가 무슨 말을 채 하기도 전에 줄줄이 설명을 하기 시작했다.

"마수는 마계에서 가장 낮은 계급이고, 그중 하급 마수들이 주로 이 물질계에 살고 있어요. 마족 이하의 계급은 음식을 섭취해야 하지만 마왕 이상의 계급은 음식을 먹지 않아도 되죠. 특히 마수 계급은 인간들과 마찬가지로 양분을 계속 공급받아야 해요."

흐음, 그리고 보니 마계는 마수, 마족, 마왕, 마신의 네 계급이 있다고 했지? 그리고 각 계급은 상중하로 나뉘고. 이 세계에 있는 것이 하급 마수라 이건가? 하급 마수는 얼마만큼의 능력을 가지고 있을까?

"그들이 먹는 것 중에서 인간이 아마 가장 풍부한 양분을 가지고 있을 거예요. 그래서 마수들은 가끔씩 포식을 하기 위해 인간들을 습격하지요. 전 대륙에서 일어나고 있는 마수 습격 사건은 그 때문이에요."

"예······."

후후, 설명은 고맙긴 한데 마수들이 인간을 습격하든 말든 나하고는 상관없지. 설마 나같이 마른 사람을 마수들이 먹고 싶어하겠어? 발라 먹을 고기도 없을 텐데, 뭐. 하지만 슈아로에는 작긴 하지만 한입에 쏙 들어가는 크기에 육질이 부드러울 것 같아서 마수들이 군침을 흘릴 것 같은걸?

"……!"

내가 그런 생각을 하자 곧바로 유리시아드의 살기 어린 눈초리가 퍼부어졌다. 내가 무슨 생각을 하든지 내용이 좀 과격하다 싶으면 무의식의 욕망이 강해지는 모양이었다.

하아, 이거 원, 생각도 마음대로 못하겠군. 사람은 생각하는 갈대인데 생각을 못하게 하면 인간다운 삶을 살 수가 없잖아. 제발 나에게 생각할 수 있는 권리를 줘!

"쉿!"

그때 가장 앞장서 있던 휴트로가 손가락을 입에 갖다 대었다. 그래서 일행은 모두 입을 다문 채 사태를 주시했고, 곧이어 앞쪽 숲에서 바스락거리는 소리가 들려왔다.

바스락, 뚝.

풀숲 헤치는 소리와 함께 간간이 나뭇가지 부러지는 소리가 났다. 그리고 시간이 지날수록 소리의 크기와 종류, 범위가 점차 확대되었다. 그것은 우리 앞으로 다가오는 무엇인가가 여럿이라는 소리였다.

흐으, 드디어 몬스터를 보게 될 것 같군. 솔직히 보고 싶은 생각은 없지만 이미 돌아가기에는 너무 늦었지. 뭐, 이쪽에는 든든한 아군이 여럿 있으니 난 불난 집 불구경이나 해볼까.

스윽.

잠시 후 우리 앞에 수십 마리의 마수가 모습을 드러내었다. 어떤 녀석은 키가 초등학생만 했고, 어떤 녀석은 키가 농구 선수만 했다. 키 작은 녀석은 귀가 길고 얼굴에 주름이 많아 나이를 먹을 대로 먹은 노인네 같았고, 키 큰 녀석은 귀가 조금 길고 입이 상당히 컸으며 날카로운 이빨이 위협적인 괴물이었다. 모두 직립 보행을 하고 손에 직접 제작한 듯한 무기가 들려 있는 것으로 봐서 꽤 발달된 지능을 가지고 있을지도 모른다는 생각이 들었다.

"생각보다 떼거지로 몰려왔는데? 이거 꼭 우리를 기다리고 있었던 것 같군."

적어도 30마리는 되어 보이는 마수들의 모습에 휴트로가 어이없다는 표정을 지었다. 몬스터 퇴치를 해왔던 휴트로조차 이 정도 수의 마수들을 한꺼번에 보는 건 처음인 듯했다. 그래서 난 괜스레 마음이 불안해졌다.

설마 너무 수가 많아서 퇴각하자는 건 아니겠지? 난 달리기가 느려서 도망치지도 못한다고. 게다가 여기는 숲 속이라 녀석들의 홈구장이잖아? 싸우는 것도 불리하지만 도망치는 것도 불리해. 헉! 놈들이 아예 우리들을 둘러쌌잖아? 퇴로까지 차단되어 버렸네? 진짜 우리를 기다리고 있었나, 저 녀석들?

"자, 모두들 긴장하고! 간닷!"

휴트로의 일갈과 함께 전투가 시작되었다. 가장 먼저 마수들 사이로 비집고 들어간 휴트로는 이리저리 구부러지는 연검을 교묘히 사용하며 마수들에게 부상을 입혔다. 검이 이리저리 자유자재로 구부러지다 보니 녀석들은 무기를 들고 있음에도 제대로 방어를 하지 못했다. 연검 자체는 약해서 살상력이 없었지만 부상을 입혀 그들의 동작을 둔화시키는 데는 효과적이었다.

"선인기(選寅氣), 위노궁(位勞宮), 성백(成百)!"

반면 유리시아드는 구결을 외운 후 튼튼해 보이는 검을 가지고 마수들을 파워로 누르기 시작했다. 키 작은 마수는 유리시아드의 파워에 밀려 다치기 일쑤였고, 그나마 키 큰 녀석은 유리시아드의 파워와 대등한 힘으로 맞상대를 하고 있었다. 그사이 레이뮤와 슈아로에가 후방 지원을 할 시간을 벌었다.

"Hotball!"

"……."

슈아로에는 화이트 케이프의 칼라 사이에 달려 있는 보석을 손가락으로 훑으며 외쳤고, 레이뮤 역시 마법 지팡이의 수정 구슬을 손가락으로 훑었다. 그러자 슈아로에의 머리 위로 불덩어리가 형성되었고, 우리의 뒤를 덮치려던 마수들은 레이뮤의 지진 마법 때문에 중심을 잃고 휘청거렸다.

"가랏!"

마수들이 지진 마법에 걸린 틈을 타 슈아로에가 파이어 볼을 날렸다. 이미 지진 마법의 함정에 걸린 마수들은 슈아로에의 파이어 볼을 피할 수가 없었다.

콰앙—

"꿰애액!"

파이어 볼 직격을 맞은 마수들 대여섯 마리가 시끄러운 비명을 지르며 나가떨어졌다. 하지만 우리를 둘러쌌던 마수들이 아직 많이 남았고, 우리 일행의 측면은 완전히 무방비 상태였다. 특히 나와 네리안느가 서 있는 쪽은 취약하기 그지없었기 때문에 마수들은 우리를 타깃으로 돌렸다.

"……!"

오, 마이 갓! 그분들이 몰려오잖아! 어떡하지? 지금 코드를 외우기 시작한다 하더라도 너무 늦어! 그리고 내가 이 긴급 상황에서 코드를 제대로 외울지 어떨지도 모르겠고, 휴트로 씨와 유리시아드는 키 큰 마수들과 싸우느라 이쪽에 신경 쓸 겨를도 없고, 방금 마법을 구사한 레이뮤 씨와 슈아로가 또다시 마법을 사용하기엔 시간이 촉박하고! 젠장! 완전 망했다! 내 인생은 여기서 종 치는 것인가!

"아무것도 보이지 않는 어둠 속에서 한줄기 빛이 되리라~ 그 어떤 두려움도 고통도 내 앞에서는 한낱 먼지에 불과하리니~"

"……!"

그때 느닷없이 네리안느가 노래를 부르기 시작했다. 목소리는 그다지 크지 않았지만 의외로 그 소리는 우리의 귀에 똑똑히 들렸다. 상당히 밝고 고운 목소리를 듣고 있자니 괜히 힘이 나는 것 같았다. 그러나 마수들이 몰려오는 이 상황에서 아름다운 노래 가지고는 이 난국을 타개할 수 없기에 난 네리안느의 노래를 쓸데없는 짓이라고 생각했다. 그러나 상황은 정반대로 돌아갔다.

꾸악!

꽤액!

네리안느의 노래가 지속될수록 마수들의 행동은 눈에 띄게 둔해졌고, 일부 마수들은 머리를 부여잡고 고통스러워했다. 그 틈을 놓치지 않고 휴트로와 유리시아드의 검이 마수들 사이에서 난무했고, 한 번에 대여섯 마리의 마수가 추풍낙엽처럼 나가떨어졌다. 그리고 레이뮤와 슈아로에도 재차 마법을 사용했다.

"Hotball!"

"……."

콰앙!

번쩍!

슈아로에의 파이어 볼과 레이뮤의 번개 마법이 작렬하며 또다시 여러 마리의 마수가 비명횡사했다. 네리안느의 노래 하나로 상황이 완전히 바뀌어 버렸다. 마수들은 노래가 계속되자 정신을 차리지 못했고, 우리들은 매우 유리한 위치를 점하게 되었다. 덕분에 난 정말로 강 건너 불구경 하듯이 아군의 전투를 감상할 수 있었다.

나원, 아무 도움도 안 될 것 같았던 네리안느의 노래 하나
에 상황이 급반전되는데? 저 노래는 마수들에게 안 좋은 영향
을 끼치나 보지? 난 그냥 네리안느의 목소리가 곱다는 느낌밖
에 안 드는데. 진짜 네리안느의 목소리가 우렁찼다면 아마 노
래만으로 마수들을 골로 보내지 않았을까?

꾸엑!

외마디 비명과 함께 마수들은 쓰러져 갔고, 남은 마수는 열
마리도 채 되지 않았다. 상황이 자신들에게 한없이 불리해지
자 살아남은 마수들은 일제히 꽁무니를 빼기 시작했다. 하지
만 도주를 허락할 유리시아드가 아니었다.

"뜨거운 벽!"

화악!

마수들이 도망치려는 방향에 불의 벽을 형성한 유리시아
드는 뒤처리를 휴트로에게 맡겼다. 휴트로는 이미 그것을 예
상하고 있었는지 지체없이 마수들에게로 달려갔다. 난 그가
달려가면서 어떤 구결을 외웠음을 확인했다.

"선신기(選申氣), 위노궁(位勞宮), 전신기(傳申氣), 정횡반반
일(定橫半半一), 종반반일(縱半半一), 고반삼(高半三), 포신기(包
申氣), 성백(成百)!"

구결이 생각보다 훨씬 길고 이동 중이라 제대로 듣지는 못
했지만 그 구결이 무슨 용도로 쓰였는지는 금방 알 수 있었

다. 그 구결이 끝나자마자 축 늘어지던 연검이 빳빳하게 곧추
세워졌기 때문이다.

"죽어랏!"

휴트로가 일갈을 하며 연검을 휘두르자 연검은 마치 두꺼
운 칼처럼 마수들의 몸을 두 동강 내었다. 엿가락처럼 휘어지
는 연검이 마수들의 무기와 몸을 가뿐히 잘라내는 모습은 직
접 보고도 믿어지지 않는 광경이었다.

후아, 이제 끝난 건가? 난 구경만 했는데 벌써 마수들이 전
멸했네? 이거 원, 한 게 없으니 상당히 쑥스럽구먼. 결국 내가
할 일은 마수들의 눈알 파내기뿐인가? 뭐, 잡일이라도 안 하
면 눈총받을 테니까 눈알이나 후벼팝시다!

제10장

상급 마족

"**유**리시아드, 나한테 단검……!"

난 마수 뉴알 파내기를 위해 유리시아드에게 단검을 빌려달라고 말하다가 뭔가 무시무시한 느낌에 입을 다물었다. 숲속으로부터 퍼져 나오는 강력한 마나의 파장. 마치 잔잔한 물에 돌멩이 하나가 똑 떨어져서 생겨난 듯한 파장이 강렬하게 느껴졌기 때문이다.

"흑마술!"

그때 갑자기 레이뮤가 큰 소리로 외쳤다. 그녀 역시 이 불길한 마나의 파장을 느낀 모양이었다. 그리고 마법을 사용하는 슈아로에와 유리시아드도 느끼고 있는 듯 보였다.

"이 정도의 마나 파장이라면……!"

레이뮤는 급격한 표정의 변화를 나타내며 긴장했다. 언제나 무덤덤한 레이뮤가 긴장할 정도로 지금의 사태는 그다지 좋아 보이지 않았다. 물론 흑마술이 뭔지 모르는 나는 그저 불길하다는 생각뿐이었다.

"어서 가봐요!"

마나의 파장이 점차 약해지려 하자 레이뮤가 일행을 재촉했다. 아마도 누가 무슨 짓을 했는지 확인할 생각인 듯했다. 나로서는 그냥 무시하고 마수 눈알만 챙기자고 말하고 싶었지만, 모두의 표정이 너무 진지해서 입을 다물어야 했다.

탁탁탁!

우리는 쓰러진 돈 덩어리들을 버려둔 채 마나 파장의 중심부로 내달렸다. 드레스를 입고 있어 뛰는 게 불편한 네리안느와 레이뮤는 각각 휴트로와 유리시아드에게 안겨 이동했다. 휴트로는 특별히 무공을 쓰지 않고도 네리안느를 안을 수 있었지만 유리시아드는 구결을 외운 후에 레이뮤를 안아야 했다. 그렇지 않고서는 몸무게가 비슷한 레이뮤를 들 수가 없기 때문이었다. 그리고 활동하는 데 편한 옷을 입은 나와 슈아로에는 직접 두 발로 뜀박질을 했다.

"……!"

파장의 중심부라고 생각되는 곳에 도착했을 때 우리들의 눈은 휘둥그레졌다. 주변에 십수 명의 용병이 목 없는 상태로

나뒹굴고 있었기 때문이다. 그리고 그 시체들의 중심에는 세 인물이 서 있었다.

"드디어 왔군. 그럼 부탁하지."

세 인물 중 한 명이 먼저 입을 열었다. 짧은 보라색의 머리카락을 지는 30대 남자였는데, 꽤 잘생긴 얼굴임에도 불구하고 그다지 호감 가는 인상이 아니었다. 뭔가 어둠침침하고 불길한 느낌을 풍기고 있었기 때문이다. 특히 검은색의 로브가 그런 분위기를 한층 강화하고 있었다.

"가세."

보라색 단발머리 남자의 옆에 서 있던 사람이 그의 허리를 감쌌다. 제2의 인물 역시 호남형의 얼굴이었으나 머리카락이 하나도 없는 대머리라는 게 큰 마이너스 요소로 작용하고 있었다. 대략 휴트로와 나이 대가 비슷해 보였고, 입은 옷도 붉은색이라는 점만 빼면 휴트로와 똑같았다.

"자네……!"

휴트로가 대머리 중년인을 보고 놀라 소리쳤지만 대머리 중년인은 뒤도 돌아보지 않고 보라색 단발의 남자를 끌어안고 몸을 날렸다. 성인 남자를 끌어안고 뛰는 데도 불구하고 대머리 중년인은 한 번 도약할 때마다 10미터 이상씩 뛰었다.

오오~ 저거 꼭 경공술 펼치는 것 같네? 저 대머리아저씨도 휴트로 씨처럼 무공을 익혔나? 그러고 보니 휴트로 씨가 저 대머리아저씨와 아는 사이 같던데… 어떻게 된 거지?

"크카카카카!"

내가 대머리 중년인의 경공에 정신이 팔려 있을 때 매우 시끄러운 소리가 들려왔다. 그 목소리의 주인공은 사람처럼 생겼지만 사람이 아닌 존재였다. 눈은 마치 충혈된 것처럼 붉었고, 코는 상당히 높았으며, 입은 비교적 크고 이빨이 날카로웠다. 귀 역시 길어서 마치 드라큘라를 연상케 했다.

"드디어 나도 인간이란 걸 먹어보는군. 기대되는걸? 크크크."

시커먼 몸을 완전히 드러낸 드라큘라는 기분 나쁘게 웃었다. 온몸이 새카매서 다행이지 새하얗다면 녀석의 사타구니 사이의 물건이 완전히 보일 뻔했다. 물론 지금도 그것은 노출 상태이긴 했지만.

"나는 상급 마족 '푸가 체이롤로스' 다. 방금 전에 사라진 녀석이 날 이곳으로 소환했지."

자신을 푸가 체이롤로스라고 밝힌 드라큘라는 째지는 목소리로 웃었다. 그 이름을 들은 레이뮤가 크게 놀란 표정으로 말했다.

"푸가 체이롤로스……. 본래 하급 마왕 급의 능력을 가지고 있지만 포식(捕食)이라는 행위를 버리기 싫어 상급 마족의 위치에 잔류해 있는 자!"

레이뮤는 친절하게 푸가 체이롤로스에 대해 소개했다. 물론 그것만으로는 푸가 체이롤로스가 무서운 존재라는 실감은 전혀 나지 않았다. 그럼에도 푸가 체이롤로스의 전신에서 뿜어져 나오는 기운은 결코 우습게 볼 수준이 아니었다.

"크크, 역시 날 알고 있는 인간이 있군. 기분 같아서는 너만 살려주고 싶지만 이미 그 녀석에게 부탁을 받아서 말이야. 귀찮아서 여기 있는 인간은 다 죽여주마."

푸가 체이롤로스는 사악한 표정을 지었다. 난 그것을 보고 녀석이라면 충분히 그럴 능력이 있을 거라 생각되었다. 그만큼 녀석에게서 뿜어져 나오는 기운은 무서웠다.

흐으, 근데 이미 죽어 있는 용병들은 푸가 체이롤로스가 죽인 게 아닌가? 설마 마계 종족을 소환하려면 인간이라는 제물이 필요한 거야? 저번에 날 습격했던 녀석이 날 제물이라고 한 건… 날 제물로 마계 종족을 소환한다는 뜻?

"누구 마음대로 죽어!"

휴트로가 일갈하며 연검을 하늘로 향했다. 그리고 곧바로 구결을 외웠다.

"선묘기(選卯氣), 위노궁(位勞宮), 전묘기(傳卯氣), 조법선(造法線), 동법선(動法線)!"

쉬익— 쉬익—

연검을 휘두르자 연검에서 눈에 보이지 않는 기운이 뻗어 나갔다. 마치 검기(劍氣) 같아 보이는 그것은 빠른 속도로 푸가 체이롤로스에게 날아갔다. 유리시아드가 썼던 때보다 훨씬 강력하고 빨랐다. 그러나 푸가 체이롤로스는 검기를 피하지 않고 그대로 맞았다.

팍, 팍!

두 마디의 둔탁한 소리와 함께 검기는 푸가 체이롤로스의 몸을 때렸다. 하지만 푸가 체이롤로스는 전혀 아무렇지도 않은 표정이었다. 오히려 기분 나쁘게 웃었다.

"뭐야? 겨우 이 정도냐? 난 이래도 하급 마왕 급이라니까. 간지러우니까 제대로 공격해 봐."

"큭!"

푸가 체이롤로스의 도발에 휴트로는 얼굴을 찌푸렸지만 쉽게 덤비지는 못했다. 아까 마수들을 처리할 때 내공을 많이 소진했기 때문에 푸가 체이롤로스를 상대할 내공이 부족한 것 같았다. 그런 휴트로를 대신하여 유리시아드가 다음 공격을 시도했다.

"선미기(選未氣), 위노궁(位勞宮), 전미기(傳未氣), 조법선(造法線), 동법선(動法線)!"

유리시아드 역시 진중하게 검을 휘두르며 검기를 일으켰다. 휴트로의 연검보다 유리시아드의 검이 훨씬 두꺼워서 그 위력도 더 강할 것 같았고, 그녀가 사용한 내공의 단위도 여덟 번째인 미(未)였기 때문에 묘(卯)라는 4성의 무공을 사용한 휴트로보다 두 배 이상 검기가 강력할 듯했다. 그러나 휴트로의 공력이 유리시아드보다 훨씬 높은 탓인지, 유리시아드의 검기가 오히려 휴트로의 검기보다 약해 보였다.

팍, 팍!

그런 내 생각대로 유리시아드의 검기 역시 푸가 체이롤로스에게 그 어떠한 타격도 주지 못했다. 푸가 체이롤로스는 한심하다는 듯이 혀를 찼다.

"쯧쯧, 그런 공격은 간지럽단다. 좀 더 세게 공격해 봐. 먹이는 발악하면 발악할수록 맛있는 법이니까."

"으으……!"

자신의 공격도 통하지 않자 유리시아드는 입술을 깨물었다. 두 검객의 검기 공격이 전혀 통하지 않자 이번엔 슈아로에와 레이뮤가 동시에 마법 공격을 가했다.

"Create space hotball, mapping double fire, create space road, animate space road!"

그녀들은 위력을 두 배로 배가시킨 파이어 볼을 동시에 사용했다. 두 개의 불덩어리가 나란히 푸가 체이롤로스에게 날아가는 장면은 언뜻 보기에도 위협적이었다. 하지만 푸가 체이롤로스는 여전히 웃기만 했다.

콰앙! 콰앙!

거의 동시에 폭발이 일어났고, 푸가 체이롤로스의 주변이 폭발의 충격파에 휘말렸다. 그래서 주변에 널려 있던 용병들의 시체가 사방으로 날아가 버렸다. 목 없는 시체가 거무죽죽한 피를 뿌리며 날아가는 모습은 공포 영화의 한 장면을 보는 듯했다.

흐으, 무섭군. 시체를 봐서 무서운 것도 있지만 저기 앞에 서 있는 푸가 체이롤로스라는 상급 마족이 더 무서워. 겨우 파이어 볼 가지고 녀석이 죽을 리 없지. 아마 멀쩡히 살아서 실실 쪼갤걸?

"크크크, 여전히 간지럽군."

폭발의 연기가 걷히자 푸가 체이롤로스는 그 자리에 그대로 서서 비웃음을 흘렸다. 얼핏 강력해 보이는 파이어 볼 공격이지만 막상 파이어 볼이 닿는 접촉점에서는 파이어 볼과 검기의 위력이 비슷해 푸가 체이롤로스에게 조금의 타격도 주지 못했다. 접촉하는 지점에 힘이 집중되는 검기도 가볍게 막아냈는데, 폭발 순간 힘이 분산되는 파이어 볼쯤은 더 막기 수월했을 것이다.

"아……!"

"……."

푸가 체이롤로스가 너무나 멀쩡하자 슈아로에의 얼굴에 두려움이 떠올랐다. 그것은 레이뮤 역시 마찬가지였다. 지금 이곳에 있는 사람치고 푸가 체이롤로스를 두려워하지 않는 사람은 없었다. 언제나 싱글싱글 웃고 있는 네리안느조차 미소를 짓지 못할 정도였으니까.

하아, 이런 식의 산발적인 공격은 녀석에게 안 통한다고. 상대는 방어에 치중하는 타입인데 게릴라 전술로 먹히냐? 차라리 멀티 다 먹고 물량으로 승부하든가, 꾹 참았다가 한 방에 치고 나가는 수밖에 없어. 지금 우리들은 도와줄 아군이 없으니까 물량전을 할 수는 없고, 지금 있는 병력 가지고 힘을 비축했다가 한 방에 힘을 폭발시켜야 해.

"그런데 궁금한 게 있는데 물어봐도 될까?"

"······!"

지금까지 가만히 구경만 하던 내가 갑자기 나서서 입을 열자 모두들 경악에 찬 표정을 지었다. 대치 상황에서 힘없는 녀석이 실없는 소리를 하니 놀라지 않을 수 없었던 것이다. 하지만 난 일행에게 눈빛으로 '공격하지 말고 힘을 모아라'라고 말하며 그들을 진정시켰다. 과연 일행 중 내 눈빛 연기를 알아먹는 사람이 있을지 의문이었지만, 그렇다고 그것을 말로 하면 푸가 체이롤로스가 바로 역공을 가할 수도 있기 때문에 차마 말로 하지는 못했다.

"어차피 죽을 건데 궁금한 건 풀고 나서 죽으려고."

"······?"

내가 공격할 뜻이 없음을 내비치자 푸가 체이롤로스는 얼굴에 물음표를 띄웠다. 녀석도 느닷없이 공격을 할 것이란 느낌이 들지 않았기 때문에 난 안심하고 말을 이어갔다.

"여기 널려 있는 시체는 뭐지? 네가 죽인 것 같지는 않은데?"

말을 하면서 난 용병들의 목 없는 시체를 가리켰다. 그것을 보고 푸가 체이롤로스가 킥킥 웃었다.

"녀석들은 날 소환하기 위한 제물이다. 난 열 사람의 목을 제물로 바쳐야**만** 소환되거든."

역시 제물은 마계 종족을 소환하기 위한 것인가? 그럼 진짜 나도 마계 종족을 소환하기 위한 제물이라는 거야? 근데 나 하나 제물로 바친다고 마계 종족이 소환돼?

"사람 하나로 마계 종족이 소환되는 경우도 있냐?"

"무슨 소리를 하는 거지? 대부분의 마계 종족은 많은 수의 사람의 목숨을 제물로 삼는다. 그런 것도 모른단 말이**냐**?"

난 궁금해서 질문한 건데 푸가 체이롤로스는 날 바보 취급했다. 어쨌든 나 하나로는 마계 종족이 소환될 수 없다는 소리에 일단 안심했다. 그리고 이어서 두 번째 질문을 던졌다.

"널 소환한 사람은 누구지? 널 소환해서 무슨 이득이 있는 거야?"

"크크, 내가 그딴 걸 알고 있겠**냐**? 난 그저 이 세계에 소환되면 그만인 거야."

"그럼 그자는 널 소환해서 이 세계를 멸망시키려는 거냐?"

"그거야 모르지. 내 힘으로 이 세계를 멸망시키려면 시간이 좀 걸리긴 하겠지**만**, 그렇다고 못할 것도 없거든."

푸가 체이롤로스는 주먹을 쥐었다 폈다 하며 자신의 힘을 과시했다. 난 녀석의 손톱이 매우 길어 무섭다는 생각을 하다 문득 떠오른 것이 있어서 질문의 내용을 바꿨다.

"그런데 너, 널 소환한 자한테 무슨 부탁 같은 거 받았냐?

그 녀석이 사라질 때 뭘 부탁한다고 했잖아?"

"아하, 그거 말이냐?"

다행히도 푸가 체이롤로스는 이번 질문에 대한 답변도 해주었다.

"저걸 얻어달라고 하더군. 뭐, 어차피 난 상급 마족이라 굳이 그런 걸 들어줄 필요는 없지만 그래도 하급 마왕 급인데 소원 하나 정도는 들어줘야지. 크크."

푸가 체이롤로스가 가리킨 것은 유리시아드의 망토였다. 일곱 개의 성물 중 하나로 불리는 성스러운 망토. 마법학회에 가는 길에 우리를 덮쳤던 사내들도 유리시아드의 망토를 노렸다. 그것은 결국, 그 보라색 단발머리 남자가 유리시아드의 성스러운 망토를 얻기 위해 사내들에게 사주하고 푸가 체이롤로스를 소환했다는 소리이다. 그리고 푸가 체이롤로스의 소환에 필요한 열 사람의 목을 얻기 위해 몬스터 토벌대의 용병들을 이용했다는 점으로 미루어보아 보라색 단발 남자의 머리가 꽤 잘 돌아간다고 볼 수 있었다.

그래, 사내들을 고용할 정도니 놈은 어느 정도 재력이 있겠지. 그리고 우리가 몬스터 토벌대에 참가한다는 걸 알고 있었으니 정보망도 좋은 편이고. 그런데 용병 열 명을 처치하려면 싸움을 꽤 잘하는 인간일 텐데……. 아, 그러고 보니 휴트로 씨가 그 대머리아저씨를 알고 있었군. 사람은 끼리끼리 노는 법이니 그 대머리아저씨도 무공을 잘하겠군. 성인 남자를 끌어안고 10미터씩 뛴 것만 봐도 알 수 있긴 하지만. 어쨌든 보라색 단발 남자는 대머리아저씨라는 조력자와 함께 다니는 것 같다.

"너는 소환되어서 무엇을 하려고 하지? 마계에 있는 게 더 낫지 않냐?"

난 계속해서 푸가 체이롤로스에게 질문을 던졌다. 조금이라도 시간을 끌어야 우리 편이 힘을 비축할 여유가 생기기 때문이었다. 그런 내 속셈을 아는지 모르는지 푸가 체이롤로스는 내 질문에 성심성의껏 대답해 주었다.

"마계에 있어봐야 재미없어. 재미있는 먹을거리가 가득한 물질계로 버려오는 게 낫지."

"그럼 굳이 소환이라는 걸 통하지 않아도 직접 오면 되지 않나? 설마 마계 종족은 물질계로 넘어올 능력이 없다는 뜻은 아니겠지?"

"크크, 물론이다. 하지만 마계는 위계질서가 철저히 잡혀 있어서 함부로 자기 자리를 비워서는 안 된다. 신계는 아예 물질계로 넘어와서는 안 되는 것 같지만, 마계 종족은 아니지. 소환이라는 특수한 형식을 통해서 물질계로 넘어오는 게 허락된다. 아마 대부분의 마계 종족이 물질계로 오고 싶어 할 거야. 나 역시 소환되어서 매우 즐겁다, 크크크."

푸가 체이롤로스는 정말 즐겁다는 듯이 웃었다. 그런 모습을 보니 소환되어서 소원 하나를 들어준다는 녀석의 말이 떠올랐다.

"그런데 마계 종족은 소환되면 술사에게 꼭 소원 하나를 들어줘야 되냐?"

"아니다. 꼭 그런 의무는 없지. 하지만 계급이 높으면 높을수록 소환되었을 때 소원 몇 개쯤은 아무렇지도 않게 들어주는 경우가 많다. 내가 듣기로는 파괴의 마신의 왼팔이신 에크 트볼레시크님도 술사의 소원을 몇 가지 들어주었다더군. 뭐, 그래 봤자 벌써 꽤 지난 일이니 그 술사가 아직 살아 있을 리는 없겠지만."

"에크 트볼레시크님? 파괴의 마신의 왼팔일 뿐인데 그렇게 부르나?"

내가 그렇게 되묻자 푸가 체이롤로스는 고개를 설레설레 저었다.

"아무 것도 모르는 놈이군. 마신 정도 되면 그 힘이 거대해서 한 객체로는 존재하기 힘들다. 그래서 자신의 몸을 여러 개의 자아로 쪼개지. 에크 트볼레시크님은 파괴의 마신이라는 존재의 일부란 것이다."

"에크 트볼레시크의 강림 제물은 뭔데?"

"이미 알려지지 않았나? 천 명의 어린아이의 목숨. 정확히는 남자 아이 500명, 여자 아이 500명씩이지만."

"……!"

푸가 체이롤로스에게서 생각지도 못한 말이 튀어나왔기

때문에 난 크게 놀랐다. 어차피 마계 종족이 사람의 목숨을 제물로 소환된다는 것은 알고 있었지만 그 정도의 제물이 필요할 줄은 몰랐다. 내가 놀라는 모습이 재미있는지 푸가 체이롤로스는 좀 더 자세하게 설명했다.

"단순히 천 명의 어린아이 목숨이 필요한 게 아니다. 천 명의 건강한 어린아이들이 마법진 주위에 있어야 한다. 꽤나 어려운 조건인데, 그걸 성공시킨 그 술사 녀석이 대단한 거지. 나 같은 경우야 사람의 모가지 열 개**만** 있으면 되니까 쉬운 편이다. 물론 소환이 진행되는 도중에 사람의 모가지를 베어내야 하는 점이 조금 까다롭지**만**."

"……!"

얼핏 들어보면 천 명의 어린아이를 모으는 게 쉽게 느껴질 수도 있었지만 결코 쉬운 게 아니었다. 일단 부모들에게서 아이를 빼앗아 오는 것도 쉽지 않았을 테고, 그 아이들을 모아 놓는 장소도 찾기 힘들었을 것이다. 그리고 그 술사를 돕는 동료가 있어야 했다. 그래야 아이들을 돌보고 아이들을 탈취할 수 있기 때문이다. 한 인간이 그 두 가지 일을 동시에 할 수는 없으므로.

"마계 종족은 제물만 있으면 소환이 가능한 거냐?"

난 다시 푸가 체이롤로스에게 질문을 날렸다. 처음엔 단순히 시간 끌기용으로 한 질문이었지만 이제는 무엇인가를 조금이라도 알아내기 위해 질문을 던지고 있었다. 푸가 체이롤로스와의 대화에서 내가 이 세계에 소환된 이유나 내가 다시 원래 세계로 돌아갈 수 있는 방법을 찾을 수 있을지도 모른다는 느낌이 강하게 들었기 때문이다.

"크크, 제물만 있으면 소환될 정도로 우리는 약하지 않다. 그에 걸맞은 매직포스가 필요하지. 나는 6서클 정도만으로도 충분하지만 에크 트볼레시크님은 적어도 10서클 이상은 되어야 할 거다."

푸가 체이롤로스는 그 자리에서 꼼짝도 하지 않은 채 내 질문에 관련된 답변만 했다. 나는 말을 할 때마다 몸을 움직이고 있는데 녀석은 전혀 움직이질 않아서 역시 마계 종족이다라는 생각을 하게 되었다. 사람은 한 자세를 오래 유지하는 걸 힘들어하기 때문이다.

"10서클? 인간이 10서클을 달성할 수 있는 거냐?"

난 인간도 이닌 푸가 제이콜로스에게 그런 어리석은 질문을 했다. 내 예상대로 푸가 체이롤로스는 어처구니없다는 표정을 지었다.

"인간이 10서클을 달성했는지 안 했는지 내가 왜 알고 있어야 하지? 10서클이 됐으니까 에크 트볼레시크님을 소환한 거 아닌가?"

"커널……."

"……!"

그때 아무 말도 하지 않던 일행 중에서 레이뮤가 조용히 입을 열었다. 하지만 나나 푸가 체이롤로스는 레이뮤의 말을 이해하지 못했다. 무엇보다도 커널이 무슨 존재인지 잘 모르기 때문에 생긴 현상이었다. 레이뮤는 그런 우리(?)들을 위해 친절히 설명해 주었다.

"인간이 달성한 마나는 7서클까지입니다. 그 누구도 8서클을 달성하지 못했고, 이론적으로도 달성하기가 불가능합니다. 8서클을 달성하기 위해서는 적어도 100년 이상의 시간이 필요하니까요. 100년 이상 산 사람이 없으니 8서클 이상 달성한 마법사도 없습니다."

오호, 그렇군. 근데 레이뮤 씨는 500년 이상 살았잖아? 그럼 당연히 8서클 이상도 달성… 아, 그러고 보니 레이뮤 씨는 마나를 더 이상 모을 수 없다고 했지? 죽지 않는 대신 마나를 모을 수 없다……. 잉? 뭔가 마계 종족의 소환과 연관이 있을 듯한 느낌이…….

"하지만 그런 인간이라도 8서클 이상의 마법을 사용할 수 있는 방법이 있습니다. 그것은 바로 커널이라는 존재이지요. 커널이 어떻게 생기는지는 알 수 없지만, 적어도 커널을 소유했던 사람은 그 분야에서 무서운 성장을 이룩했습니다. 마법사는 전설의 마법을 사용했고, 흑마술사는 에크 트볼레시크를 소환했으며, 소환술사는 카이드렌의 영혼을 소환했지요. 그리고 정령술사는 정령왕을 소환했고, 사제는 신의 힘을 자신의 몸에 축적할 수 있었습니다. 그 모든 것은 커널이 없었다면 불가능했을 것입니다."

레이뮤는 마치 다큐멘터리의 내레이터처럼 감정이 실려 있지 않은 어조로 말했다. 그래서인지 레이뮤의 말이 전부 진실로 받아들여졌다. 그러나 그런 레이뮤의 어조도 뒤로 가면 갈수록 감정이 실리기 시작했다.

"특히 에크 트볼레시크와 카이드렌은 한 장소에서 거의 동시에 소환되었습니다. 아마도 한 사람이 두 존재를 모두 소환했을 것입니다. 커널을 소유했던 그 사람이."

"에? 설마……?"

레이뮤의 말을 듣던 도중 슈아로에가 놀란 표정으로 입을 열었다. 뭔가 짚이는 구석이 있는 모양이었다. 하지만 난 짚이는 구석이 하나도 없어서 슈아로에가 왜 놀라는지 알 방법이 없었다. 레이뮤는 슈아로에를 잠시 바라보다가 계속해서 말을 이었다.

"당시 커널을 소유했던 사람은 '로이스 맨스레드'. 25세의 젊은 나이에 6서클을 달성하고 마법 코드가 일정한 마나량을 가지고 있다는 걸 알아낸 사람, 귀족 출신이 아니었음에도 전투에서 수많은 공을 세워 공작의 작위를 받은 사람, 그리고… 내 약혼자였던 사람."

"……!"

그랬군. 그래서 저번에 레이뮤 씨가 에크 트볼레시크에 대해서 얘기할 때 자신의 애인이 커널 소유자였다는 소리를 했었구나. 그걸 알고 있는 슈아로에가 그것 때문에 놀란 것이고. 로이스 맨스레드, 그가 정말 에크 트볼레시크와 카이드렌을 소환했다면… 도대체 왜 그런 짓을 한 거지? 그럼 레이뮤씨의 약혼자라는 사람이 천 명의 어린아이를 제물로 에크 트볼레시크를 소환했단 말인가?

"응? 에크 트볼레시크님이 소환될 당시에 네 약혼자가 있었다고? 그럼 그때도 넌 있었단 말이냐?"

뭔가 이상함을 느낀 푸가 체이롤로스가 레이뮤를 지목하며 물었다. 레이뮤가 500년 이상 살아온 사실을 모르기 때문에 하게 된 질문이었다. 마침 레이뮤도 자신의 무한 생명에 대해 물어볼 게 있는지 도리어 푸가 체이롤로스에게 질문을 던졌다.

"난 500년 이상을 살아오고 있습니다. 상급 마족인 당신이라면… 내 얼굴과 팔에 붙어 있는 이 보석이 무엇을 의미하는지 알고 있지 않습니까?"

"보석?"

레이뮤의 말에 푸가 체이롤로스는 레이뮤의 몸에 붙어 있는 보석을 쳐다보았다. 시력이 좋은 것인지 그 자리에 가만히 선 채로 보석을 바라보았다. 그렇게 잠시 보석을 살펴보던 푸가 체이롤로스는 씨익 웃으며 말했다.

"모른다. 설령 알더라도 내가 그걸 너에게 가르쳐 줄 의무는 없지. 만약 네가 내 새끼를 밴다면 알아봐 줄 수는 있다,

크크크."

"……!"

느닷없이 푸가 체이롤로스의 그것이 벌떡 섰다. 그 모습을
보고 네 여성은 기겁하며 뒤로 한 걸음씩 물러섰다. 같은 남
자가 보기에도 역겨웠는데 그런 걸 볼 기회가 적은 여자들이
다 보니 혐오감을 느낄 수밖에 없었던 것이다.

이런, 참 크고 길군. 저런 걸 집어넣었다간… 윽! 유리시아
드가 날 무시무시한 눈으로 째려보잖아! 아무튼 저 녀석은 옷
도 안 입나? 보기 흉하잖아!

"마계 종족도 교미를 하냐?"

난 교미라는 말을 사용함으로써 푸가 체이롤로스를 동물
취급했다. 하지만 푸가 체이롤로스는 그런 취급에 아무런 심
리적 타격도 받지 않은 듯했다.

"신계 종족은 무조건 결합을 통해서 새끼를 낳지만 마계
종족은 다르다. 해도 그만, 안 해도 그만이지. 낳아야 하는 쪽
이 좋지만, 크크크."

"……."

그러셔? 결국 마계 종족은 유성생식과 무성생식을 둘 다
할 수 있다는 소리네? 원래 유성생식이 환경 적응에 더 효과
적이지만 마계의 환경이 자주 바뀌지는 않을 테니까 무성생
식도 충분히 통하긴 하겠군. 잉? 정말 마계는 환경이 그대로
일까?

"마계는 환경의 변화가 없냐? 화산 폭발이라든가 지진이라든가."

"마계 종족이 힘을 사용하면 그렇게 되긴 하지만 그렇지 않고서는 변하지 않는다. 그건 신계도 마찬가지일걸?"

푸가 체이롤로스가 신계를 언급하자 문득 신계에 대해서 궁금해졌다. 그래서 난 곧바로 신계에 대해 질문을 던졌다.

"신계 종족과 마계 종족은 사이가 어떻지? 나쁜가?"

"……."

지금까지 내 질문에 성심성의껏 대답해 오던 푸가 체이롤로스가 입을 다물었다. 그는 이미 지칠 대로 지쳤다는 표정이었다. 그 표정에 내가 뜨끔하고 있을 때 푸가 체이롤로스의 입이 열렸다.

"이제 이 정도까지 기다려 줬으면 뭔가 공격을 해야 할 거 아닌가? 도대체 언제까지 얘기로 시간을 때우려는 거지? 내 인내심에도 한계가 있다."

"……!"

크으, 역시 내가 시간 끌기를 하고 있다는 걸 눈치 챘군. 뭐, 처음에는 시간 끌기용으로 질문을 했다가 나중에는 내가 궁금해져서 질문을 몇 개 하긴 했지만. 이제 한 방 공격을 해야 하는데 푸가 체이롤로스와 얘기한 시간이 고작 10분도 채 되지 않아서 우리 편의 힘이 잘 모였을지 의문이군. 그리고 모였다 하더라도 녀석이 그 공격을 그대로 맞고 있지만은 않을 텐데…….

"눈치 하나 빠르군. 역시 상급 마족."

싸울 방법을 생각하기 위해 난 일부러 푸가 체이롤로스를 칭찬했다. 감정을 가지고 있는 푸가 체이롤로스라면 칭찬이 어느 정도 효과가 있을 것으로 생각되었기 때문이다. 그런 내 예상대로 푸가 체이롤로스는 기분 좋은 듯한 웃음소리를 내었다.

"크크크, 당연하지. 오랫동안 살아온 내가 그 정도의 얄팍한 수법도 모를 줄 알았냐?"

"미안하다, 얄팍한 수법을 써서."

난 일부러 시간을 끌었다. 이번에는 우리 편을 위해서가 아닌 나를 위해서였다. 어떻게 해서든 녀석에게 대항할 방법을 찾아내야 하기 때문이었다.

우리가 공격을 한다고 해도 녀석이 피해 버리면 의미가 없어. 결국 공격하기 전에 녀석의 움직임을 봉쇄해야 한다는 것인데, 중력 마법 따위로 녀석의 움직임이 봉쇄될까? 뭔가… 우리들 중에서 녀석의 움직임을 봉쇄할 만한 수단을 가진 사람이…….

"……!"

일행을 둘러보던 내 눈에 문득 네리안느의 모습이 들어왔다. 그리고 네리안느가 노래로써 마수들의 행동을 둔화시켰던 사실을 떠올렸다. 마수들에게 통한 그 노래가 상급 마족이라고 안 통하리라는 법은 없다. 난 그렇게 생각했다.

흐으, 하지만 마수들을 둔화시키는 정도의 노래는 당연히 푸가 체이롤로스에게 씨알도 먹히지 않겠지. 결국 네리안느의 노래를 강화시켜야 한다는 소리인데…… 잉? 노래를 강화시킨다? 노래는 소리니까 증폭시키는 수단이 있잖아!

"이제부터 우리의 반격이다."

난 푸가 체이롤로스에게 그렇게 선언했다. 일부러 푸가 체이롤로스를 도발시키기 위해서였다. 녀석의 자존심을 건드리면 적어도 우리에게 1타의 공격 기회를 줄 것이라 믿었기 때문이다.

"반격? 크크, 그거 기대되는군. 그래, 어떤 반격을 할 거지?"

내 예상대로 푸가 체이롤로스는 비웃음을 흘리며 그 자리에 가만히 서 있었다. 아마도 우리의 공격이 시작되기 전에는 움직일 생각이 없어 보였다. 그것은 바로 내가 바라던 상황이었다.

"레이뮤 씨, 슈아로에, 그리고 유리시아드, 제가 저번에 알려줬던 리프레쉬 코드 기억나요?"

"……?"

내가 느닷없이 리프레쉬 코드를 언급하자 세 여성의 표정에 의아함이 떠올랐다. 세 여성에게 마나 생성 코드를 알려주면서 리프레쉬 코드도 써보라고 권했기 때문에 모두 기억하고 있으리란 생각이 들었다. 물론 네리안느나 휴트로, 푸가 체이롤로스는 리프레쉬 코드가 무엇인지조차 알지 못했다. 알지 못하기 때문에 리프레쉬 코드를 써도 제지할 사람이 없었다.

"리프레쉬 코드를 사용해요. 그리고 나서 작전을 지시할게요."

"……."

나원, 그렇게 믿지 못하는 표정 짓지 말라고. 특히 유리시아드, 어차피 지금 상태로는 푸가 체이롤로스를 때려잡을 수 없으니까 내 말을 들어! 일단 리프레쉬 코드로 마나를 회복시켜야 할 거 아니야! 그래야 공격을 하지!

"알겠습니다. 그럼 리프레쉬 코드를 쓰도록 하죠."

세 여성 중 레이뮤가 가장 먼저 내 말뜻을 알아들었다. 레이뮤는 내 말대로 곧장 리프레쉬 코드를 사용했다.

"Set code with replace true by false."

레이뮤가 먼저 리프레쉬 코드를 사용하자 나머지 두 여성도 리프레쉬 코드를 사용했다. 리프레쉬 코드는 사용하더라도 외관상 아무런 변화가 없기 때문에 그걸 구경하는 사람들은 무슨 일이 일어나는지 전혀 알지 못했다.

"뭐 하는 거야? 공격 안 해?"

푸가 체이롤로스는 리프레쉬 코드를 외우고 시간이 지났음에도 아무런 변화가 없는 세 여성을 보고 어처구니없다는 표정을 지었다. 뭔가 거대한 공격이 날아오리라 생각했다가 아무 일도 일어나지 않자 배신감마저 느낀 듯했다. 일단 푸가 체이롤로스가 선제 공격을 할 생각이 없음을 확인한 나는 레이뮤에게 마법 사용을 지시했다.

"저 녀석 주변에 강한 소리 증폭 마법을 걸어주세요. 발현 정도는 최대한 할 수 있는 만큼 하구요."

"……?"

음성 증폭 마법을 사용하라는 소리를 듣고 레이뮤를 비롯한 모든 사람들이 어리둥절해했다. 푸가 체이롤로스도 이해를 하지 못한 듯했다. 그것은 나에게 마음의 여유를 가져다주었다.

"음성 증폭 마법이라……. 근데 지금 리프레쉬 코드 때문에 마법을 쓸 수 없습니다."

레이뮤가 이의를 제기했다. 리프레쉬 코드는 마나를 빠른 속도로 회복시켜 주지만 코드가 실행되는 동안 마법을 사용할 수 없다는 단점이 있기 때문이었다. 하지만 그것은 이미 알고 있는 사항, 그에 대한 방법을 생각해 놓지 않을 리 없었다.

"Break로 실행 중지시키세요."

"Break? 아……!"

내 말에 따라 Break를 입에 담은 순간 레이뮤의 머릿속에서 실행 중이던 리프레쉬 코드가 중지되었다. Break라는 코드는 정신력 제어 코드가 아니기 때문에 어떤 어조로 말을 하든 Break라는 발음을 하게 되면 자동적으로 실행된다. 그래서 아무 생각 없이 말했음에도 리프레쉬 코드가 캔슬된 것이다. 물론 마나 생성 코드는 Break 코드가 전혀 먹히지 않지만.

"자, 이제 범위를 넓게 잡고 발현 100 정도로 음성 증폭 마법을 발현시켜요! 실행 시간은 100초!"

내가 강한 어조로 레이뮤를 재촉하자 갑작스런 코드 중지에 당황하던 레이뮤는 곧 정신을 차리고 음성 증폭 마법 코드를 외웠다.

"Create space range, mapping fiftyfold amplitude, render hundred."

레이뮤의 마나적 한계 때문에 매핑이 Fiftyfold, 즉 50배에서 그쳤다. 만약 레이뮤가 내 말대로 100배, 즉 Hundredfold를 명령어로 썼다면 마나 용량 초과로 코드 오류가 났을 것이다. 하지만 자기의 한계를 알고 있는 레이뮤의 스타급 센스에 의해 음성 증폭 마법은 무사히 실행되었다.

"음성 증폭 마법? 도대체 뭘 하려는 거냐?"

음성 증폭 마법이 자신의 주변에 걸리려 함에도 푸가 체이롤로스는 전혀 그 자리를 떠날 생각을 하지 않았다. 그것은 내가 바라던 바였다. 음성 증폭 마법이 실행될 때까지 녀석이 내 생각대로 가만히 있어주었기 때문에 난 네리안느에게로 달려가며 소리쳤다.

"네리안느 씨! 이제 노래를 불러요!'

"······!'

내 요구에 네리안느는 순간 당황했지만 침착하게 노래를 부르기 시작했다.

"아무것도 보이지 않는 어둠 속에서 한줄기 빛이 되리라~ 그 어떤 두려움도 고통도 내 앞에서는 한낱 먼지에 불과하리니~"

"으윽!'

"꺅!'

네리안느의 노래가 음성 증폭 마법 지역을 통과하자 갑자기 소리가 무지막지하게 커졌다. 소리의 진폭을 50배로 키웠으니 당연한 결과였다. 물론 그것은 이쪽에서 푸가 체이롤로스 쪽으로 갔다가 다시 튕겨져 나오는 소리라 위력이 많이 약해져 있었다. 그렇다고는 하지만 그 소리 역시 매우 컸기 때문에 가만히 있는 것은 불가능했다. 그래서 아무것도 하지 않고 있던 슈아로에, 유리시아드, 휴트로는 귀를 틀어막았으나 마법을 실행 중이던 레이뮤는 얼굴을 살짝 찌푸렸을 뿐 음성 증폭 마법을 유지시키고 있었다. 베테랑답게 갑작스런 상황에서도 자신의 역할을 꿋꿋이 수행하는 레이뮤가 그렇게 든든할 수가 없었다.

"끄아아악―!'

푸가 체이롤로스의 입에서 믿을 수 없을 만큼 거대한 비명이 터져 나왔다. 내 생각대로 네리안느의 노래가 푸가 체이롤로스에게 상당한 타격을 주었던 것이다. 음성 증폭 마법 지역을 통과하면서 50배 이상 커진 네리안느의 노래는 마계 종족에게 거의 살인적이라고도 할 수 있었다.

"끄아아악—!"

그때 푸가 체이롤로스의 비명이 음성 증폭 마법 지역을 통과하면서 우리에게도 굉장한 데미지를 입혔다. 음성 증폭 마법은 양 방향이라 이쪽에서 보낸 소리도 50배로 커지고 저쪽에서 흘러나오는 소리도 50배로 커지기 때문이었다. 다행히도 귀를 막고 있었던 슈아로에나 휴트로, 유리시아드, 그리고 네리안느는 괜찮았지만 나와 레이뮤는 고막이 터지는 사고를 당했다. 사실 고막이 터져도 아픔은 느끼지 못하지만 고막이 터졌을 것이라는 느낌이 왔다. 노래를 부르고 있는 네리안느의 경우는 내가 직접 귀를 막아주었기 때문에 아주 큰 타격은 없었다.

"계속 노래를 불러요."

난 네리안느의 귀에서 내 손을 살짝 떼어낸 다음 그렇게 속삭였다. 고막이 터져서 나 스스로 내 말을 잘 알아들을 수가 없어 내가 제대로 말을 했는지 어땠는지는 알지 못했다. 듣지를 못하면 말을 잘할 수 없다는 걸 느꼈지만 지금은 그런 감상을 할 때가 아니었다. 네리안느가 노래를 중단하면 곧바로 푸가 체이롤로스의 반격이 날아올 것이기에 무슨 일이 있어도 그녀의 노래를 지속시켜야 했다.

"기회는 지금이에요! 공격해요!"

우리 편에게는 음성 증폭 마법이 걸려 있지 않아 난 최대한 있는 힘껏 소리쳤다. 푸가 체이롤로스의 비명이 하도 커서 내 목소리가 들릴지는 의문이었다. 그러나 설령 내 목소리가 들리지 않았더라도 지금의 이 기회를 우리 편이 놓칠 것이라는 생각은 들지 않았다.

"Create space hotball, mapping elevenfold fire, create space road, animate space road!"

그 순간 슈아로에의 입에서 파이어 볼 코드가 흘러나왔다. 평소의 파이어 볼보다 열한 배 증폭된 3서클의 파이어 볼이었다. 아니, 슈아로에가 엄청난 소음 속에서도 파이어 볼의 크기를 반경 20㎝ 정도로 작게 했기 때문에 평소의 파이어 볼보다 약 170배의 파괴력을 가지게 되었다. 파괴력이 강한 만큼 그 파이어 볼의 형태를 유지하는 게 힘들 텐데도 슈아로에는 완벽히 소형의 파이어 볼을 실행시켰다.

콰앙—!

파이어 볼이 푸가 체이롤로스에게 떨어지자 어마어마한 폭발에 의한 충격파가 우리를 덮쳤다. 음성 증폭 마법이 없다고 하더라도 위협적이었는데 음성 증폭 마법에 의해 50배 이상 증폭된 충격파는 공포, 그 자체였다. 그렇게 충격파가 밀려오고 있는 상황에서는 더 이상 네리안느가 노래를 부를 수 없다고 판단, 난 즉시 그녀를 내 몸으로 감쌌다. 각각 음성 증 폭 마법과 파이어 볼을 사용하느라 무방비 상태인 레이뮤와 슈아로에는 휴트로나 유리시아드가 지켜주길 바라는 수밖에 없었다.

"커헉!"

난 충격파를 등에 맞고 헛바람을 삼켰다. 생각보다 강력한 충격에 정신이 아득해졌다. 지금의 작전을 구사한 내가 정신 을 잃어버리면 큰일이라는 생각에 필사적으로 정신을 차리려 고 했지만, 그러기에는 난 너무 약했다. 정신을 차렸을 때 나 는 과연 이승에 있을 것인가, 저승에 있을 것인가란 문제를 생각하면서 그대로 정신을 잃고 말았다.

*　　　*　　　*

으아, 날려 버렸다. 내가 죽어라고 모았던 18금 데이 터……. 레지스트리를 잘못 건드렸다가 홀라당 날려 버렸다! 망할 놈의 악성 코드! 바이러스보다도 더 귀찮은 놈! 어차피 자료 날린 거 모조리 포맷시켜 주마!

드르륵— 드르륵—

하드디스크 포맷을 하자 하드디스크에서 하드 긁는 소리 가 난다. 그 소리가 너무 시끄러워 귀를 틀어막아 보지만 소용이 없다. 그리고 이번엔 파워 서플라이까지 위잉, 소리를 낸다. 마침내 메인보드에서 삑, 삑 하고 비프음이 쉴 새 없이 들려온다. 시끄럽다. 너무 시끄럽다. 이런 상황에서 나보고 어떻게 18금 만화책을 보란 말인가!

"……!"

문득 머리 위에서 느껴지는 부드러운 느낌에 난 천천히 눈을 떴다.

"아, 깨어났군요?"

처음 들어보는 목소리가 내 귀에 들려왔다. 아니, 처음이라기보다는 많이 듣지 않아서 익숙하지 않은 목소리였다. 내 귀에 익숙한 목소리는 레이뮤나 슈아로에였기 때문이다.

잉? 레이뮤? 슈아로에? 그러고 보니… 난 지금 이상한 세계에 소환된 상태였군. 꿈에서 내가 살던 곳의 물건을 봤더니 기분이 좀 그런걸? 지금이라도 돌아가고는 싶지만 돌아갈 방법을 모르니……. 근데 내가 왜 잠을 잤지? 지금 대낮 아닌가?

"……!"

그러고 보니… 방금 전까지 우리는 푸가 체이롤로스와 싸우고 있었구나. 녀석에게 음성 증폭 마법으로 네리안느의 노래를 들려주고, 슈아로에가 특수 파이어 볼로 가격했는데 어떻게 됐지? 난… 살아 있는 건가?

"네리… 안느 씨?"

"네, 네리안느예요."

네리안느는 내 이마를 쓰다듬으며 웃었다. 투명한 면사포를 통해 보이는 네리안느의 표정은 아주 편안해 보였다. 그것은 푸가 체이롤로스와의 전투에서 우리가 승리했음을 의미하는 것이었다.

"우리가 이긴 건가요?"

"그래요. 푸가 체이롤로스는 죽지는 않았지만 힘을 잃고 다시 마계로 돌아갔어요."

"예……."

하하, 그렇게 강력한 2연타 공격을 받고도 살아 있단 말이야? 역시 하급 마왕 급의 상급 마족은 다르군. 그런데 나, 충격파 얻어맞고 정신을 잃었었는데 레이뮤 씨와 슈아로에는 어떻게 됐지?

"레이뮤 씨와 슈아로에… 그리고 휴트로 씨와 유리시아드는……?"

"옆에 있어요."

내 물음에 네리안느는 내 고개를 살짝 옆으로 돌려주었다. 그러자 레이뮤를 포함한 네 아군의 모습이 보였다. 모두들 건강해 보여서 일단 안심이 되었다.

푸가 체이롤로스의 비명 때문에 고막이 터진 것 같았는데 치료는 된 건가? 뭐, 고막이라는 게 원래 재생이 탁월하긴 하

지만 크게 손상을 입으면 수술을 해야 하는데 말이야. 여기는
수술 대신 치유 마법이나 신력을 사용했을라나?

"거기 레지스트리 씨, 대체 언제까지 소성녀님의 무릎을
베고 있을 생각이신지……. 깨어났으면 빨리 일어나시지요?"

그때 유리시아드가 굉장히 비꼬는 말투로 날 보며 입을 열
었다. 그 말을 듣고 나서야 난 내가 네리안느의 무릎을 베고
있다는 사실을 깨달았다. 그래서 난 즉시 상체를 일으켜 네리
안느에게서 떨어졌다.

헉, 내가 지금까지 네리안느의 무릎에서 디비져 자고 있었
다는 소리야? 내 머리, 무거웠을 텐데 다리 안 저렸으려나? 아
니, 그보다 무릎 베개를 해주느라고 흰 드레스가 지저분해졌
잖아! 다행히 흙만 묻은 것 같긴 한데 너무 미안해진다.

"미안해요, 그것도 모르고 누워 있어서."

난 네리안느가 옷을 털고 일어나는 모습을 보며 입을 열었
다. 그러다가 그녀가 벗어놓은 흰색 장갑을 다시 끼는 모습을
보았다. 짧은 시간이었지만 내 눈에 보인 그녀의 손은 참 희
고 예뻤다. 그 손이 다시 장갑 속으로 사라질 때는 일종의 아
쉬움마저 느꼈다.

"우리 중에서 가장 크게 다친 사람이 레지스트리 군이었으
니 이 정도는 아무것도 아니에요."

네리안느는 예의 웃는 표정으로 날 안심시켰다. 그 말을 듣
고 난 내 몸을 이리저리 살펴봤지만 특별히 아픈 곳은 없었

다. 충격파를 직격탄으로 맞았던 등도 아무렇지 않았다.

"치료는 네리안느 씨가 해준 건가요?"

"네, 치유의 소리로 레지스트리 군의 상처를 완화시켰어요. 몸 상태는 어떤가요?"

"멀쩡합니다. 다친 것 같지 않은데요?"

"다행이네요."

그렇게 말하며 미소 짓는 네리안느의 모습은 지금까지의 미소와는 왠지 달라 보였다. 물론 그것이 내 착각이라면 할 말 없지만.

저벅저벅.

그때 우리들의 측면 쪽에서 발자국 소리가 들려왔다. 또다시 마수들이 출현한 것이 아닌가 긴장하고 있을 때 발자국 소리의 주인공이 모습을 드러내었다.

"아, 스트라우드님! 이안트리 양!"

"에인마크 씨?"

나타난 사람은 레일과 트레일이었다. 그들은 다행히도 푸가 체이롤로스의 제물이 되지는 않은 모양이었다. 솔직히 두 사람이 제물이 되어도 나로서는 별 아쉬울 게 없지만 일단 아는 사람이 죽으면 기분이 묘해지기 때문에 이들이 살아 있다는 것이 반가웠다.

"이곳에서 강력한 마나의 기운을 느꼈는데… 괜찮습니까?"

레일도 푸가 체이롤로스의 강력한 마나의 기운을 느꼈던 것인지 약간 두려운 듯한 표정을 지었다. 나로서는 '그 기운을 느꼈으면 재깍재깍 튀어와야지 지금까지 뭐 했냐?' 라고 따지고 싶었지만 그들 나름의 사정이 있을 것이란 생각에 관두었다.

"이들은……?"

레일을 따라왔던 트레일이 주변에 어지럽게 널려 있는 용병들의 시체 파편을 보고 크게 놀랐다. 원래는 목만 깔끔하게 잘린 시체들이었으나 파이어 볼의 폭발 여파에 의해 시체들이 갈가리 찢어진 것이었다.

"도대체 무슨 일이 있었던 겁니까?"

끔찍한 광경에 레일은 눈살을 찌푸렸다. 하지만 우리 일행 중 레일 등에게 지금까지의 일을 친절히 설명해 줄 사람은 없었다.

"일단 돌아가기로 해요. 피곤하네요."

네리안느는 우리들을 돌아보며 쉬고 싶다고 의견을 밝혔다. 날도 어둑어둑한 상태라 슬슬 잠잘 시간이었고, 몸도 피곤했기 때문에 우리들은 그녀의 의견에 대찬성했다.

"그럼 돌아갑시다!"

휴트로가 먼저 앞장을 서자 그 뒤를 나머지 사람들이 따라갔다. 난 일행의 가장 뒤에서 따라가며 레일과 트레일을 향해 한마디 던졌다.

"여기서 좀 내려가다 보면 몬스터 서른 마리가 떼거지로 죽어 있을 거예요. 아직 눈알을 회수하지 않았으니까 가져요."

"……."

내 말을 들은 레일 일행은 멍한 표정을 지었다. 그런 두 사람을 무시하고 우리들은 유유히 푸가 체이롤로스와의 전투 장소에서 빠져나왔다.

*　　　　*　　　　*

"단 한 마리도… 잡지 못했단 말입니까?"

미스틱 성의 성주는 우리가 마수의 눈알을 단 하나도 가지고 있지 않자 믿을 수 없다는 표정을 지었다. 그도 그럴 것이, 엄청난 명성을 자랑하는 스타 플레이어로 구성된 파티가 일개 마수 한 마리도 잡지 못했다니 당연하다면 당연한 반응이었다. 나 같아도 그런 말을 들으면 절대 믿지 못했을 것이다.

"흐음, 흠… 어쨌든 여러분은 귀인이기 때문에 다른 용병들하고는 달리 성안에서 쉬시기 바랍니다. 여섯 개의 방을 준비했으니 원하는 방을 선택하십시오."

성적 부진의 스타 플레이어라도 몸값이 있어서인지 성주는 함부로 우리들을 대하지 못했다. 일행 중에서 몸값이 가장 싼 나조차도 귀인 취급을 받아서 솔직히 부담스러웠다. 푸가 체이롤로스와의 전투에서 내가 한 일이 거의 없었으니까.

"정말 수고했어요."

"예?"

방을 선택하고 취침을 하기 전 네리안느가 날 불러 세우더니 그렇게 말했다. 하지만 난 그녀의 말을 이해하지 못해 도리어 되물었다. 네리안느는 편안한 미소를 지어 보이며 부연 설명을 해주었다.

"레지스트리 군이 없었으면 푸가 체이롤로스를 제압하지 못했을 거예요."

아하, 그 얘기였나?

"아니, 결정적인 역할을 한 건 네리안느 씨, 레이뮤 씨, 슈아로에잖아요? 난 한 게 없는데요."

"없기는요. 음성 증폭 마법으로 빛의 노래를 증폭시킨다는 훌륭한 작전을 세웠잖아요. 그런 작전은 아무나 세우는 게 아니에요."

네리안느는 계속해서 날 칭찬하였다. 하지만 난 칭찬을 들었음에도 별로 기쁘지 않았다.

"음성 증폭 마법이 원래 공격형 마법이 아니기 때문에 그런 생각을 잘 못하는 거지, 알게 되면 어떤 마법사라도 쉽게 사용할 수 있는 작전이에요. 그리고 제대로 된 작전 회의도 없었는데 끝까지 음성 증폭 마법을 유지한 레이뮤 씨와 끝까지 노래를 부른 네리안느 씨, 그리고 괴로웠을 텐데도 강력한 파이어 볼을 성공시킨 슈아로에가 대단한 거죠."

"훗, 그렇게 다른 사람들에게 공을 돌리려 하는군요."

잉? 내가 언제 다른 사람에게 공을 돌렸다고 그러지? 난 그냥 있는 사실 그대로를 말한 것뿐이라고. 아무리 유능한 지휘관이라고 해도 우수한 부하가 없으면 말짱 꽝인 것처럼, 우리 일행의 능력이 뛰어나지 않았다면 내 작전은 실패였어. 우수한 부하를 만난 무능한 지휘관의 승리라고나 할까? 가능하면 내가 작전을 짜고 실행까지 하고 싶었지만 나한테는 그럴 능력이 없잖아? 이번 전투에서 느낀 건 '역시 난 약하다' 뿐이라고.

"네리안느 씨는 앞으로도 몬스터 토벌을 할 건가요?"

난 일부러 화제를 돌렸다. 다행히도 네리안느는 내 화제 돌리기에 응해주었다.

"네, 그것이 쟈느네가 사일의 뜻이니까요."

"그럼 솜씨 좋은 마법사 하나 영입하세요. 이번처럼 마법사가 음성 증폭 마법을 걸고 네리안느 씨가 노래를 부르면 휴트로 씨가 쉽게 마수들을 처리할 테니까요."

"음, 그렇군요. 그래야겠어요. 조언 고마워요."

그 대화를 끝으로 우리는 작별 인사를 하고 각자의 방으로 들어갔다. 푸가 체이롤로스와의 전투에서 정신적으로 많이 지친 상태라 난 침대에 눕자마자 바로 잠이 들었다.

……

다음날, 우리 일행은 미스틱 성을 떠나 다시 매지스트로 마법학교로 향했다. 휴트로와 네리안느는 다른 지역의 몬스터 토벌을 돕기 위해 우리와 헤어졌다. 가기 전에 휴트로가 '만약 또 만날 기회가 있다면, 그때는 너에게 무공을 가르쳐 주마'라고 나에게 말했다. 남자에게는 무공을 가르치지 않는다는 휴트로가 어째서 그런 말을 했는지는 알 수 없었지만 적어도 날 싫어하거나 경계하는 빛은 보이지 않았다. 아마도 푸가체이롤로스와의 전투에서 내 작전 능력을 어느 정도 인정해 준 듯싶었다.

음, 어쩌면 내가 온몸으로 네리안느를 충격파로부터 보호한 것을 휴트로가 고맙게 생각하는지도 모르겠군. 뭐, 어찌됐든 아군이 늘어났다는 건 좋은 거지. 그나저나 귀인 취급을 받지 못하고 받은 상금으로 여관에서 지낸 레일과 트레일은 이미 떠났나? 별로 보고 싶지는 않지만 그래도 인사 정도는 해야 될 텐데.

덜컹덜컹.

하루밖에 지나지 않았지만 마차를 탄다는 것이 꽤 오랜만이라는 느낌이었다. 슈아로에 역시 마차에 적응하지 못하고 엉덩이가 아프다며 계속 투덜댔다. 레이뮤야 원래부터 마차에 적응하고 있어서 표정에 변화가 없었고, 유리시아드는 자기 말을 타고 가니 마차에 적응할 필요가 없었다.

"근데 레지스트리 군의 Break 코드가 이런 식으로 유용하게 쓰일 줄은 몰랐어요. 리프레쉬 코드와 Break 코드라니……. 이외로 강력한데요?"

마차를 타고 가면서 슈아로에가 그렇게 말했다. Break 코드를 쓸데없는 코드라 생각했던 그녀였기 때문에 푸가 체이롤로스와의 전투에서 훌륭한 역할을 수행한 Break 코드를 다시 보게 된 것이었다.

"리프레쉬 코드… Break 코드… 그리고 마나 생성 코드……."

가만히 앉아 있던 레이뮤가 천천히 입을 열었다. 그녀는 내가 만들어낸 세 가지의 코드를 입에 담았다. 물론 내가 만든 코드 중에는 정신력 제어 코드 없는 파이어 볼 코드도 있지만, 그건 레이뮤의 미완성 코드를 기초로 만든 것이라 완전히 내 코드라고 하기는 어려웠다. 그래서 내가 기획하고 완성시킨 나의 코드는 그 세 가지라고 할 수 있었다.

"내년 마법학회에 발표해야 되나 말아야 되나 고민되는군요."

레이뮤의 걱정거리는 그것이었다. 발표하면 학계에 거센 파장이 일어날 것이 자명한 상황에서 발표를 망설이고 있었던 것이다. 그래서 난 레이뮤에게 내 생각을 밝혔다.

"발표하셔도 되고 안 하셔도 돼요. 저 개인적으로는 시끄러운 걸 싫어해서 발표하지 않는 쪽이 낫지만, 마법학계의 입장에서 보면 발표하는 게 낫지 않을까요? 꼭 제가 아니라도 이런 코드를 마법사들이 언젠가는 만들어낼 테니까요."

"……."

레이뮤는 여전히 결정을 내리지 못하겠다는 표정을 지었다. 왠지 그렇게 갈팡질팡하는 레이뮤의 모습이 안쓰러워서 난 최종 결론을 내렸다.

"내년 마법학회까지는 시간이 많으니까 천천히 생각하세요. 미리미리 생각하는 것도 필요하긴 하지만 너무 생각이 앞서 나가면 피곤해지니까요."

"그렇군요. 시간이 많군요."

마침내 레이뮤는 내 의견에 동조했다. 다시 담담한 표정으로 돌아온 레이뮤를 보니 드디어 레이뮤답다는 생각이 들었다. 역시 레이뮤는 뭔가 갈등하는 모습보다는 모든 것에 초탈한 듯한 모습이 더 어울렸다.

덜컹덜컹.

돌아가는 길에는 아무 일도 일어나지 않았기 때문에 우리는 매우 쾌적하게 이동할 수 있었다. 돈 아끼느라 한 방에서 유리시아드와 같이 자는 것 빼고는 비교적 쾌적한 여행이었다. 그렇게 대략 10여 일이 지나자 마침내 우리는 매지스트로 마법학교에 도착할 수 있었다.

"와, 정말 오랜만에 돌아온 듯한 느낌이에요!"

별로 인상적이지 못한 매지스트로 마법학교의 건물을 보며 슈아로에가 탄성을 내질렀다. 나 역시 슈아로에와 마찬가지로 기분이 상당히 거시기했다. 지금의 기분을 뭔가 한마디로 표현하기는 힘들었다. 그래도 확실한 건 나쁘지 않은 기분이라는 것이었다.

"고생했습니다, 유리시아드."

마차에서 내린 레이뮤가 유리시아드에게 악수를 청했다. 이 세계에서의 악수의 의미를 잘 모르기 때문에 난 그저 두 사람의 행동을 지켜보기만 했다. 그러나 유리시아드는 레이뮤의 악수 요청에 몸 둘 바를 몰라 했다. 내 느낌이었지만 여기에서의 악수는 상대를 자신과 동급으로 인정한다는 뜻인 것 같았다.

"함께 있어서 영광이었습니다, 레이뮤님."

유리시아드는 레이뮤와 악수하면서도 고개를 숙였다. 그렇게 레이뮤와 인사를 나눈 유리시아드는 슈아로에게도 작별 인사를 했다.

"난 이제 가볼게."

"또 여행하시는 건가요?"

"응, 자유기사니까 자유롭게 여행하는 거야."

"몸조심하세요."

유리시아드와 슈아로에는 별반 행동을 취하지 않고 말로써 작별 인사를 끝냈다. 그리고 마지막으로 유리시아드의 시선이 닿은 곳은 나였다.

"…그쪽하고는 별로 얘기하고 싶지 않지만 잘 있어요."

"……."

끝까지 날 싫어하는군. 소성녀 네리안느조차 날 인정했는데 왜 유리시아드는 날 무시하는 거지? 나도 내가 약하다는 건 알고 있긴 한데… 아, 유리시아드가 날 싫어하는 이유는 내 무의식 속의 욕망 때문이구나. 뭔가 자극적인 생각만 하면 살기 담긴 눈초리가 날아오니……. 그래도 이제 당분간 그 살벌한 눈초리도 못 보겠군. 그건 그거 나름대로 스릴 있었는데 좀 아쉬운걸?

"몸조심해."

"그쪽이야말로."

나와 유리시아드의 작별 인사도 그걸로 끝났다. 모두와 작별 인사를 마친 유리시아드는 자신의 애마에 올라탔다. 그리고 마지막으로 우리 모두에게 목례를 한 뒤 곧장 말을 출발시켰다.

다그닥다그닥.

말을 달리기시킬 필요는 전혀 없었는데 유리시아드는 빠른 속도로 우리의 시야에서 사라져 갔다. 거의 한 달 동안 동고동락한 유리시아드가 떠나니 그건 그거대로 기분이 묘했다. 이번 기분의 거시기는 그다지 좋은 느낌이라고 볼 수 없었다.

"인연이 있다면 또 만나게 되겠지요. 어서 들어가도록 해요."

멍하니 유리시아드의 뒷모습을 바라보던 우리들을 레이뮤가 다독여 주었고, 우리들은 마음을 다잡고 학교 본관 건물로 향했다. 몬스터 토벌이라는 잠깐의 외도를 했지만 이제 마법 학교에서 도서실 관리를 하는 평범한 일꾼으로 돌아온 것이다.

제11장

엘프 남매

"마흔… 마흔하나… 마흔둘……."

난 발등에 책을 쌓아놓고 테이블 위에서 윗몸 일으키기를 했다. 푸가 체이롤로스와 싸운 지 한 달이 넘어가는 기간 동안 난 매지스트로 마법학교에서 지냈다. 어차피 이 학교 말고는 갈 데도 없기 때문에 당연하다면 당연했다.

그리고 도서실 관리를 하면서 틈틈이 운동을 했다. 도서실 관리라는 게 몸을 움직일 일이 거의 없어 운동을 하지 않으면 몸이 약해지기 때문이었다. 남들은 운동 안 하고 먹기만 하면 살이 찌지만 먹는 것에 별로 집착하지 않는 나로서는 운동을 하지 않으면 먹은 게 전부 미지의 차원으로 사라져 버리는 체질이었다.

"레지 군, 운동해요?"

아침 식사를 위해 날 부르러 온 슈아로에가 친숙한 표정으로 입을 열었다. 어느 사이엔가 슈아로에는 내 이름을 줄여서 애칭으로 부르고 있었다. '레지' 하면 개인적으로 '다방 레지'가 생각나서 처음에는 거부감이 들었지만 그 말도 계속 듣다 보니 이제는 익숙해져 버렸다.

슈아로에가 날 애칭으로 부르는 만큼 나 역시 슈아로에를 애칭으로 부르고 있었다. 내가 선택한 애칭은 '슈아'. 사실 슈아로에를 발음하다가 뒷 글자까지 말하는 게 귀찮아서 줄인 것이라고는 말 못한다.

"오늘 2차 진급 시험인데 운동해서 힘 빼면 어떡해요?"

슈아로에는 걱정스럽다는 듯이 말했다. 그녀의 말대로 오늘은 나만의 2차 진급 시험이 있는 날이었다. 그 결정은 불과 이틀 전에 갑작스럽게 정해졌다. 물론 레이뮤의 독단이었다.

하아, 내가 나흘 전에 2서클을 달성했다고 바로 2차 진급 시험이라니……. 잠자는 여섯 시간 빼고 열여덟 시간 동안 마나 생성 코드를 실행시켜서 한 달 만에 2서클을 만들긴 했지만… 나 이제 2서클이라고. 3서클 마법을 써야 하는 2차 진급 시험을 본다는 게 말이 돼?

"2차 진급 시험은 체인 라이트닝 볼트(Chain Linghtning Volt)로 한다고 했죠? 그거 3서클 마법인데 할 수 있겠어요?"

"어. 어젯밤에 사전 준비는 다 해뒀어."

난 윗몸 일으키기를 멈추고 이마에 맺힌 땀을 닦아내며 대답했다. 이번에 내가 사용할 마법은 체인 라이트닝 볼트. 일반 라이트닝 볼트가 2서클 마법인 것에 비해 체인 라이트닝 볼트는 Snap 코드를 사용하는 3서클 마법이다. Snap 코드 때문에 3서클 마법인 것은 아니고, 정신력 제어 코드가 세 개 이상 들어가기 때문에 마나량을 많이 잡아먹어서 3서클 마법인 것이다. 물론 Snap 코드 자체도 300이라는 마나량을 소모하긴 하지만.

"하긴, 이제 2서클인 레지 군이 체인 라이트닝 볼트를 쓰려면 편법을 사용할 수밖에 없으니까요."

내가 어제 무슨 사전 준비를 했는지 알고 있는 슈아로에는 약간의 쓴웃음을 지었다. 원래의 체인 라이트닝 볼트 코드는 다음과 같다.

```
create space 천둥 벼락.
mapping lightning.
create snap space target 1.
create snap space target 2.
animate snap.
```

이 코드를 해석하자면 천둥 벼락이라는 오브젝트를 만들고 거기에 Lightning으로 매핑을 한 후 Target 1, Target 2라는 목표

물체에 Snap을 걸고 실행시키는 것이다. 그러면 번개는 Snap이 걸려 있는 표적에게로만 무조건 직선으로 이동한다. Snap 코드는 경로 지정이 불가능한 특수 코드라 할 수 있다. 억지로 번개가 휘어지게 하려면 휘어지려는 코스에 Point를 많이 지정하고 그 Point에 Snap을 걸어야 한다. 하지만 이러면 마나량이 기하급수적으로 증가되기 때문에 아무도 그렇게 쓰지 않는다. 남들이 잘 안 쓰는 방법을 쓰는 나조차도 안 쓴다. 2서클밖에 안 되는 내가 마나를 많이 잡아먹는 코드를 쓸 수는 없으니까.

"이게 하루 만에 레지 군이 만든 체인 라이트닝 볼트……."

슈아로에는 테이블 위에 놓여 있는 종이쪽지 하나를 펼쳐 보았다. 그것은 어제 내가 급히 만들어낸 체인 라이트닝 볼트의 변형 코드였다.

```
create space 천둥 벼락.
mapping lightning.
create snap point.
position three axis four axis one dot five axis.
create snap point.
position minus one axis six axis one dot five axis.
animate snap.
```

체인 라이트닝 볼트가 Snap이라는 코드 때문에 움직이는 표적물도 정확히 맞출 수 있는 것에 비해 변형 체인 라이트닝 볼트는 정지해 있는 표적물밖에 맞출 수 없다. 표적 위치에 Point를 설치하고 거기에 Snap을 걸어 실행시키는 방식이기 때문이다. 만약 2차 진급 시험이 체인 라이트닝 볼트로 움직이는 표적 맞추기였다면, 난 이런 변형 코드를 생각하지 못했을 것이다. 단순한 체인 라이트닝 볼트의 시전만으로도 합격할 수 있기 때문에 난 위와 같은 식으로 코딩을 했다.

"두 개의 표적을 내가 코딩한 위치에 딱 세워놨고 내가 설 위치도 잘 표시해 뒀어."

"주도면밀하네요."

내 말을 들은 슈아로에가 또다시 쓴웃음을 지었다. 1차 진급 시험 때도 그랬지만 2차 진급 시험까지 편법으로 통과해야 하는 상황이 되었기 때문이다.

"왜 레이뮤님은 레지 군을 이토록 몰아붙이는 거죠? 2서클된 지 이틀 후에 2차 진급 시험이라니……."

"나도 알고 싶다. 여기 학생도 아닌 내가 블루 케이프를 얻어서 무슨 소용이 있을는지……."

나와 슈아로에는 레이뮤를 원망하며 한숨만 푹푹 내쉬었다. 그러나 한편으로는 그만큼 레이뮤가 나에게 신경을 많이 쓴다는 소리였기 때문에 기분이 나쁘지만은 않았다. 어쨌든 진급 시험이 결정된 이상 레이뮤의 명성에 먹칠을 하지 않기 위해서라도 최선을 다해야 했다.

*   *   *

"지금부터 레지스트리 군의 2차 진급 시험을 시작하도록 하겠습니다!"

모든 학생들과 선생들이 모인 앞에서 레이뮤가 약간 높은 톤으로 외쳤다. 그에 따라 난 단상에 올라 학생들을 둘러보았다. 그들은 내가 1차 진급 시험을 본 지 한 달 만에 2차 진급 시험을 보게 되자 어리둥절한 표정을 짓고 있었다. 보통 2서클을 달성하는 데 최소 여섯 달 이상 걸리니 당연한 반응이었다.

"저 녀석, 1서클 아니었어?"

"어? 지금 2서클 같은데?"

"한 달 만에 2서클? 말도 안 돼!"

하하, 말도 안 되는 짓을 해서 미안하다. 하지만 나도 꽤 노력했다고. 마나 생성 코드를 실행시켜 놓고 딴짓하는 게 얼마나 힘든 줄 알아? 거의 누워서 떡 먹기에 식은 죽 먹기 수준이었다니까. 어때, 어려워 보이지?

"레지스트리 군, 시작해요."

레이뮤는 나에게 시험 시작 명령을 내렸고, 난 미리 표시해 놓은 곳으로 걸어갔다. 내 앞에는 내가 계산하여 꽂아놓은 두 개의 사람 모형의 목조 인형이 서 있었다. 그리고 어젯밤에 세모 모양으로 생긴 돌을 주워다 모래 위에 얹어놓고 작은 나뭇가지까지 꽂아 넣었기 때문에 표시가 사라지지 않았다. 그렇게 표시된 위치에 자리를 잡은 나는 곧바로 변형 체인 라이트닝 볼트 코드를 외웠다.

"Create space 천둥 벼락, mapping lightning, create snap point, position three axis four axis one dot five axis, create snap point, position minus one axis six axis one dot five axis, animate snap."

번쩍—

실행 코드를 외우자 여러 줄기의 번개가 생성되었다. 이제는 정신력 제어 코드에 익숙해졌기 때문에 쉽게 번개를 생성시킬 수 있었다. 어쨌든 만들어진 번개는 내가 Point를 잡아놓은 표적 물체로 곧장 날아가 부딪쳤다. 첫 번째 목조 인형의 심장 부근을 정확히 맞춘 번개는 곧장 방향을 틀어 두 번째 목조 인형을 가격했다. 번개에 맞은 두 목조 인형은 겉이 모두 검게 그을리며 그 자리에 그대로 서 있었다. 그것은 체인 라이트닝 볼트의 성공을 의미했다.

"……!"

내가 체인 라이트닝 볼트를 성공시키자 학생들과 선생들 모두 눈을 동그랗게 떴다. 2서클 파이어 볼의 1서클화에 이어 3서클 체인 라이트닝 볼트의 2서클화까지 해냈기 때문이다.

"성공입니다. 이것으로 레지스트리 군은 블루 케이프의 자격을 얻었습니다."

레이뮤는 지체없이 나의 합격을 선언했다. 그러자 학생들 사이에서 약간의 소란이 일어났다.

"저 녀석, 또 성공했어."

"이번에도 뭔가 이상한 주문이었지?"

"이러다가 다음 달이 되면 3차 진급 시험까지 보는 거 아니야?"

하하하, 아그들아! 아무리 나에게 마나 생성 코드가 있어도 마나 생성 시간에는 한계가 있단다. 내 예상이지만 1서클의 마나량은 1,024, 2서클은 2,048, 3서클은 4,096, 이런 식으로 늘어나는데 하나의 마나를 새기는 데 걸리는 시간은 1서클 때 1,000초, 2서클 때 2,000초, 3서클 때 3,000초, 이렇게 1,000초씩 늘어나거든? 즉, 2서클인 내가 3서클이 되려면 2,048의 마나량을 새로 모아야 한다. 그런데 거기에 3,000초를 곱하면 614,400초가 걸리고 그걸 3,600으로 나누면 1,707시간인데, 매일 열여덟 시간씩 마나 생성 코드를 실행한다고 해도 95일 이상 걸린단다. 그러니 최소한 석 달 후에나 3서클이 될 수 있다는 말씀. 한 달 후는 그 누구도 절대 불가능해.

"이것으로 레지스트리 군의 2차 진급 시험을 마치겠습니다. 모두들 돌아가도 좋습니다."

레이뮤는 시험 종료를 선언하고 천천히 본관 건물로 향했다. 나와 슈아로에는 웅성대는 학생들과 선생들을 뒤로하고 레이뮤의 뒤를 따랐다. 그렇게 우리가 도서실 앞에 도착했을 때 레이뮤가 나를 보며 입을 열었다.

"이틀쯤 후에 레지스트리 군의 블루 케이프에 매직 오너멘트를 만들려고 하는데, 어떤 마법을 새겨 넣을 것인지 생각해 둬요."

잉?

"매직 오너멘트요?"

"그래요. 이제 2서클이 됐으니까 기본적인 마법을 매직 오너멘트에 기록하는 게 좋지요. 직접 코드를 외우는 것보다 매직 오너멘트를 쓰는 게 마법 시전 속도가 더 빠르니까요."

호오, 매직 오너멘트라……. 드디어 나도 그것을 사용할 만한 자격을 얻었단 말인가? 그거 아주 반가운 소리인걸? 슈아로에도 세 가지의 매직 오너멘트를 가지고 있으니까 나도 세 가시를 선택할 수 있겠지? 나는 어떤 마법을 새겨 넣을까? 고민되는걸?

*   *   *

이틀 후.

나는 레이뮤와 슈아로에의 손에 이끌려 마법 장신구 세공점으로 향했다. 세공점이 마을에 있어 우리는 마을로 내려갔다. 마법학회에 갈 때에도 온 적이 있었지만 그때는 마차를 타고 휙 지나가 버렸기 때문에 사실상 이번 방문이 처음이었다.

"저기예요."

슈아로에가 하나의 건물을 가리키며 입을 열었다. 그 가게
는 '마법 장신구 전문점'이라는 타이틀을 가지고 있었고, 건
물 자체는 그다지 크지 않았다. 그냥 어디서나 쉽게 볼 수 있
는 건물이었다. 그럼에도 슈아로에가 금방 세공점을 찾아낸
걸 보니 그녀 역시 저 가게에서 매직 오너멘트를 만든 적이
있는 것 같았다.

딸랑.

문을 열고 안으로 들어가자 조그마한 종소리와 함께 가게
내부의 모습이 눈에 들어왔다. 가게 안에는 많은 종류의 매직
오너멘트가 진열되어 있었는데, 그중에는 보석도 있었고 레
이뮤가 들고 있는 것처럼 마법 지팡이도 있었다. 그 외에도
종이 쪼가리로 보이는 것과 옷 같아 보이는 종류들도 보였다.
하지만 마법 장신구 중에서 가장 많은 비중을 차지하고 있는
것은 단연 보석이었다.

"어이구, 스트라우드님! 어서 오십시오!"

레이뮤의 모습을 보자마자 약간 능청스럽게 생긴 50대 아
저씨가 놀란 표정을 지었다. 그건 반갑다기보다는 귀찮은 손
님이 왔다는 표정이었다.

"이번엔 무슨 일로……?"

주인 아저씨가 약간 떨떠름한 얼굴을 하며 묻자 레이뮤는

담담한 얼굴로 대답했다.

"매직 오너멘트 세공을 위해 왔습니다."

"뭐… 보석은 또 준비하셨겠죠?"

"그렇습니다."

"또 그냥 세공만 하시려는 거군요?"

"그래요."

주인 아저씨는 알게 모르게 깊은 한숨을 내쉬었다. 그 모습을 보아하니 원래 매직 오너멘트 세공점은 보석을 팔고, 그것에 어떤 마법 코드를 새겨주는 일을 함으로써 돈을 버는 듯했다. 그런데 레이뮤는 보석을 따로 준비하고 스스로 보석에 매직 코드 세공까지 한다고 하니 세공점 주인으로서는 별로 달갑지 않은 손님인 것이다.

"세공 도구를 빌리겠습니다. 자."

레이뮤는 주인 아저씨에게 얼마의 돈을 주었고, 주인 아저씨는 한숨을 푹푹 내쉬며 그녀의 부탁을 수락했다. 그리하여 나는 주인 아저씨가 이끄는 방 안으로 들어갔다. 레이뮤와 슈아로에 역시 내 뒤를 따라 들어왔다. 우리들이 들어간 방은 창문 하나 없는 어두컴컴한 방이었다.

"여기 칼하고 사포 있으니까 스스로 해보십쇼."

"예……."

흐으, 거의 암실 수준이군. 뭐, 조각할 때 주위가 밝으면 힘든가 보지? 오호, 눈에 끼는 조그만 망원경도 있네? 여기 망원경 같은 것도 있으면 안경도 있으려나? 뭐, 어쨌든 칼과 사포로 보석에 조각이라……. 나, 한번도 그런 거 해본 적 없는데?

"세공할 때 너무 깊이 팔 필요 없어요. 지워지지 않을 정도로만 파면 돼요."

슈아로에는 초보자인 나에게 그런 조언을 했지만 솔직히 별 도움이 되지는 않았다. 내가 테이블에 앉아 조각칼을 들자 레이뮤가 나에게 보석을 넘겨주며 말했다.

"매직 오너멘트에 마법 코드를 새길 때에는 용언으로 새겨서는 안 됩니다."

"……!"

헉! 그 중요한 얘길 왜 지금 하는 거야?!

"매직 오너멘트용의 언어는 용언과 거의 비슷하긴 하지만 약간 다릅니다. 용언의 발음 언어라고나 할까요."

"발음 언어?"

내가 어리둥절한 표정을 짓고 있을 때 레이뮤가 암실 벽에 걸려 있는 종이를 나에게 보여주었다.

"이건 용언 발음표입니다. 여기 나와 있는 대로 Create라는 코드를 새기기 위해서는 Krieit라는 언어를 써야 해요."

"……!"

레이뮤가 보여준 용언 발음표라는 것을 보고 난 조금 놀랐다. 거기 나와 있는 것을 자세히 살펴보면 거의 영어의 발음 기호였기 때문이었다. 발음 기호에만 있는 'æ', 'θ', 'i' 등이 버젓이 기록되어 있었던 것이다.

허허, 신기하군. 용언이 영어랑 거의 똑같다는 것도 신기했는데 발음 기호까지 존재하다니. 확실히 레이뮤 씨의 말대로 이 세계와 원래 내가 살던 세계는 어느 정도 공통점이 있는 것 같다.

"그리고 매직 오너멘트에 마법 코드를 새기기 전에 반드시 Scan Code by Contact를 발음 언어로 기록해야 합니다. 그래야만 매직 오너멘트가 발동 조건을 갖추게 되니까요."

아하, 언젠가 들었던 코드로군. 근데 Contact라면 아무 거나 보석에 닿아도 마법이 발동된다는 소리일 텐데? 공기와는 언제나 접촉하는데 마법 발동이 안 된다면……. 접촉에도 어느 정도 기준이 있다는 소리겠군. 아, 대부분 정신력 제어 코드를 쓰니까 설령 본의 아니게 마법이 발동되어도 마법사가 정신력을 끊으면 마법이 취소될 테니까 별 상관 없겠구나.

"내가 옆에서 친절히 지도해 줄 테니까 걱정 말아요."

내가 약간 생각에 잠긴 듯한 모습을 보이자 슈아로에는 자신에 찬 목소리로 그렇게 말했다. 하지만 나에게는 굳이 슈아로에의 도움이 필요하지 않았다.

"내가 새길 코드는 라이트닝 볼트, 파이어 볼, 리프레쉬 코드니까… 이런 식으로… 이렇게……."

난 종이에다 발동 코드부터 리프레쉬 코드까지 보석에 세공할 코드를 발음 기호로 고쳐 나갔다. 발음 기호표를 제대로 보지도 않고 거침없이 용언의 발음 언어를 적어나가는 내 모습을 보고 레이뮤와 슈아로에, 둘 다 놀란 표정이었다.

"에? 발음 언어, 알고 있었어요?!"

"…놀랍군요."

아니, 뭘 그리 놀라시나. 만약 내가 발음 언어를 몰랐다면 '역시 바보' 하면서 놀리려고 그랬지?

"이거 맞죠?"

난 세 가지 코드를 전부 발음 언어로 바꾼 뒤 그것을 두 여성에게 보여주었다. 두 여성은 종이를 죽 훑어보고는 이내 고개를 끄덕였다.

"하아, 레지 군은 정말 예측 불가능해요. 어떻게 보면 천재고 어떻게 보면 바보고."

"……."

어이, 슈아로에. 아무리 친해졌기로서니 너보다 여덟 살 많은 하늘 같은 오라비에게 너무 심하게 농담하는 거 아니야? 만약 농담이 아니라 진담이라면… 나 울어버린다?

"세공하는 데 시간이 걸리니까 나와 레이뮤님은 마을 구경 좀 하다 올게요."

"엇! 나만 빼놓고?"

"열심히 해봐요~"

슈아로에는 나를 향해 혀를 쏙 내밀어 보이고는 레이뮤와 함께 암실을 빠져나갔다. 어두컴컴한 방에 혼자 남게 된 나는 한숨을 내쉰 후에 매직 오너멘트 세공에 착수했다.

서걱서걱.

처음엔 글자 하나 새기는 데에도 시간이 많이 걸렸지만 어느 정도 요령이 생기니 나중에는 하품을 하면서 세공을 하는 여유가 생겼다. 그렇게 파이어 볼, 라이트닝 볼트, 리프레쉬 코드를 세 개의 보석에 모두 새겨놓고 난 암실에서 빠져나왔다.

"……?"

암실을 빠져나오자 세공점 안에 두 명의 선남선녀가 서 있는 모습이 보였다. 남자는 짧은 금발에 소매가 없고 배꼽이 드러나는 연두색 상의와 다리에 짝 달라붙는 긴 연두색 바지를 입고 있었고, 여자는 긴 금발에 소매 없는 연두색 배꼽티에 짧은 연두색 치마를 입고 있었다. 둘 다 조각 같은 얼굴에 쌔끈한 몸매를 하고 있어서 소화하기 힘든 색깔의 옷을 잘 소화하고 있었다.

왠지 저 두 사람, 남매 같은데? 저게 커플룩이라면 할 말 없지만 외모도 비슷하고 머리색도 똑같고 옷 색도 똑같으니 커플이라기보다는 남매라는 생각이 강하게 드는군. 근데 둘 다 귀가 좀 길다?

"그대가 매지스트로 마법학교의 학생입니까?"

암실에서 나오는 날 보고 금발의 미남이 물었다. 처음 보는 사람에게 느닷없는 질문을 받아서 조금 당황스러웠지만 그 처음 보는 사람이 약간 느리고 또박또박한 발음으로 정중히 물어왔기 때문에 난 무리없이 대답할 수 있었다.

"예, 아니, 정식 학생이라기보다는 잡부… 죠."

"그렇습니까? 혹시 대마법사님이 어디 가셨는지 알고 계십니까? 그분을 뵈러 학교에 찾아가니 이곳에 계시다는 소리를 들었습니다. 그런데 이곳에 와서 주인에게 물어보니 어디 가셨다고 합니다."

금발미남은 일부러인지 아닌지 말을 끌지 않고 또박또박 종결어미를 구사했다. 그래서인지 왠지 말이 상당히 딱딱하다는 느낌이 들었다. 어쨌든 대마법사라고 하면 이 근방에서는 레이뮤밖에 없기 때문에 난 막힘없이 대답했다.

"레이뮤 씨는 자기 제자하고 지금 마을 구경하고 있어요. 저도 어디 갔는지 모르기 때문에 돌아올 때까지 여기서 기다려야 해요."

"그렇습니까?"

내 말을 듣고 금발미남이 조금 곤란한 표정을 지었다. 그래서 난 그에게 쓸데없는 제안을 했다.

"어차피 시간 되면 돌아올 테니 그때까지 여기서 얘기나 하죠. 아저씨, 의자 있어요?"

"…옛다."

주인 아저씨는 귀찮은 일 시킨다는 표정을 지었지만 순순히 우리들에게 의자 세 개를 내주었다. 만약 나 혼자서 의자를 달라고 했다면 가볍게 무시할 수도 있었지만 심상치 않아 보이는

120 매직 크리에이터

두 남녀와 함께 있어서 그런지 고분고분 말을 잘 들어주었다.

"전 레지스트리라고 하는데… 이름이 어떻게 되세요?"

얘기를 하려면 통성명을 해야 할 필요가 있었기에 난 두 남녀의 이름을 물었다. 그러나 금발미남은 내 기대에 어긋나는 대답을 했다.

"이름 같은 건 필요없습니다. 본인은 '성스러운 건틀렛 지킴이의 아들'입니다. 그리고 이쪽은 '성스러운 건틀렛 지킴이의 딸'입니다."

"…이름, 없어요?"

"엘프는 이름을 가지고 있지 않습니다. 필요성도 없습니다. 그러니 본인을 성스러운 건틀렛 지킴이의 아들, 누이동생을 성스러운 건틀렛 지킴이의 딸이라고 부르십시오."

"……."

이 인간, 아니, 이 엘프야! 그게 길어서 부르기 어렵다니까!!

"후우……."

난 일단 한숨을 내쉬고 마음을 진정시켰다. 두 남녀가 엘프족이라는 사실은 그들의 귀를 봤을 때부터 '혹시?' 했기 때문에 별로 놀라지는 않았지만 그들에게 이름이 없다는 사실이 놀라웠다.

"아무튼… 근데 왜 레이뮤 씨를 찾으러 왔죠? 무슨 볼일이 있나요?"

이번 질문에는 금발미남이 제대로 대답해 주었다.

"우리는 사람을 찾고 있습니다. 혹시 이자를 아십니까?"

"……?"

잉? '이자를 아십니까?' 해놓고 왜 아무런 행동도 취하지 않는 거야? 그 인물에 대한 인상착의를 설명해 주든가 몽타주라도 그려서 보여주든가 해야 될 거……!

"……!"

그때였다. 갑자기 내 머릿속에 하나의 이미지가 떠올랐다. 그것은 마치 금발미남이 나에게 사진을 보여준 것 같은 느낌이었다. 내 머릿속에 떠오른 영상은 푸가 체이롤로스와 싸우기 전에 잠깐 보았던 대머리아저씨의 모습이었다.

"에… 본 적 있긴 한데……."

난 두 엘프 남녀가 찾는 사람이 내가 알고 있는 사람이라는 사실보다 금발미남이 무슨 짓을 했기에 내 머릿속에 영상을 흘려 넣었는지가 더 궁금했다. 금발미남이 어떤 특이한 모션도 취하지 않았기 때문에 그 궁금증은 더욱 커졌다.

"정말입니까? 그대의 생각을 보니 정말입니다. 언제 어디서 보았는지 알려줄 수 있겠습니까?"

"……."

흐으, 너, 군인 흉내 내냐? 왜 말끝마다 그런 식으로 종결어미를 쓰는 거야? 억지로 '다, 까'로 끝내려니까 말이 이상해지잖아. 진짜 군인 식으로 하려면 이래야지. '진짜지 말입니다? 어, 진짜네. 언제 어디서 보았는지 알려줄 수 있지 말입니다? 라고 해봐. 그럼 내가 인정해 줄게. 부탁이니까 제발 민간인들이 자주 쓰는 '요' 를 쓰란 말이다.

"벌써 한 달이 넘었기 때문에 별 도움은 안 될 텐데요. 그때 레이뮤 씨도 같이 있었으니까 레이뮤 씨가 오면 직접 물어보세 '요' ."

'난 일부러 '민간인용' 종결어미를 강조하면서 말했다. 우리 나라 언어 정도는 아니지만 이 세계의 언어도 서술어가 끝에 오는 언어 형식을 가지고 있기 때문에 종결어미란 것이 존재했다. 그래서 말끝마다 '군바리용' 종결어미를 구사하는 금발미남의 말투는 굉장히 딱딱하고 부자연스러웠다. 그런 그의 말투를 변화시키고자 난 일부러 민간인용 종결어미를 강조했던 것이다. 하지만 그런 나의 노력에도 불구하고 금발미남은 여전히 군바리용 종결어미를 사용해 문장을 종결시켰다.

"알겠습니다. 대마법사님이 돌아오실 때까지 기다리겠습니다."

"예……."

흐으, 이 인간, 아니, 이 엘프와 얘기하다가는 심근경색 걸려서 죽을 것 같다. 차라리 금발미남 씨 옆에서 가만히 앉아만 있는 금발미녀 씨에게 질문을 해야지.

"저기… 두 분이 어떻게 되는 사이인지……? 남매?'

"그렇습니다. 본인이 오라비이고 이쪽이 누이동생입니다."

어이, 난 아저씨보고 얘기한 게 아니거든?

"나이 차가 얼마나 돼요?"

"본인은 쉰 살이고 누이동생은 마흔 살입니다."

아, 진짜! 나 지금 당신 여동생을 보면서 얘기하는… 헉! 잠
깐! 쉰 살?! 마흔 살?!

"엘프는 인간보다 오래 사나 보죠?"

"그렇습니다. 대략 두 배 정도 엘프가 더 오래 산다고 알고
있습니다."

대답은 여전히 금발미남이 했지만 난 이제 그것에 대해서
신경을 끄기로 했다. 괜히 금발미녀의 말문을 열게 했다가 남
매가 하나같이 답답한 말투를 구사하면 갑갑함에 압사당할
것 같았기 때문이다. 그래서 난 아예 시선을 금발미남에게로
고정시켜 놓고 질문을 해댔다.

"근데 아까 그 대머리아저씨는 왜 찾는 거예요?"

"그건 그자가 우리의 성스러운 건틀렛을 빼앗아 갔기 때문
입니다."

"……!"

순간 내 머릿속으로 보브 마법학교의 소렌느 할머니가 '노
스브릿지 산맥의 엘프 족이 성스러운 건틀렛을 빼앗겼다' 라
고 했던 말이 떠올랐다. 그때는 음식 먹느라 아무 생각 없이
흘려들었는데, 지금 그 문제를 가지고 상담을 요청하는 엘프
들이 있으니 심정이 조금 묘해졌다.

"어쩌다가 건틀렛을⋯⋯?"

"그자는 성스러운 건틀렛 지킴이에게 성스러운 건틀렛을 요구했습니다. 하지만 그는 그의 요구를 거절했고, 그는 그를 힘으로 누르고 그것을 탈취하였습니다."

금발미남은 온통 '그'를 남발하면서 문맥을 어지럽혔다. 분명 문장만으로 놓고 본다면 금발미남의 말은 이해하기 어려워야 정상이었다. 그러나 이상하게 난 금발미남의 말을 아주 쉽게 이해하고 있었다. 금발미남이 '그'라고 할 때마다 그에 맞는 사람의 이미지가 떠올랐기 때문이다. 말할 때 굳이 그 사람을 지칭하지 않아도 그 사람의 영상을 직접 보여주는 것이 엘프들의 능력 같았다.

딸랑.

그때 마침 마을 구경을 나갔던 레이뮤와 슈아로에가 돌아왔다. 정말 마을 구경만 했는지 그녀들의 손에는 아무것도 들려 있지 않았다.

"아, 레지 군, 벌써 세공을 끝냈⋯⋯?"

아무 생각 없이 말을 이어가던 슈아로에가 내 앞에 앉아 있는 두 엘프 남매를 보곤 눈을 동그랗게 떴다. 그 표정을 보아하니 슈아로에도 엘프를 보는 건 처음인 듯했다.

"엘프다⋯⋯!"

놀란 슈아로에는 구경거리 났다는 듯 두 엘프 남매를 이리 저리 살펴보았다. 졸지에 동물원의 동물이 되어버린 두 엘프 남매는 아무런 표정의 변화가 없었지만, 난 예의상 슈아로에의 행동을 제지시켰다.

"뭘 그렇게 쳐다봐? 그거 실례야."

"아⋯⋯!"

내 지적을 받은 슈아로에는 자신의 행동이 잘못됐음을 느끼곤 즉시 내 옆으로 왔다. 하지만 그녀의 시선은 여전히 두 엘프 남매에게 꽂혀 있었다.

"드문 일이군요. 이렇게 마을 한가운데에서 엘프를 만나게 되다니."

레이뮤 역시 약간의 표정 변화를 보이며 내 옆으로 왔다. 그래서 난 레이뮤에게 자리를 양보하기 위해 의자에서 엉덩이를 떼려 했다. 그러나 그전에 주인 아저씨가 잽싸게 의자 두 개를 보충해 주는 센스를 발휘하여 난 굳이 일어나지 않아도 되었다.

"우리는 대마법사님이 이자를 알고 있는지 궁금하여 찾아왔습니다."

여전히 먼저 입을 연 쪽은 금발미남이었다. 슈아로에는 그가 말하는 '이자'를 모르기 때문에 어리둥절한 표정을 지었지만 금발미남으로부터 이미지를 넘겨받은 레이뮤는 담담한 표정으로 말문을 열었다.

"본 적이 있습니다. 매트록스 왕국의 미스틱 지방에서 몬스터 토벌을 위해 노스브릿지 산맥에 갔을 때랍니다. 하지만 그것은 한 달 전에 일어난 일이라 지금은 그자가 어디 있는지 잘 모릅니다."

"역시 그렇습니까?"

이미 나에게 들은 내용이라 어느 정도 짐작하고 있던 금발 미남은 나지막이 한숨을 내쉬었다. 그런 그의 모습을 보던 나는 문득 궁금한 게 떠올라서 그에게 질문을 던졌다.

"근데 노스브릿지 산맥이면 두 분이 사시는 곳 아닌가요? 그 근처에서 또 그자가 나타났으니 찾을 수 있지 않을까요?"

"쉬운 일이 아닙니다. 노스브릿지 산맥은 매우 크기 때문에 우리가 살고 있는 곳과 미스틱 지방은 꽤 떨어져 있습니다. 이미 한 달이나 지난 상태에서 그가 그곳에 계속 있을 것이란 보장도 없습니다."

금발미남은 나의 생각을 완전히 부정했다. 나 역시 내 생각이 별로 좋지 않았음을 느꼈기에 바로 입을 다물었다. 그러는 사이 레이뮤가 엘프 남매의 목적에 대해서 묻기 시작했다.

"그런데 그자를 왜 찾으려고 하지요?"

"그가 성스러운 건틀렛을 탈취했기 때문입니다. 우리는 그를 찾아 그것을 돌려받기 위해 고향을 떠나온 것입니다."

내가 들었던 얘기와 똑같았지만 레이뮤나 슈아로에는 처음 듣는 것이라 난 입을 다물고 가만히 앉아 있었다. 그 틈에 두 엘프 남매의 얼굴을 찬찬히 뜯어보았다. 남매라서 그런 건지, 엘프들이 원래 그런 건지는 몰라도 마치 조각상같이 이목구비가 뚜렷하면서도 뭔가 어색했다. 아니, 어색하다기보다는 사람 같지 않아 보였다. 정말 무슨 조각상을 보는 듯했던 것이다.

"성스러운 건틀렛? 하지만 그자는 마법사가 아니었습니다. 그자와 함께 있던 자는 흑마술사였습니다만. 마법사가 아니면 성물은 필요가 없을 텐데……."

레이뮤가 말한 '그자와 함께 있던 자'는 대머리아저씨와 함께 있던 검은 로브를 입은 짧은 보라색 머리의 남자였다. 금발미남은 그 보라색 단발남자를 본 적이 없을 텐데도 레이뮤의 이야기를 매우 자연스럽게 받아들였다.

"두 명이 같이 다니는 모양입니다. 우리에게서 성스러운 건틀렛을 빼앗아서 그에게 건넨 듯싶습니다. 그리고 그는 그에게서 어떤 대가를 받았을 것이라는 생각입니다."

"그렇겠지요. 나도 그렇게 생각합니다."

여전히 '그'를 남발하는 금발미남의 말은 제3자의 입장에서 이해하기는 어려웠다. 하지만 금발미남에게서 이미지 제공을 받고 있는 레이뮤는 무리없이 금발미남의 말을 이해하고 있었다. 덕분에 머리가 아픈 쪽은 슈아로에였다.

"웅……."

두 사람의 대화에 전혀 참가를 할 수 없자 슈아로에가 삐친 표정을 지었다. 그러나 그런 슈아로에와는 상관없이 레이뮤도 대머리아저씨의 행적을 모른다는 말에 금발미남은 상담을 중지했다.

"결국 원점입니다. 우리는 이제 그를 찾으러 다시 떠나보겠습니다."

스륵.

말이 끝나기가 무섭게 금발미남과 금발미녀는 동시에 의자에서 일어났다. 더 앉아 있어봐야 알아낼 정보가 없기 때문이었다. 그러나 레이뮤는 두 엘프 남매에게 특이한 제안을 했다.

"잠깐만. 그렇게 무작정 찾아 나서면 헛걸음을 할 수도 있습니다."

"…그렇다면 어떻게 해야겠습니까?"

"마침 내가 일주일 뒤에 각국을 방문할 예정입니다. 에이티아이 제국을 시작으로 엔비디아 제국, 매트록스 왕국, 센트리노 제국과 윈도우즈 연합을 거치지요. 각국의 황제나 고위 귀족을 만나 우리 학교 학생들의 진로를 결정하는 것이랍니다. 그 방문에 그대들이 합류하면 좋을 것 같군요. 마침 호위를 해줄 사람이 필요했으니까요."

"……!"

두 엘프 남매는 물론이고 나와 슈아로에도 처음 듣는 소리였기 때문에 크게 놀랐다. 그러나 레이뮤는 놀라고 있는 나와 슈아로에를 무시하고 엘프 남매를 보며 말을 이었다.

"무작정 찾는 것보다 나와 함께 각국을 돌면서 정보를 모으는 편이 더 낫지 않을까요? 어쩌면 귀족들 중에서 그자에 대해 알고 있는 사람이 있을지도 모르지요. 보통 상인들이 정보를 더 많이 가지고 있지만 그들의 정보를 100% 다 믿기는 힘듭니다. 오히려 귀족들의 정보가 더 신뢰성이 높을 경우가 있지요. 어떤가요, 내 호위를 맡으면서 그자를 찾아보는 것이?"

"……."

엘프 남매는 의자에서 일어난 채로 레이뮤를 쳐다보고 있었다. 그들의 표정은 조각상처럼 변화가 없었지만 그들의 눈은 흔들리고 있었다. 내가 생각하기에도 레이뮤의 제안이 상당히 매력적이었기 때문에 엘프 남매가 거절할 것이라고는 생각하지 않았다. 하지만 금발미남은 미끼가 보인다고 덥석 물어버리는 경솔한 물고기가 아니었다.

"대마법사님의 호위를 맡던 도중 그를 발견했을 경우, 그를 쫓아가도 상관없습니까? 그 경우에는 더 이상 대마법사님의 경호를 하지 못하게 됩니다."

"괜찮아요. 다른 나라의 귀족에게서 호위병을 고용하면 되니까요. 내 호위라고는 하지만 그대들의 행동에는 아무런 제약을 하지 않을 것입니다. 그대들은 나와 같이 이동하면서 이런저런 정보를 모으면 되는 것이지요. 그리고 그자를 발견했을 때에는 언제든 떠나도 좋습니다."

"…우리가 따라가면 추가적으로 비용이 들어갈 텐데 괜찮습니까?"

"본래 호위병을 두 명 정도 고용할 생각이었으니 별 차이 없습니다. 게다가 호위병들보다 엘프는 소식(小食)을 하니 오히려 경비가 덜 들어가지요."

"……."

금발미남은 레이뮤의 말에서 약점을 잡아내려고 했지만 레이뮤는 요리조리 잘 피해 다녔다. 그리하여 결국 금발미남은 레이뮤에게 항복을 선언하고 말았다.

"알겠습니다. 대마법사님의 호위를 맡도록 하겠습니다."

"고마워요."

호오, 저번엔 유리시아드가 우리의 경호를 맡았는데 이번엔 엘프들이 경호를 맡네? 뭐, 내가 이번에는 레이뮤를 따라가지 않을 테니까 별 상관은 없겠군. 그나저나 엘프들은 무슨 능력을 가지고 있지? 몸에 무기 같은 게 하나도 없는 걸 봐서는 무공을 쓰거나 싸움을 위주로 하는 전사 쪽은 아닌 것 같고… 그렇다고 그들로부터 매직포스가 느껴지는 것도 아니고……. 설마 엘프가 디바인포스를 기반으로 하는 신성 마법 같은 걸 쓸 리도 없을 테고……. 결국 남은 건 스피릿포스를 기반으로 하는 정령술뿐인가?

"어차피 이 인원으로 각국 방문을 떠날 테니까 서로 자기소개를 하도록 해요."

내가 두 엘프 남매의 능력에 대해서 생각하고 있을 때 레이뮤가 우리들을 둘러보며 그렇게 말했다. 처음에는 그냥 한 귀로 듣고 한 귀로 흘려버리려고 했지만 '어차피 이 인원으로'라는 말에 난 기겁하여 소리쳤다.

"저도 가요?!"

"그래요. 그럼 혼자 남을 생각인가요?"

"아니, 그건 아닌데… 너무 갑작스러워서……."

"언제나 갑작스럽게 결정되니 이제 적응될 때도 된 것 같은데, 아닌가요?"

레이뮤는 마치 날 놀리듯이 말했다. 심지어 그녀의 입가에 살짝 미소가 걸쳐 있는 것처럼도 보였다. 순간 크게 한 방 먹었다는 생각이 들었지만 왠지 그다지 화가 나지는 않았다.

"예, 따라갈게요. 어차피 잡일을 할 사람이 있어야 할 테니."

"블루 케이프가 잡일을 하면 사람들이 이상하게 쳐다보겠지요."

"그래도 여기 있는 사람들 중에 제가 제일 약하다는 건 확실하잖아요?"

"그것도 그렇군요. 레지스트리 군이 제일 약하지요."

"……."

레이뮤 씨, 아무리 사실이라도 직접 들으니까 기분이 안 좋잖아요!

"다시 소개를 하겠습니다. 난 매지스트로 마법학교의 총대

표인 레이뮤 스트라우드입니다."

레이뮤가 일행 중 가장 먼저 자기소개를 했고, 뒤이어 슈아로에가 자기소개를 했다.

"전 슈아로에 이안트리라고 해요. 매트록스 왕국 소속이에요."

"……."

원래는 슈아로에 다음에 내가 소개를 할 차례였으나 난 이미 두 엘프 남매와 통성명을 했기 때문에 굳이 입을 열지 않았다. 오히려 엘프 남매가 자신들을 우리들에게 어떻게 소개할지가 더 관심사였다. 나에게 한 것처럼 성스러운 건틀렛 지킴이의 어쩌구 할 것인지, 아니면 다르게 소개할 것인지 궁금했던 것이다.

"본인은 성스러운 건틀렛 지킴이의 아들입니다."

"성스러운 건틀렛 지킴이의 딸입니다."

처음으로 금발미녀가 입을 열었다. 목소리가 예쁜 건 둘째 치고 그녀 역시 금발미남과 마찬가지의 어조를 구사했다. 그것이 나를 절망으로 몰고 갔다.

"성스러운 건틀렛 지킴이의… 음, 이름은 없는 건가요? 엘프는 이름이 없다고 들었습니다만."

레이뮤도 그 말이 길다고 생각했는지 눈썹을 약간 찡그렸다. 하지만 금발미남은 자신들의 소개를 철회할 생각이 없어 보였다.

"그냥 앞으로 성스러운 건틀렛 지킴이의 아들이라고 부르면 됩니다."

"……."

흐흐, 레이뮤 씨도 당혹스러워하는군. 역시 별명 같은 게 길면 난감하다니까.

"일단 앉아요. 계속 서 있으면 다리 아프잖아요."

난 두 엘프 남매에게 자리를 권했다. 그러자 두 엘프 남매는 군말없이 본래의 의자에 앉았다. 사실 나는 그들의 다리가 아플까 봐 의자에 앉으라고 한 것이 아니었다. 그들이 의자에 앉지 않으면 내가 고개를 들어 그들을 쳐다봐야 하므로 내 고개가 아플 것을 우려해서 그렇게 말한 것이었다.

"궁금한 게 있는데요."

두 엘프 남매가 자리에 앉자마자 난 곧바로 질문을 던졌다.

"엘프는 왜 이름을 가지고 있지 않죠? 이름이 없으면 호칭하기가 힘들잖아요."

"우리들은 대화를 할 때 대상자의 모습을 보여주거나 볼 수 있기 때문에 굳이 이름을 사용할 필요가 없습니다."

"그럼 글 같은 걸 쓸 때 그 사람을 지칭해야 할 경우가 있잖아요? 그럴 때에는 어떻게 해요?"

"우리들은 글을 사용하지 않습니다."

잉?

"그럼 편지 같은 거나 다음 세대에게 뭔가를 알려줘야 할 경우에는 어떻게 하죠? 기록을 해야 다음 사람이 볼 거 아닌 가요?"

"정령을 이용합니다. 정령에 우리의 기억을 주입시켜 다른 엘프들에게 전달합니다. 그러면 다른 엘프들이 그것을 다음 세대에 전달하게 됩니다."

금발미남은 한 치의 망설임도 없이 대답했다. 하지만 난 그의 말에서 뭔가 문제점을 발견했다.

"정령이란 건 술사가 없어도 활동이 가능한가요?"

"아닙니다. 술사가 없으면 정령도 이 세계에 있을 수 없습니다."

"그럼 죽기 직전의 엘프가 중요한 일이 생겨 그것을 다른 엘프에게 전달해야 할 때 주위에 엘프들이나 다른 사람이 아무도 없다면 어떻게 자신의 의사를 전달하죠?"

"......!"

내 질문에 순간 금발미남이 입을 다물었다. 난 거기에 그치지 않고 계속해서 질문을 해나갔다.

"만약 심한 전투 중 부상을 입어 정령을 소환할 수 없을 지경에 처해 있을 때 다른 이에게 자신의 상황이나 전투 상황을 알려주거나 기록해야 할 경우, 어떻게 그것을 다른 이에게 전달하죠? 정령을 소환할 수 없는 경우에는 의사 전달이 불가능하다는 소리 아닌가요?"

"......!"

여전히 금발미남은 내 질문에 대답하지 못했다. 그러나 얼마 안 있어 곧바로 금발미남의 반격이 시작되었다.

"죽기 직전이라면 인간이라도 글을 남길 수 없습니다. 그리고 죽는 순간 필기도구가 옆에 없는 경우도 있습니다."

"······!"

"전투 중에 글을 남길 존재는 아무도 없습니다. 글을 남기면 적에게 발각당할 가능성이 큽니다. 차라리 자신이 살아남아서 직접 상황을 전달하는 게 안전합니다."

"······!"

흐읍! 반박을 할 수가 없잖아!

"그렇기 때문에 우리는 글이 없어도 의사 전달을 대화로써 합니다. 얼굴을 맞대고 대화하는 것이 더 확실한 의사를 전달할 수 있습니다."

"그건 그렇겠죠."

난 금발미남의 반격을 막아내지 못하고 거의 무너지기 직전까지 갔다. 나의 패배가 거의 확실시되어 가는 시점에 다행히도 역전의 실마리를 발견했다.

"그런데 글이 없으면 문화생활은 어떻게 하죠? 긴 소설 같은 경우에는 그걸 일일이 말로 전달할 수는 없잖아요?"

"우리는 그 장면에 맞는 이미지를 만들어냅니다. 그 이미지들로도 충분히 긴 내용을 전달할 수 있습니다."

잉? 이미지를 통해 긴 내용을 전달? 설마 그거 만화 같은 식인가? 아니면 정지 영상을 몇 개 늘어놓고 내용을 재구성하는 거야? 잉? 재구성? 아, 그렇군!

"만들어낸 이미지로 내용을 전달하면 듣는 사람이 그 내용을 왜곡할 경우가 생기잖아요? 특히 이미지 몇 개로 이루어지면 듣는 사람의 상태에 따라 전혀 다른 내용이 될 수도 있다고 보는데요?"

흐흐, 어떠냐, 나의 역습이?

"그것은 글 역시 마찬가지입니다. 읽는 사람에 따라 그 글의 내용을 전혀 다르게 해석하는 경우가 있습니다. 대표적으로 역사책이 그러합니다. 같은 내용을 자신들에게 유리하게 해석해 버립니다."

"……"

크으, 나의 회심의 일격을 가볍게 막아내다니……. 역시 쉽게 볼 수 없는 상대로군. 하지만 말이시, 아직 나에게는 비장의 카드가 남아 있다고!

"엘프나 인간이나 다른 이에게 말하기 어려운 생각을 가지고 있어요. 그것을 표현하고 싶을 때 보통 그림을 그리거나 글을 쓰는데, 그림 그리는 재주도 없고 글도 없다면 그것을 어떻게 표현하죠? 그냥 가슴속에 꼭꼭 묻어두기만 할 건가요?"

"……!"

이번 공격은 제대로였는지 금발미남의 표정에 당황한 기색이 역력했다. 약점을 숨기려 했지만 결국 약점을 잡힌 듯한 모습이었다. 그래서인지 금발미남은 억지를 부렸다.

"그런 생각은 애초부터 해서는 안 됩니다. 그런 생각을 하고 그것을 표현하려는 쪽이 이상한 겁니다."

"예……."

난 그냥 '네, 그렇죠'란 식으로 그 문제를 더 이상 거론하지 않았다. 쭉 이미지와 글에 대해 논의하다가 갑자기 원초적인 생각을 표현하느냐 마느냐의 문제로 넘어가 버려서 그쯤에서 끝낸 것이었다. 여기서 계속 얘기했다가는 본래의 논제와는 전혀 상관 없는 논의가 될 가능성이 매우 컸다. 어쨌든 1라운드는 나의 승리라고 볼 수 있었다. 그리고 좀 더 승부를 명확히 하기 위해 난 제2라운드로 돌입했다.

"엘프는 이름이 없다고 하지만 이름은 반드시 필요한 겁니다."

"왜입니까?"

"엘프가 제3자를 듣는 사람에게 알려주기 위해서 이미지를 사용한다고 하는데, 구체적으로 어떤 이미지를 사용하죠? 얼굴 생김새? 머리 모양? 옷?"

내가 일부러 몇 가지 예를 들어 금발미남에게 미끼를 던지자 금발미남은 내 미끼를 덥석 물었다.

"그 사람의 전체 모습입니다. 얼굴, 머리 모양, 옷, 몸매 등등 전부입니다."

"그럼 그 이미지는 그 사람이 머리 모양을 바꾸거나 옷을 바꾸면 자동적으로 바뀌는지……?"

"…그렇습니다."

내가 무슨 말을 할 것인가 잔뜩 긴장하며 금발미남은 고개를 끄덕였다. 확실히 그의 말대로 금발미남이 나에게 보여주었던 대머리아저씨의 이미지는 내가 봤던 때와는 조금 달랐다. 내가 봤던 것은 대머리아저씨의 옆모습과 뒷모습인데 금발미남이 보여준 것은 대머리아저씨의 앞모습이었기 때문이다.

"인간이나 엘프나 얼굴 생김새, 머리 모양, 옷차림새, 몸매 등은 항상 변합니다. 동일 인물이라도 10년 전 모습과 지금의 모습은 많이 다르죠. 그런 전혀 다른 이미지를 가지고 듣는 사람에게 제대로 된 전달을 할 수 있을까요?"

"……!"

금발미남은 또다시 데미지를 입었다. 그러나 그런 데미지를 입었음에도 그의 반격은 매서웠다.

"10년 전 모습이라도 예전과 지금의 모습에서 공통점을 찾아낼 수 있습니다. 모습이 달라졌어도 조금 보다 보면 금방 알아보게 됩니다. 반면 이름은 그렇지 않습니다. 이름만 가지고는 그 사람의 모습 등을 설명할 수가 없습니다."

흐으, 역시 쉽게 무너지지 않는군. 하지만 나에게는 결정타가 남아 있다!

"물론 그렇죠. 하지만 그 사람이 그 사람이라는 것을 나타내는 변하지 않는 것은 이름뿐입니다. 10년 후에도, 50년 후에도, 죽어서도 그 사람이 그 이름을 가졌다는 것은 불변의 사실이니까요. 이름은 그 사람이 존재한다는, 혹은 존재했다는 증거입니다."

"......!"

나의 큰 것 한 방을 먹고 금발미남은 크게 휘청거렸다. 그러나 의외로 끈질기게 버티며 날 물고늘어졌다.

"하지만 이름은 바뀔 수 있습니다. 그리고 이름이 중복되는 경우도 있습니다. 그런데도 쓸모가 있습니까?"

"그럼 얼굴이라고 중복되지 않나요? 머리 모양과 옷차림새는 무수히 중복되잖아요?"

"그렇긴 합니다. 하지만 이미지야말로 그 사람을 가장 확실하게 나타내는 수단입니다!"

자신의 생각을 관철시키기 위해서인지 금발미남의 목소리가 조금 커졌다. 그것은 그만큼 흔들리고 있다는 뜻이었다. 그래서 난 슬슬 이 싸움을 종결시킬 생각으로 말을 살짝 바꾸었다.

"이미지가 그 사람을 나타내는 효과적인 수단이라는 것에는 동의합니다. 하지만 그에 못지않게 이름이 중요하다는 것을 알아주셨으면 합니다. 이미지, 이름 둘 다 중요하잖아요? 유동적인 이미지와 고정적인 이름으로 그 사람을 더욱 정확히 표현할 수 있으니까요."

이미지만 있으면 된다, 이름만 있으면 된다는 싸움에서 둘 다 필요하다는 말 바꿔치기로 난 금발미남의 반격을 원천봉쇄했다. 애초에 난 이름이 좋다, 이미지가 최고다라는 결론을 유도하기 위해 금발미남과 이런 논쟁을 벌인 게 아니었기 때문에 뭐가 우수한지 따위에는 관심이 없었다. 나의 목적은 전혀 다른 곳에 있었다.

"이미지, 이름 둘 다 중요하니까 이제 제가 두 사람에게 이름을 붙여줄게요. 그래야 우리들이 두 사람을 부르기 쉬우니까요."

"……."

만약 논쟁 전이었다면 엘프 남매는 내 제안에 코방귀를 뀌었을 것이다. 그러나 논쟁을 통해 완전히 기가 꺾인 금발미남과 그의 여동생은 내 제안을 수락할 수밖에 없었다.

"…알겠습니다. 이름을 붙여주기 바랍니다."

난 개인적으로 금발미남의 말투도 바꿔 버리고 싶었지만 그건 논쟁으로는 힘들 것 같아 그냥 관두었다.

"이름을 짓는 건데 저 혼자 결정하는 건 말이 안 되죠. 나중에 슈아로에나 레이뮤 씨와 의논해서 생각해 놓을게요."

난 그렇게 엘프 남매 이름 짓기 프로젝트를 완료했다. 가장 중요한 이름 짓기는 내일 해도 되기 때문에 사실상 현재의 대화는 끝났다고 할 수 있었다. 눈칫밥 500년의 레이뮤는 더 이상의 화젯거리가 없음을 파악하고 제일 먼저 자리에서 일어났다.

"이제 학교로 돌아가도록 해요. 출발까지는 아직 일주일이나 남았으니 두 사람이 지낼 수 있는 방을 만들어야 하니까요."

레이뮤를 선두로 우리들은 모두 세공점에서 빠져나왔다. 이미 내가 매직 오너멘트 세공을 위해서 마을로 내려온 것이라는 사실은 모두에게 뒷전이었다. 우리들 사이에서 중요한 것은 엘프 남매와 만나고, 그들과 같이 여행하게 됐다는 사실 뿐이었다. 그렇게 엘프라는 존재와 만나게 된 하루가 슬슬 저물어갔다.

제12장

이름과 의미

각국 방문이라는 일정까지 앞으로 6일. 나와 슈아로에
는 긴 논의 끝에 두 엘프 남매의 이름을 확정지었다. 녹색인
Green에서 Reen이라는 글자를 대충 조합해서 이름을 지은
결과 금발미남은 '리엔', 금발 미녀는 '리에네' 라는 이름으
로 확정되었다. 리엔과 리에네는 레이뮤가 선생 두 명을 한
방에 몰아넣는 편법을 사용하여 각각 방 하나씩을 획득하였
다.

"리엔 씨! 리에네 씨! 아침 식사하러 가요!"

언제나 날 부르러 왔던 슈아로에가 날 무시하고 엘프 남매
를 불렀다. 그녀의 부름에 엘프 남매가 방에서 나왔을 때 난

이미 일어나서 아침 운동을 하고 있었다. 하루 종일 마나 생성 코드를 걸어놓고 놀고만 있기 때문에 정신적으로나 육체적으로 피곤하지는 않았다. 단지 심심할 뿐이었다.

"레지 군, 어서 와요."

날 무시하는 줄 알았던 슈아로에가 도서실까지 와서 날 불렀다. 난 슈아로에의 정성에 감동하여 그녀의 어깨를 톡톡 두드렸다.

"슈아가 날 버린 줄 알았어."

"버리긴 뭘 버려요? 레지 군이 쓰레기예요? 빨리 식사나 하러 가요."

그렇게 말한 슈아로에는 우리들을 데리고 레이뮤의 방으로 향했다. 거기서 레이뮤를 합류시킨 후 곧장 식당 쪽으로 걸어갔다.

"리엔 씨, 궁금한 게 있는데 물어봐도 돼요?"

식당으로 향하는 도중 난 금발미남인 리엔에게 질문을 던졌다. 리엔은 어제의 논쟁 때문인지 얼굴에 긴장의 빛을 띠었다.

"무슨 질문입니까?"

"그냥 정령술에 대해서 알고 싶어서요. 리엔 씨나 리에네 씨 모두 정령술을 쓰지 않나요?"

"맞습니다."

생각보다 내 질문이 너무 평범해서인지 리엔은 얼굴에서

긴장의 빛을 지우고 안심한 표정으로 대답했다. 일단 리엔이 내 질문을 막을 생각이 없음을 파악한 나는 연이어 질문을 던졌다.

"정령술은 정령을 소환하는 거라고 알고 있는데, 맞아요?"

"그렇습니다. 정령계로부터 정령을 선택하여 소환하는 것입니다."

"정령… 은 무엇 무엇이 있어요?"

"5대 정령이 있습니다. 빛의 정령, 땅의 정령, 불의 정령, 바람의 정령, 물의 정령입니다."

리엔의 설명을 듣는 동안 우리는 식당에 도착하여 테이블에 앉았고, 식당 아주머니들이 음식을 가지고 올 동안 나는 계속해서 질문을 이어나갔다. 슈아로에나 레이뮤가 내 질문을 막지 않았기 때문에 가능했다.

"정령도 상급 정령, 하급 정령, 이런 식으로 구분되어 있어요?"

"아닙니다. 원래 정령에는 계급이 없습니다. 단지 5대 정령 위에 정령왕이 있고 그들을 관할하는 정령신이 있다고 알려져 있습니다. 5대 정령은 크기에 따라 '티니', '에버', '레아'로 불립니다. 가장 큰 레아는 에버나 티니가 될 순 있지만 티니는 에버나 레아로 될 수 없습니다."

잉? 티니? 에버? 레아? 그게 뭐다냐? 갑자기 머릿속이 혼란스러워지는데?

"빛의 정령이나 그런 것에는 이름이 없어요? 그냥 티니나 뭐 이런 식으로 부르는 건가요?"

"5대 정령은 각각의 통칭이 있습니다. 빛의 정령은 위습(Wisp), 땅의 정령은 노움(Gnome), 불의 정령은 샐러맨더(Salamander), 바람의 정령은 실프(Sylph), 물의 정령은 언딘(Undine)입니다. 만약 작은 크기의 위습을 소환한다면, 그건 티니위습이라 합니다. 가장 큰 바람의 정령을 소환하면 레아실프가 됩니다."

리엔은 내 질문에 싫은 기색 하나 없이 친절히 답변해 주었다. 그의 말투가 아무리 듣기 딱딱해도 태도가 친절하기 때문에 그의 이미지가 조금씩 좋아졌다.

"가장 작은 크기란 건 얼마만큼이죠?"

"거의 인간의 머리만 합니다."

"중간 크기는?"

"에버는 인간의 상체만 하고 레아는 인간의 키 정도 됩니다."

내가 뒤에 어떤 질문을 할지 예상하고 있었던 리엔이 앞서서 대답해 주었다. 그러는 사이 아침 식사가 식당 아주머니들에 의해 배달되었고, 나는 천천히 식사를 하면서 계속 질문의 시간을 가졌다.

"정령은 크기가 클수록 강한가요?"

"그렇습니다. 본래 레아샐러맨더였더라도 티니샐러맨더

상태에서는 본래 힘의 3할도 발휘하지 못합니다."

흐으, 크기에 따라 힘의 차이가 있다면 결국 계급이 있는 거랑 똑같잖아? 게다가 5대 정령 위엔 정령왕에 정령신까지 있다니 완벽하게 계급사회구먼. 뭐, 정령 사회에도 계급이 있다, 없다로 싸우기는 싫으니까 넘어가자.

"정령 소환하는 것에 제한 같은 건 없어요?"

"있습니다. 일단 빛의 정령은 누구나 소환할 수 있지만 그다음으로 땅의 정령을 소환하느냐, 바람의 정령을 소환하느냐에 따라서 정령술의 성격이 바뀝니다."

"……?"

내가 도중에 어리둥절한 표정을 짓자 리엔은 좀 더 구체적으로 설명해 주었다.

"땅의 정령을 소환하게 되면 그 다음으로 불의 정령을 소환할 수 있고, 바람의 정령을 소환하게 되면 그 다음으로 물의 정령을 소환할 수 있습니다. 빛의 정령 다음에 땅의 정령을 소환하게 되면 바람의 정령, 물의 정령을 소환할 수 없게 됩니다. 대신 빛의 정령 다음에 바람의 정령을 소환하게 되면 땅의 정령과 불의 정령을 소환할 수 없게 됩니다."

리엔은 똑같은 말을 반복함으로써 돌머리인 나를 이해시키려고 했다. 처음엔 뭐가 뭔지 하나도 몰랐지만 리엔의 말을 되새기다 보니 어느덧 개념을 잡을 수 있었다. 리엔의 말은 결국 정령술에 두 가지 루트가 있다는 소리였다. 빛, 땅, 불의

한 가지와 빛, 바람, 물의 한 가지 루트.

흐음, 정령술에도 테크트리가 있었다니 신기하군. 양쪽 테크를 다 타기에는 자원이 부족한가 보지? 잉? 근데 리엔하고 리에네는 어떤 테크를 탄 거지? 뜨거운 테크트리? 아니면 차가운 테크트리?

"리엔씨는 어떤 테크… 아니, 어떤 정령들을 소환할 수 있어요?"

"본인은 1계열 정령을 소환할 수 있습니다. 바꿔 말하면 빛의 정령, 땅의 정령, 불의 정령입니다."

"리에네 씨는?"

난 시선을 여전히 리엔에게 두었다. 어차피 리에네 본인에게 물어봤자 리엔이 대신 대답하리라고 생각했기 때문이다. 그러나 예상 밖으로 리에네가 직접 입을 열었다.

"본인은 2계열 정령을 다루고 있습니다. 빛, 바람, 물의 정령입니다."

"남매가 정령 계열이 다르네요?"

리에네가 입을 열었다는 사실에 신선함을 느끼면서도 그녀의 말투가 여전히 리엔과 완전히 똑같다는 사실에 난 좌절했다. 비록 마흔 살이라지만 겉보기에는 매우 젊고 아름다운 여성이 '~입니다, ~합니다'라고만 말하니 너무 어울리지 않아 안타까울 정도였다.

"저도 정령술을 배울 수 있을까요?"

이미 나는 정령술을 사용하게 해주는 스피릿포스를 느낄 수 없다는 사실을 알고 있지만 혹시나 하는 마음에 리엔에게 물어보았다. 리엔에게서 돌아온 대답은 역시나였다.

"검은 머리는 세 가지 힘 모두를 느낄 수 없다고 들었습니다. 그대… 레지스트리가 검은 머리이면서도 마법을 사용할 수 있다는 사실이 놀랍습니다."

처음엔 날 그냥 '그대' 라고 부르려 하다가 왜인지 내 이름을 거론했다. 하지만 이름 뒤에 뭔가를 붙이는 이 세계 사람들의 언어관을 잘 몰라서인지 리엔은 달랑 내 이름만 불렀다. 이 세계에서 이름만 부르는 것은 서로 친한 사이일 때만이라 처음 보는 사람의 이름을 함부로 부르는 것은 대단한 실례였다. 그러나 난 원래 그런 언어관을 가지고 있지 않았고, 예의 범절을 모르는 4가지라서 남이 날 어떻게 부르는가는 관계없었다. 날 무시만 하지 않으면 상관없었기에, 오히려 리엔의 경우는 그가 내 요청대로 이름을 중요시해 주는 것 같아서 기분이 좋아졌다.

"저는 좀 운이 좋아서 마법을 배울 수 있었어요. 그래도 다른 건 몰라요."

"본인 역시 정령술 외엔 아무것도 모릅니다."

나와 리엔은 얘기를 하면서 서로 웃었다. 처음 만났을 때에는 이미지냐 이름이냐 때문에 싸웠지만 도리어 그 때문에 친해진 것 같았다. 지금까지 내 주변엔 상대하기 부담스러운 미인들이 많았던 관계로 나에게 있어서 마음을 털어놓을 수 있는 친구는 리엔이 처음이라 할 수 있었다. 리엔이 날 친구로 생각하는지 안 하는지는 모르지만, 어쨌든 나로서는 리엔과 당분간 같이 여행한다는 사실이 다행스럽게 여겨졌다.

"……?"

그때 갑자기 슈아로에가 뚱한 표정으로 날 쳐다보았다. 내가 그 표정의 의미를 알지 못해 어리둥절해할 때 레이뮤가 조용히 입을 열었다.

"레지스트리 군이 환하게 웃는 건 처음 보는군요. 물론 리엔 씨 역시 마찬가지지만."

"별로 재미있는 얘기도 아닌데 왜 웃어요?"

레이뮤의 말에 이어 슈아로에가 삐친 듯한 어조로 말했다. 난 그 말을 듣고 문득 두 여성 앞에서 웃은 적이 거의 없다는 사실을 떠올렸다.

흐음, 그러고 보니 내가 얘기하면서 웃은 사람은 해리 형님하고 지금의 리엔뿐이군. 뭐, 25년 동안 여자 한 번 못 사귄 불쌍한 인생이라 여자보다는 남자를 상대할 때 편하니까 그런 것이겠지. 슈아로에와는 툭 터놓고 지낸다고는 하지만 어차피 귀족이니까 나하고 격차가 크고, 레이뮤 씨는 원래 할머니라 맘 놓고 말하기 힘들고…….

"그런데 만약 여관에서 지낸다면 누가 누구랑 같이 자야 되죠? 인원이 홀수라 좀 난감한 것 같은데요?"

식사가 거의 끝나갈 즈음 난 레이뮤에게 의문을 제기했다. 어차피 마부는 알아서 자니까 제외하더라도 여자 셋에 남자 둘이니 방 나누기가 애매했다. 두 명씩 짝을 지어도 반드시 한 명이 남기 때문이었다. 1인용 방은 고급이기 때문에 논의에서 일부러 제외시켰다.

"레이뮤 씨, 방 세 개를 쓸 수 있어요?"

"음, 경비가 그렇게 넉넉한 건 아니니 방 세 개는 무리일지도 모르겠군요."

흐으, 대륙 최고의 대마법사님이 참 빈곤하게 사시는구려. 학생들 진급 시험 볼 때 봐준다는 핑계로 뒷돈 좀 얻어내면 금방 갑부가 될 텐데 말이지. 어차피 여기는 세무 조사 같은 것도 없을 텐데 맘 편하게 저질러~

"계속 마차로만 이동할 거죠?"

"그래요."

"그럼 텐트 같은 거 있어요?"

"있긴 하지만… 설마……?"

"그럼 제가 텐트에서 잘게요. 그럼 네 명이니까 될 것 같은데요."

사실 네 명이라고 하더라도 여자 셋, 남자 하나라 전처럼 누군가는 리엔과 같이 자야 했다. 개인적으로는 리엔과 리에네가 남매니까 한방을 쓰는 게 좋겠다고 생각했지만, 아무리 남매라도 한방을 쓰는 게 무리일 수도 있다는 생각과 함께 둘

다 개인 사정이 있을지도 모르기에 뒷일은 그냥 일행이 알아서 하라고 맡겨 버렸다.

"레지 군 혼자 텐트에서 자는 건 너무 불공평하잖아요?"

슈아로에는 내 제안에 이의를 제기했다. 그러나 그 이의는 자신이 불편해서가 아닌 날 배려하는 것이기 때문에 난 아무렇지도 않게 기각시켰다.

"괜찮아. 텐트에서 많이 자봤으니까."

그럼, 그럼. 군대 가서 훈련 뛸 때 지겹도록 텐트 생활을 했거든. 뭐, 군대에서 훈련이라고 하면 주둔지에서 깔짝깔짝대는 교육이 아니라 짐 모조리 싸 들고 밖에서 텐트 치고 자는 걸 지칭하지.

"지금은 9월이라 밤에는 춥다구요."

"침낭만 있으면 돼."

하하, 9월의 밤은 따뜻하다고. 11월에 물도 얼어붙는 날씨에 텐트에서 자봐. 자고 일어나면 전투화가 꽝꽝 얼어 있다니까. 그걸 신고 텐트 밖으로 나가야 하는 그 기분, 참······.

"침대도 없어서 잠자리가 불편······."

"나 원래 맨바닥에서 잤어. 여기는 전부 침대에서 자니까 나도 침대에서 잔 것뿐이지."

"하지만······."

"괜찮다니까."

슈아로에는 계속해서 공격해 왔지만 난 가볍게 방어에 성공하며 내 의견을 관철시키고자 했다. 이 학교에서 지내는 동안 9월의 밤이 어느 정도 따뜻하다는 것을 이미 경험했기에 텐트에서 지낼 자신이 있었던 것이다. 그런데 그때 느닷없이 리엔의 태클이 들어왔다.

"본인도 텐트에서 자겠습니다."

"……?"

잉? 이 인간, 아니, 이 엘프가 왜 이러시나?

"아뇨. 우리 둘이 텐트에서 자면 내가 텐트에서 자는 의미가 없어져요. 방 두 개를 세 명이서 쓰면 아깝잖아요? 그리고 침낭도 두 개를 가져가야 되니까 짐도 많아지구요. 그냥 리엔 씨는 리에네 씨와 같이 방을 써요."

"방 두 개를 세 명이서 쓰면 아까운 것입니까?"

잉? 뭐 그런 당연한 소릴?

"물론이죠."

"왜 아까운 것인지 잘 모르겠습니다."

리엔은 정말로 이해할 수 없다는 표정을 지었다. 모르는 것이 있을 때는 서로 알려주는 것이 인지상정이라 난 친절히 설명해 주었다.

"인간은 보통 최소의 노력으로 최대의 효과를 보려고 해요. 그걸 '효율'이라 하는데, 여관에서 잘 때도 최소의 비용으로 최대의 효과를 원하죠. 원래 네 명이서 잘 수 있는 방을 같은 비용으로 세 명이서 자면 한 명의 여관비를 날리는 거잖아요. 가끔 남에게 허세를 부리기 위해서 역으로 비효율적인 돈 낭비를 하는 인간도 있지만 대부분 효율적으로 소비를 하려고 하죠."

"그렇습니까?"

현대인에게는 이해하는 데 별 무리가 없는 사상이지만 중세인인 이들에게는 이해하기 힘들 수도 있는 말이었다. 하지만 의외로 리엔은 어느 정도 알겠다는 표정을 지었다. 정말 이해했는지는 알 수 없었지만 더 이상 같이 텐트에서 자겠다는 말을 하지 않은 걸로 충분했다. 그런데 그 대신 리엔이 전혀 뜻밖의 제안을 했다.

"그럼 본인과 레지스트리가 교대로 텐트에서 자는 건 어떻습니까? 그건 공평하다고 생각합니다."

잉? 교대로 근무하자고? 뭐, 얼핏 생각해서는 괜찮아 보이는 제안이긴 하지만, 교대로 자게 되면 내가 당신 여동생과 같은 방을 쓰게 되는데? 한 마리 굶주린 늑대에게 여동생을 옛다, 하고 던져 줘도 되는 거야? 여동생을 좀 소중히 여기라고.

"리엔 씨와 교대로 잔다는 건 내가 리에네 씨와 같이 잔다는 뜻이니까 안 되죠."

"왜 안 됩니까? 본인은 되고 레지스트리는 안 되는 이유를 알려주기 바랍니다."

오히려 리엔은 나에게 반문했다. 마음속으로는 '설마…' 했지만 내 입은 나도 모르게 소리를 내고 있었다.

"젊은 남녀 둘이 같은 방에서 자면 무슨 일이 일어날지 모른다구요. 리에네 씨가 걱정 안 돼요?"

"젊은 남녀가 같은 방에서 자면 무슨 일이라도 일어납니까?"

"…정말 몰라요?"

"정말 모르겠습니다."

리엔의 표정에는 일말의 거짓도 없었다. 그렇기 때문에 더욱 당혹스러웠다. 그 나이—물론 쉰 살이라지만—되도록 기본적인 성 지식이 없다는 사실이 놀라웠던 것이다.

아니, 대체 부모가 자식 교육을 어떻게 시켰기에……. 아, 그쪽 지식은 보통 부모가 가르쳐 주지 않는구나. 아무튼 친구들은 대체 왜 리엔에게 아무것도 알려주지 않은 거야? 리에네라면 몰라도 리엔은 순간순간 불끈불끈하는 경험이 있을 거 아냐? 그런 거, 왜 그런지 알고 싶지노 않았어? 나 같은 경우는 정보의 바다란 인터넷을 통해 그쪽 지식을 과도하게 얻었는데.

"리에네 씨도 몰라요?"

내가 리에네를 보면서 묻자 리에네 역시 고개를 끄덕였다.

"잘 모르겠습니다. 평소에 오라버니와 같이 자는데 아무 일도 일어나지 않았습니다."

"……."

리엔은 물론이고 리에네조차 그쪽 지식을 모른다는 사실에 난 좌절했다. 그리고 난 그쪽 지식을 이들 엘프 남매에게 가르쳐야 하는지 말아야 하는지 갈등해야 했다. 나중에 가정을 꾸리기 위해서라도 기본적인 지식을 알려줘야 한다는 생각과 알려주기 귀찮고 쪽팔리다는 생각이 함께 들었기 때문이다.

"어떡하지, 슈아?"

"왜, 왜 날 쳐다봐요?!"

내가 자신을 쳐다보자 슈아로에가 기겁했다. 아마도 그녀 역시 나와 같은 생각을 했던 모양이다. 그래서 난 슈아로에와 역할 분담을 하기로 했다.

"슈아가 리에네 씨를 맡아. 난 리엔 씨에게 알려줄 테니까."

"웅……."

내 제안에 슈아로에는 당황하는 표정을 지었다. 그도 그럴 것이, 아직 경험이 없는—순전히 내 짐작이지만—슈아로에가 리에네에게 그쪽 지식을 가르친다는 건 어쩌면 어불성설이기 때문이었다. 물론 나 역시 경험이 없어 마찬가지일 수도 있지만, 그래도 이론적으로는 풍부하다 못해 넘칠 정도로 그쪽 지식에 해박했기 때문에 리엔 정도는 충분히 교육시킬 수 있었다.

후후, 근데 내가 알고 있는 지식은 좀 과격(?)해서 리엔이 소화할 수 있으려나? 어느 선까지 알려주는 게 적당할까? 노멀로 해야 하나, 하드코어까지 가야 하나? 괜히 하드코어 쪽을 알려줬다가 리엔이 망가지면 어쩌지? 갈등 생긴다, 갈등 생겨.

*　　　　*　　　　*

각국 방문을 떠나기 전인 일주일 동안 난 새로운 마법 코드 개발에 전념했다. 원래는 내가 이 세계로 소환될 때 블루스크린에 떴던 코드들을 해석하려 했지만 내 기억력이 나빠서 어떤 코드였는지 제대로 떠올리지 못했다. 그리고 의문의 청년이 나에게 사용했던 마나 복사 코드도 해석하려 했지만 역시 기억력의 한계로 포기하고 말았다. 그래서 내가 초점을 맞춘 것은 단축키였다.

"레지 군, 준비 다 됐어요."

내가 도서실에서 책을 뒤적거리며 단축키 코드를 찾을 때 슈아로에가 리엔과 리에네를 데리고 나타났다. 오늘이 바로 각국 방문을 떠나는 날이라 날 부르러 온 것이었다.

"또 코드 개발하고 있었어요? 그렇게 코드만 하루 종일 쳐다보면 질리지 않아요?"

슈아로에는 책을 챙기고 있는 날 보며 고개를 설레설레 흔들었다. 마법 천재라 불리는 슈아로에가 보기에도 코드에 대한 나의 집착이 조금 과하게 보이는 모양이었다. 하지만 실력이 안 되니 편법으로라도 실력 향상을 꾀하려는 내 의지는 변함이 없었다. 그래서 난 코드 개발에 필요한 책 몇 권을 챙기고 슈아로에, 엘프 남매와 함께 모래 운동장으로 향했다. 모래 운동장에는 저번에 봤던 것과 거의 비슷한 모양의 쌍두마차가 준비되어 있었다. 레이뮤는 그 옆에서 몇 명의 선생들과 얘기를 나누는 중이었다.

"곧 출발할 테니 어서 타도록 해요."

레이뮤는 우리를 마차 안으로 구겨 넣었고, 난 가장 바깥쪽에 앉았다. 그런 내 옆에 슈아로에가 당연한 듯이 앉았고, 리엔과 리에네는 반대편 자리에 앉았다. 그동안 레이뮤는 선생들과 인사를 나누었다.

"그럼 뒷일을 부탁합니다."

"조심히 다녀오십시오."

"학교 일은 걱정 마십시오."

선생들의 격려를 받으며 레이뮤는 마차 안으로 들어왔고, 볼 것 없이 슈아로에의 옆에 앉았다. 나나 슈아로에, 레이뮤 모두 체격이 그리 큰 편이 아니라서 한쪽 자리에 세 명이 앉아도 별 무리가 없었다. 어쨌든 레이뮤가 올라타자 마차는 곧 출발했다. 마법학회에 갈 때와 마찬가지로 마차를 타고 가는 것이기 때문에 기분은 그다지 들뜨지 않았다. 대신 이제는 마차 타는 것에 익숙해져서 엉덩이가 덜 아프다는 점이 그때와 달랐다.

"이제 저도 익숙해졌어요."

슈아로에는 그것이 큰일이라도 되는 양 레이뮤에게 자랑

했다. 레이뮤는 딸(?)의 재롱을 보며 옅은 미소를 지어 보였다. 다른 사람과 있을 때엔 빈틈없는 모습을 보이는 것과 달리 슈아로에를 대할 때의 레이뮤는 인자한 어머니 같았다. 그래서 나는 레이뮤의 부드러운 미소를 볼 수 있는 슈아로에가 부럽다고 생각했다.

"레지스트리 군, 코드 개발은 잘되나요?"

슈아로에를 향해 미소 지어 보이던 레이뮤가 느닷없이 나에게 질문을 던졌다. 하지만 그녀의 표정에서는 이미 미소가 사라져 버린 상태라 그것이 아쉬웠다.

"뭐, 천천히 하려고 생각 중이라 그저 그래요."

"단축키인가요……? 처음 듣는 개념이니까 금방 개발하기는 어려울 것입니다. 그러니 너무 조급해하지 말아요."

레이뮤는 오히려 날 격려했다. 이제는 내가 어떤 코드를 만들더라도 놀라지 않을 것 같았다. 하지만 지금 개발하려고 하는 단축키 코드가 '그것'을 위한 사전 작업임을 알게 된다면 담담한 표정이 확 바뀔 것이란 확신이 들었다.

후후, 단축키는 마법 코드를 일일이 외우지 않고 간단한 말 한마디에 마법을 실행시키기 위한 것이라고. 내가 생각하고 있는 필살 마법의 기본 단계라고나 할까? 내 생각대로 되기만 하면 내 필살 마법이 정말 강력할 수도 있다고. 푸가 체이롤로스 때처럼 아무것도 못하는 상황은 안녕이라는 말씀~

"레지 군이 이상한 코드를 만들어내는 건 하루 이틀의 일이 아니니까 이제 뭘 만들어내도 놀라지 않을 것 같아요."

슈아로에 역시 레이뮤와 마찬가지로 나의 마법 코드 개발을 껌으로 여겼다. 하지만 그녀도 나의 필살 마법에 대해 모르기 때문에 하는 소리였다.

"단축키 코드를 완성하면 알려줄게."

"혼자서 하려구요? 내가 도와준다고 했잖아요."

"뭐, 도와주면 좋고."

"이미 도와준다고 약속했으니 그 점은 걱정 말아요"

나와 슈아로에는 둘만의 대화를 나누었다. 그것을 보고 리엔이 한마디 했다.

"레지스트리와 슈아로에는 사이가 좋은 것 같습니다."

"에? 아뇨. 꼭 사이가 좋다라고는……."

슈아로에는 처음엔 강한 어조를 구사하다가 이내 말끝을 흐렸다. 리엔의 말을 완전히 부정하기에는 자기 자신도 석연치 않아서일 것이다. 그래서 난 슈아로에 대신에 입을 열었다.

"슈아는 내 동생 같은 '애'니까 사이가 좋은 거죠. 가끔은 싸우기도 하지만."

내가 '애'를 강조하자 슈아로에가 발끈했다.

"애라뇨? 나도 이제 다 컸어요!"

"그 키가 다 큰 거면… 쯧쯧."

"아앗! 왜 혀를 차요?! 무슨 의미예요?!"

나와 슈아로에는 또다시 티격태격했다. 그런 우리들의 모습을 보고 레이뮤와 엘프 남매가 미소를 지었다. 나를 제외하고 모두들 한 인물 하는 존재들이라 그들이 웃으니 마차 안이 환해지는 것만 같았다.

"근데 리엔 씨, 정령 한번 구경해도 돼요? 한 번도 본 적이 없어서요."

난 슈아로에와의 말다툼 도중 느닷없이 리엔에게 그런 요구를 했다. 리엔과 일주일 동안 학교에서 같이 지냈지만 리엔이 정령을 부리는 모습을 한 번도 보지 못해 지금이라도 보고 싶었기 때문이다. 다행히도 리엔은 내 요구에 응해주었다.

"알겠습니다. 어떤 정령을 보고 싶습니까?"

"5대 정령 전부 다요."

"본인은 세 개의 정령만을 소환할 수 있으니 바람의 정령과 물의 정령은 누이동생이 소환할 것입니다."

그렇게 말한 리엔은 곧바로 정령을 소환하기 시작했다.

"티니위습, 티니노우, 티니샐러맨더."

"티니실프, 티니언딘."

리엔의 말이 끝나기가 무섭게 리에네도 정령들을 소환했다. 그러자 1초도 되지 않아 다섯 종류의 정령이 모습을 드러내었다. 마치 야구공처럼 생긴 새하얀 빛 덩어리 하나, 마치 돌이 채 지나지 않은 어린아이만 한 크기에 허리를 구부정하게 숙인 백발의 꼬마 할아범, 타오를 듯한 붉은색의 작은 도

마뱀, 머리 크기만 한 여자 엘프 모습의 연녹색 요정, 마찬가지로 머리 크기만 한 여자 엘프 모습의 옅은 푸른색의 요정. 전부 처음 보지만 어느 정령이 무슨 정령인지 웬만큼 감이 왔다.

"이 빛 덩어리는 빛의 정령, 이 할아버지는 땅의 정령, 이 도마뱀은 불의 정령, 이 녹색 요정은 바람의 정령, 이 푸른 요정은 물의 정령이죠?"

내가 각각의 정령들을 지목하면서 그들의 정체를 말하자 리엔이 고개를 끄덕이며 대답했다.

"그렇습니다. 처음 보는 것이면서도 다 알고 있는 게 이상합니다."

"아, 그냥 그런 느낌이 들어서요."

흐흐, 내가 이래 봬도 눈썰미는 예리하거든. 정령들의 정체쯤이야 껌이지. 근데 이 정령들은 리엔과 리에네에게 종속되어 있는 건가, 아니면 단순히 정령술사의 명령에 따르는 것일까?

"근데 정령은 정령술사의 명령을 무조건 듣는 건가요?"

"5대 정령은 소환될 때마다 정령계에서 생성되기 때문에 술사의 명령에 절대 복종합니다. 자아를 가지고 있는 정령왕은 술사의 명령을 거역하기도 합니다."

잉?

"소환될 때마다 정령계에서 생성된다는 게… 무슨 뜻이죠?

지금 여기 있는 정령과 다음에 소환하는 정령이 다르다는 소리인가요?"

"그렇습니다. 5대 정령은 술사의 요구에 의해 정령계에서 만들어집니다. 그렇기 때문에 첫 번째로 소환한 불의 정령과 두 번째로 소환한 불의 정령은 다릅니다."

"……!"

리엔의 설명을 들으니 왠지 정령과 정령술사의 관계가 인위적이라는 느낌이 들었다. 난 정령술이라고 하기에 정령을 소환하여 친구처럼 지내는 것이라 생각하고 있었기 때문이다.

흐으, 정령술사는 단순히 정령을 이용하는 것뿐이군. 그럼 정령에게는 무슨 이득이 있지? 정령도 뭔가 얻는 게 있으니까 정령술사의 소환에 응하는 거 아닌가? 설마 아무 이득도 없이 그냥 봉사만 하는 것?

"그럼 정령들은 1회용이라는 건가요?"

난 극단적인 단어를 선택하여 물어봤지만 리엔은 고개를 갸웃했다.

"1회용? 무슨 뜻입니까?"

"그러니까 정령은 한 번 소환하고 나서 버리는 존재인가 하는 질문이요. 소환될 때마다 새로 만들어낸다고 했으니 1회용인 것 같아서요."

"음… 그런 것 같습니다."

리엔은 처음으로 말을 끌다가 대답했다. 그가 말을 끌어야 할 정도로 정령들이 1회용이라는 말이 의외였던 것 같았다. 그것은 애초에 리엔이 정령에 대해서 무관심했다는 뜻도 되었다.

"정령술사면서 정령에 대한 애정이 없는 거 아니에요?"

난 좀 더 공격적으로 나섰다. 하지만 리엔은 내 공격의 의도를 제대로 읽어내지 못했다.

"정령에 대한 애정이란 무엇입니까?"

"에… 그러니까 서로 친하게 지낸다든가… 아, 이름을 지어준다거나 하는 거죠."

"이름?"

순간 리엔의 표정에 의아한 빛이 떠올랐다. 그의 의아함은 곧 말이 되어 드러났다.

"정령에게 왜 이름을 붙여야 하는 것입니까? 본래 정령은 무(無)에서 창조되는 존재입니다. 그리고 자아가 없기 때문에 이름을 붙여도 소용이 없습니다. 소환될 때마다 새로이 창조되는 정령에게 무슨 애정을 가져야 하는지 이해할 수가 없습니다."

리엔은 도리어 날 공격했다. 분명 1회용인 정령에게 이름을 붙이고 특별히 대한다는 건 일회용 컵에 이름을 쓰고 두고 두고 쓴다는 바보 같은 짓과 마찬가지일 것이다. 나 역시 리엔의 생각을 어느 정도 이해할 수는 있었다. 하지만 문제는 그런 게 아니었다.

"사람은 의미를 부여하길 좋아하는 존재라서 자신과 관련된 것은 특별한 무언가를 가지길 원하죠. 자신이 처음으로 접한 것이나 계속 접하고자 희망하는 것에 특별한 의미를 부여하는 경향이랄까? 사람은 그런 것에 보통 이름을 붙이거나 각별히 대하게 돼요. 아무 의미 없는 것이라 하더라도 이름을 붙이고 각별히 대하는 순간, 그것은 사람에게 큰 의미를 지니는 것이 되거든요."

"……."

리엔은 잠시 입을 다물었다. 인간하고는 조금 다른 사고방식을 지닌 엘프라서 내 말을 이해하는 데 시간이 조금 필요한 모양이었다. 그러나 그 시간은 그리 길지 않았다.

"왜 사람은 의미없는 것에 의미를 부여하려 합니까? 땅에는 수많은 돌이 있습니다. 그 돌들이 의미있는 것입니까? 이름을 붙이고 각별히 대할 만한 의미를 가지고 있습니까?"

역시나 리엔은 공격적으로 나왔다. 리엔과 얘기하다 보면 언제나 의견 충돌이 일어나기 때문에 난 당연하다는 듯이 반박할 말을 찾고 있었다.

"그 돌들이 의미없다고 볼 수는 없죠. 돌을 수집하는 사람들에게 그 돌들은 의미를 가질 수 있거든요."

"그 돌을 수집하는 사람들은 아무 돌이나 수집합니까? 그들이 수집하는 돌은 이미 의미를 가진 돌들이 아닙니까?"

"……!"

난 리엔에게 제대로 한 방 먹었다. 지금 나와 리엔의 의견 충돌은 의미있는 것과 의미없는 것이 처음부터 구분되어 있느냐 없느냐라는 문제에 있었다. 물론 나는 의미있는 것과 없는 것은 애초부터 구분되어 있지 않다라는 입장이었고, 리엔은 그 반대였다. 그런데 리엔의 말을 들어보니 내가 틀렸다는 생각이 들기 시작했다.

흐음, 분명히 돌 수집가라고 해도 아무 돌이나 수집하진 않지. 세상에는 수많은 물건이 있고, 인간은 그중에서 뭔가 특별한 것을 가지려고 하니까 그건 이미 의미있는 것을 가지려는 행위라고 볼 수 있겠군. 과연 의미없는 것을 가지려는 인간이 있을까? 윽, 이러면 내가 지는 거잖아! 어떻게든 말발로 버티자!

"의미라는 건 유동적이죠. 100년 전에 의미있는 것이 100년 후에도 의미를 가진다는 보장은 없잖아요. 의미라는 건 이미 결정되어 있다기보다는 인간이나 다른 존재가 그때그때 임의적으로 정하는 거 아닐까요?"

"……."

"그걸 개인의 입장에서 축소시키면 한 사람이 의미없는 것에 의미를 부여하면 의미를 가지게 돼요. 의미있는 존재가 있다, 없다 보다 사람에게 의미를 가지는 것이 무엇인가 하는 문제… 라고나 할까요?"

으윽, 내가 한 말이지만 나조차도 지금 내가 무슨 말을 하고 있는지 점점 헷갈리기 시작한다. 이러다가 자칫 잘못하면 틈을 내줘서 한순간에 코너에 몰릴 수도 있는데… 정신 바짝 차려야…….

"그렇다면 사람은 왜 의미를 부여하려는 것입니까?"

내가 잔뜩 긴장하고 있을 때 리엔이 갑자기 논쟁의 중심을 바꿔 버렸다. 그래서 난 잠시 생각하는 시간을 가져야 했다.

"에… 글쎄요……. 왜일까요?"

으악! 안 돼! 이건 자멸이라고! 난 이렇게 끝날 순 없어!

"외로워서… 일까요?"

"……?"

난 머리를 굴린 끝에 간신히 하나의 답변을 내놓긴 했지만 그다지 설득력이 없어 보였다. 하지만 왠지 생각하면 생각할수록 내 말이 맞는 것도 같다는 느낌이 들었다. 물론 그 반대의 느낌도 들긴 했지만.

"사람은 외로움을 잘 타는 존재라 그 외로움을 달랠 무언가를 찾으려 하죠. 그리고 그것에 의미를 부여하구요. 현실에 만족하고 외로움을 타지 않는 사람은 굳이 사물에 의미를 부여하지 않죠."

으으, 이거 말을 하면 할수록 뭔가 실수를 하는 듯한 느낌이 드는걸? 내가 뭐 심리학을 전공한 것도 아니고, 다양한 사람들을 만난 것도 아니잖아? 사람에 따라서 내 예상과 전혀 다른 경우도 있을 테고……. 불안하다, 불안해.

"사람은 왜 외로움을 타는 것입니까? 그리고 외로움이란 무엇입니까?"

"……?"

갑자기 리엔은 또다시 논쟁의 중심을 이동시켰다. 그것은 차라리 다행이라고 할 수 있었다. 그가 옮기고자 하는 논쟁의 중심은 더 이상의 논쟁을 진행시킬 수 없는 영역이기 때문이었다.

"그건 아무도 몰라요. 왜 사람이 외로움을 느끼는지, 외로움이란 무엇인지. 외로움은 감정이고, 즉 그 말은 사람은 왜 감정을 가지느냐라는 것과 똑같거든요. 거기서 더 나아가 사람은 왜 존재하느냐, 그리고 이 지구는 왜 존재하느냐, 이 우주는 무엇 때문에 만들어진 건가라는 본질적인 문제거든요. 그에 대한 해답을 가지고 있는 이는 단언컨데 없어요."

후후, 본질적인 문제는 논쟁해 봤자 남는 게 없으니 이 정도로 끝내야지. 해답이 없는 걸 얘기해서 뭐 하냐고, 오히려 감정만 상하지. 리엔하고 너무 말싸움만 하면 사이가 나빠지니까 논쟁은 여기서 접자.

"뭐, 어쨌든 각자의 생각이 있는 거니까 뭐라고 하긴 힘들죠. 그래도 난 외로움을 잘 타는 인간이라 처음 접하는 것에는 의미를 부여하고 싶어요."

"그런데 지구? 우주? 그게 무엇입니까?"

잉? 설마……? 여기 사람들은 아직 지구가 둥글넓적하다는 사실을 모르는 건가? 그리고 태양계가 있다는 사실도? 흐음, 하긴 시대가 시대이니만큼 모를 가능성이 크겠군.

"아, 아무것도 아니에요. 그냥 명칭이죠. 지구는 이 땅이고 우주는 하늘이니까요."

난 일단 대충 말을 얼버무렸다. 그들이 전혀 알지 못하는 개념을 알려주면 오히려 머리만 복잡해지기 때문이었다. 다행히도 리엔은 내 얼버무림에 그냥 속아넘어갔다.

"그렇습니까. 본인은 인간이 아니기 때문에 인간의 생각을 이해하기 조금 어렵습니다."

"인간들끼리도 다른 사람의 생각을 이해하는 건 어려우니까 당연한 거죠. 그래도 자신의 생각만을 강요하지 않는다면 이해하지 못하더라도 괜찮지 않을까요?"

"그럴지도 모르겠습니다."

그렇게 나와 리엔의 논쟁은 막을 내렸다. 누가 승자이고 패자인가 하는 승부는 나지 않고 당연한 소리만 해댄 것이었으나 서로 한 발짝씩 물러섰다는 사실이 중요했다.

"난 정령을 처음 보는 거니까 정령들에게 이름을 붙여줄게요. 괜찮죠?"

"괜찮습니다."

내 말에 리엔은 천천히 고개를 끄덕였다. 내가 소환한 정령들도 아니고 리엔과 리에네가 소환한 정령들이라 사실 이름을 붙여봤자 별 소용이 없었다. 그럼에도 난 그 5대 정령에게 붙여줄 이름을 생각하고 있었다.

음, 일단 빛의 정령은 전구가 떠오르니까 '전구'라 하고 땅의 정령은 도인 같으니까 '도인', 그리고 불의 정령은 샐러맨더인데 난 혀 굴리는 발음을 싫어하니까 좀 더 부드러운 어감으로 바꿔야지. 뭐, 샐러맨더를 일본어로 바꾸면 '사라만다'가 되니까 그걸로 해야겠다. 그리고 물의 정령 언딘은 철자 그대로 읽어서 '운디네', 마지막으로 바람의 정령은… 음… 뭔가 딱 떠오르는 게 없군. 어쩔 수 없다. 넌 그냥 '실프'해라.

"넌 전구, 넌 도인, 넌 사라만다, 넌 운디네, 넌 실프."

난 5대 정령에게 차례대로 이름을 붙여주었다. 그러나 내가 이름을 불러도 5대 정령은 무반응이었다. 술사인 리엔과 리에네가 명령을 내리지 않는 한 그들은 그 어떠한 반응도 하지 않는 것 같았다.

흐으, 왠지 서글퍼지는군. 역시 나 뻘짓한 건가? 에이, 이놈들이 반응을 하든 안 하든 뭐 어때, 나만 좋으면 그만이지.

"레지 군, 근데 바람의 정령은 실프잖아요? 왜 이름 안 바꿔요?"

그때 슈아로에가 내 감상에 태클을 걸었다. 그래서 난 한마디로 답변했다.

"그냥."

"……."

슈아로에의 몸이 뻣뻣하게 굳어진 사이 난 리엔과 리에네를 향해 입을 열었다.

"정령, 보여줘서 고마워요. 이제 소환 해제해도 돼요."

팟— 파팟—

내 말이 끝나고 얼마 안 있어 마차 안을 꽉 채우던 5대 정령이 일제히 사라졌다. 그것을 보다가 난 문득 궁금한 것이 떠올라 리엔에게 물어보기로 했다.

"근데 정령이 타격을 받으면 술사는 어떻게 돼요?"

"그 질문에는 내가 답변하도록 하죠."

난 리엔을 보며 물었으나 리엔이 뭐라고 입을 열기도 전에 레이뮤가 인터셉트를 하며 말을 빼앗았다. 그래서 난 레이뮤에게서 답변을 듣게 되었다.

"정령술은 술사와 정령이 밀접하게 연결되어 있는 능력입니다. 그래서 정령이 타격을 받으면 술사에게도 그 영향이 미치고 술사가 타격을 받으면 정령에게도 영향을 미치죠. 그에 비해 소환술은 반(半) 밀접해서 소환술사가 타격을 받을 경우에만 소환물에 영향을 미쳐요. 소환물이 타격을 받아도 술사는 아무렇지도 않지요. 하지만 흑마술은 비(非) 밀접합니다. 한번 소환된 마계 종족은 소환된 순간부터 술사와 별개로 행동합니다. 정령이나 소환술이 술사의 명령을 듣는 것과 다르게 마계 종족은 자기 하고 싶은 대로 움직이죠. 그게 통칭 소환술이라 불리는 세 가지 능력의 차이점입니다."

"예……."

난 정령술, 소환술, 흑마술이 크게 소환술로 불리기도 한다는 말을 떠올리고는 고개를 끄덕였다. 물론 뭐가 어떤 특징을 가지고 있는지 나하고는 별 상관 없었지만 상식의 폭을 넓히기 위해 그 지식을 내 머릿속에 구겨 넣었다.

*   *   *

우리는 에이지피강을 따라 에이티아이의 수도인 레이디언으로 향했다. 대략 일주일 정도 걸리는 거리였는데 가는 동안 아무 일도 없었다. 예정대로 나 혼자 여관 밖에서 텐트를 치고 잤고, 레이뮤와 슈아로에가 한 방, 리엔과 리에네가 한 방에서 잤다. 그러는 동안 나는 슈아로에와 머리를 맞대고 단축키 코드를 개발했고, 대략 5일 정도 걸려서 단축키 코드를 완성할 수 있었다.

```
create number A.
substitute 명령어1 for A.
(반복)
create space(or dimension) 마법.
connect A and B.
```

connect B and C.

(반복)

save 마법.

execute 마법.

이 코드는 정신력 제어 코드인 Number, Space, Dimension 을 임시 저장소로 사용하여 거기에 코드를 삽입한 뒤 Connect 코드로 일일이 연결시키는 것이다. 그리고 나서 Save 코드를 통해서 하드디스크에 데이터를 저장하듯이 머리 에 코드를 저장한다. 그러면 잠을 자고 나서도 저장된 코드는 사라지지 않고 Delete 코드로 삭제될 때까지 마나 용량을 차 지하면서 남아 있게 된다. 코드를 일일이 저장하여 만드는 과 정이 귀찮긴 하지만, 잘만 이용하면 굳이 매직 오너멘트가 없 어도 마법을 빠르게 실행시킬 수 있다는 장점이 있다.

뭐, 그래도 이 단축키 코드를 쓰려면 마나 용량을 많이 차 지하는 정신력 제어 코드를 써야 하는 데다 2서클 이상의 마 법을 단축키로 지정하려면 용량 1,000의 Dimension 코드를 두 번 이상 써서 각각 따로따로 저장한 뒤에 실행시켜야 하니 까 작업 용량이 상당하지. 나처럼 허접 마법사는 정신력 제어 코드를 사용하는 마법을 단축키로 지정하기 힘들다고. 정신 력 제어 코드 없이 마법을 저장해야 쓸까 말까 하거든.

그래도 신기한 건 정신력 제어 코드를 단순한 저장 공간으로만 활용하면 몇 번을 불러내도 용량 추가가 없어. 보통 파이어 볼 마법에서 같은 Space Road인데도 Create Space Road, Animate Space Road라고 따로따로 써서 용량을 두 배로 잡아먹는 반면 정신력의 개입 없는 단순한 저장일 때는 space 마법 한 번만 하면 나중에는 계속 써도 용량의 추가가 없지. 슈아로에는 이 개념을 잘 이해하지 못했지만 바꿔 말하면 플래쉬의 Symbol 기능이랄까? 플래쉬 프로그램에서 같은 모양의 오브젝트를 새로 만들어서 쓰면 용량이 늘어나지만 하나를 Symbol로 등록하고 계속 불러내 쓰면 몇백 개를 만들더라도 용량 추가가 거의 없는 거와 같지.

웅성웅성.

내가 그런 생각을 하는 동안 마차는 에이티아이 제국의 수도인 레이디언에 도착했고, 우리는 많은 사람들이 거리를 활보하는 모습을 볼 수 있었다. 역시 한 제국의 수도답게 왁자지껄한 모습이었다.

덜컹덜컹.

우리는 잘 정비된 도로를 따라 레이디언 중심에 있는 거대한 성으로 향했다. 그 성이 에이티아이 제국을 다스리는 황제의 거처라는 건 자명했다. 일개 잡부인 나로서는 황제라는 절대 권력의 존재와 만난다는 게 부담스러울 수밖에 없었다.

"아, 떨려요."

슈아로에도 긴장을 했다. 성인이 되면 백작의 작위를 받는 슈아로에지만, 그건 매트록스 왕국에서의 작위라 에이티아이 제국보다 파워가 약할 수밖에 없었다. 그런 데다가 같은 지위의 귀족도 아닌 한 제국의 황제를 만나는 것이니 긴장을 하지 않을래야 않을 수가 없는 것이다.

"걱정 말거라. 황제라고는 해도 결국 사람이니 겁낼 건 없단다."

레이뮤는 슈아로에의 긴장을 풀어주려 했지만 내가 듣기엔 설득력이 없었다. 황제가 사람이라는 건 열 받으면 무슨 짓을 저지를지 모른다는 뜻도 되기 때문이었다.

흐으, 인간이 아닌 리엔과 리에네는 좋겠군. 일단 엘프라는 점 때문에 황제라도 함부로 대할 수는 없을 테니 말이야. 아무리 군대에서 모든 병사들이 벌벌 떠는 장성이라 하더라도 사회에서는 단순한 아저씨일 뿐이니까.

"리에네 씨, 실프를 불러서 땀 좀 식히면 안 될까요?"

계절은 가을인 9월 말이었지만 긴장감과 협소한 마차 안이라는 공간 때문에 내 이마에는 땀방울이 몇 개 맺혀 있었다. 보통의 경우라면 손으로 훔쳐 내면 되지만 정령을 보고 싶다는 생각 때문에 리에네에게 실프 소환을 부탁한 것이다.

"알겠습니다. 티니실프."

내 부탁을 흔쾌히 수락한 리에네는 바람의 정령을 소환했고, 곧이어 실프에게 바람을 일으킬 것을 명령했다. 그러자 실프는 약한 바람을 일으켜 내 이마의 땀을 증발시켰다.

"고마워."

난 실프의 머리를 손가락으로 쓰다듬으며 고마움을 표시했다. 물론 육체가 없는 실프이기 때문에 만져 봤자 아무 느낌도 나지 않았다. 그리고 자아를 가지고 있지 않은 실프가 내 말에 반응을 보일 리도 없었다. 그렇지만 난 정령들을 살아 있는 것처럼 대했다. 뭔가 목적이 있어서라기보다는 그냥 그렇게 하고 싶어서 그렇게 하고 있었다.

"아, 생각해 보면 정령한테 마법을 가르치면 재미있을 것 같은데…….."

"……?"

느닷없는 나의 말에 모두들 어리둥절한 표정을 지었다. 그래서 난 자유로운 상상의 나래를 맘껏 펼쳤다.

"정령이 마법을 쓰면 콤보 공격이 되잖아요. 술사가 검술 같은 거 배워서 싸우고 있으면 정령이 지원 공격도 해주고. 또 여러 가지 공격을 동시에 할 수도 있구요."

"말로는 쉽지만 그게 어디 가능해요? 그건 마법사가 무공을 배우고 정령술을 배운다는 거하고 똑같다구요."

슈아로에가 내 상상의 나래를 여지없이 무너뜨렸다. 물론 나 역시 내 상상이 단순한 망상이라는 것쯤은 알고 있었다. 하지만 왠지 뭔가 하나의 실마리만 얻으면 가능할 것도 같다는 생각이 드는 건 어쩔 수 없었다.

"근데 리엔 씨하고 리에네 씨는 마법을 배운 적 없어요?"

리엔과 리에네에게 질문을 던졌고, 리에네가 실프를 소환해제하는 동안 리엔이 내 질문에 대답했다.

"매직포스를 느끼지 못하기 때문에 배운 적이 없습니다."

"그래요? 그럼 이거 한번 읽어볼래요?"

"……?"

내가 느닷없이 종이쪽지를 하나 펼쳐 보이자 리엔은 고개를 갸웃했다. 종이에 적혀 있는 것은 정신력 제어 코드 없는 파이어 월 코드였다.

```
create box.
width zero dot one.
length zero dot one.
height zero dot one.
position zero axis zero dot five axis zero axis.
mapping quarter fire.
render ten.
```

코드 내용은 대략 크기 10㎝의 정육면체에 4분의 1에 해당하는 Fire를 매핑하여 10초간 렌더링한다는 것이었다. 이 코드는 그저 엘프들이 마법을 사용할 수 있는지 없는지를 보기 위해 급조된 코드였기 때문에 실전에서 쓸 만한 것은 아니었다.

"어떻게 읽는 것입니까?"

리엔은 용언을 모르는지 질문을 해왔다. 그 질문을 받고 난 문득 엘프의 언어와 인간의 언어가 동일하다는 사실을 떠올렸다. 거기에 이 세계 인간들 사이에도 언어가 통일되어 있다는 사실에 경악했다. 언어의 통일이라는 것은 쉽게 되지 않기 때문이었다.

흐음, 어떻게 언어가 통일될 수 있지? 내가 사는 세계조차 수십 세기가 지나는 동안에도 언어 통일이 전혀 되지 않았는데 말이지. 역시 판타지 세계인 건가? 언어가 통일되었다는 이런 말도 안 되는 설정은 역시 판타지가 아니면 불가능하지. 그나저나 이런 생각을 하다 보니 내가 진짜 꿈속에서 헤매고 있는 것이 아닐까 하는 의심이 모락모락…….

"레지스트리, 무슨 일 있습니까?"

"아……!"

내가 생각에 잠겨 버리자 리엔이 내 정신을 돌려놓았다. 그래서 난 잡생각을 접고 종이쪽지에다 이곳 사람들의 언어로 독음을 달아주었다. 독음 달기를 끝내고 리엔에게 종이쪽지를 건네주자 리엔은 파이어 월 코드를 독음대로 읽기 시작했다.

"크리에이트 박스, 위드 제로 닷 원, 렝쓰 제로 닷 원, 하이트 제로 닷 원, 포지션 제로 액시스 제로 닷 파이브 액시스 제로 액시스, 매핑 쿼터 파이어, 렌더 텐."

…….

리엔이 힘들게 파이어 월 코드를 다 읽었지만 리엔에게서는 아무런 일도 일어나지 않았다. 어차피 그 누구도 리엔이 파이어 월을 사용할 것이라곤 예상하지 않았기 때문에 실망하는 이는 없었다. 나 역시 그들과 마찬가지였지만, 그래도 뭔가 조그마한 변화라도 기대하였는데 전혀 변화 없음에 조금 아쉬운 감정을 느꼈다.

"역시 안 됩니다."

리엔은 종이쪽지를 다시 나에게 돌려주었다. 하지만 난 아쉬운 마음에 종이쪽지를 들고 한숨만 푹푹 내쉬었다. 그런 내 모습을 보고 슈아로에가 위로성 멘트를 날렸다.

"발음은 정확히 했는데 마법이 발동되지 않았다는 건 마법을 사용할 수 없다는 뜻이에요. 그러니까 너무 신경 쓰지 말아요."

"발음……."

슈아로에의 말을 듣다 보니 갑자기 그 단어가 마음에 걸렸다. 그래서 난 통상 영어식 발음으로 읽는 마법 코드를 철자 그대로 읽는 독음으로 바꾸어보았다. 그리고 그것을 다시 리엔에게 넘겨주어 읽도록 시켰다.

"크레아테 복스, 위드쓰 제로 도트 오네……."

전혀 연음이 이루어지지 않은 발음이라 리엔은 아까보다 굉장히 힘들게 독음을 읽어나갔다. 그렇게 철자식의 파이어 월 코드를 다 읽었을 때 난 기대를 하며 리엔을 쳐다보았지만 정작 리엔에게는 아무런 일도 일어나지 않았다.

"또 실패네요."

나의 두 번째 도전이 실패로 돌아가자 슈아로에가 고개를
설레설레 내저었다. 지금의 내 행동을 쓸데없는 짓이라고 생
각하기 때문이었다. 그러나 난 도리어 오기가 생겨서 포기하
지 않기로 결심했다.

"이번엔 이거!"

난 다시 일본식으로 발음을 고쳐 독음을 달아 리엔에게 건
네주었지만 결과는 역시 실패였다. 그렇지만 난 내가 알고 있
는 모든 언어적 지식을 동원하여 독음을 달아 그것을 끊임없
이 리엔에게 낭독시켰다.

덜컹덜컹.

내가 독음 가지고 씨름하고 있을 때 마차는 마침내 황궁에
도착했다. 그것은 나에게 포기라는 단어를 떠올리게 만들었
다.

"아, 한숨 나와!"

"무리라니까요."

슈아로에는 내 어깨를 톡톡 치며 날 위로해 주었다. 그래서
난 자포자기한 심정으로 파이어 월 코드 앞에다 전부 '아'를
붙여서 리엔에게 전달했다.

"이게 마지막이에요."

"알겠습니다."

내가 계속 쓸데없는 것으로 괴롭혔음에도 불구하고 리엔

은 싫은 내색 한번 하지 않고 내 요구를 들어주었다. 그것이 미안하긴 했지만 나중에 갚겠다는 생각으로 리엔을 못살게 굴었다. 알고 싶은 건 그 자리에서 알아내야만 직성이 풀리는 뭣 같은 내 성격 탓이었다.

"아크리에이트 아박스, 아위드 아제로 아닷 아원……."

내가 하도 낭독을 시켜서 그런지 이제 리엔은 비교적 빠른 속도로 독음을 읽어나갔다. 마차가 황궁의 정문에 멈추어 섰을 때 리엔의 낭독도 끝이 났다. 그 순간,

화악—

느닷없이 리엔의 눈앞에서 손바닥 크기만 한 정육면체 모양의 불덩어리가 생겨났다. 전혀 예상하지 못한 사태에 리엔은 물론 일행 모두가 놀랐지만 그 와중에도 불덩어리는 대략 10여 초가량 리엔의 눈앞에서 타올랐다. 그리고 10초가 지났다고 느껴진 순산 순식간에 불덩어리는 사라져 버렸다.

"누구십니까?"

황궁에 들어가기 전, 신원 확인을 위해 중무장한 병사 한 명이 마차의 창을 통해 우리에게 질문을 던졌다. 그러나 우리들 중 그 누구도 병사의 질문에 대답하지 못했다. 마법을 전혀 모르는 리엔이 파이어 월을 사용한 것을 두 눈으로 똑똑히 확인했기 때문이다.

"흠흠, 누구십니까?"

우리의 대답이 없어서인지 병사는 헛기침을 한 후에 목소

리를 조금 높여서 다시 한 번 물음을 던졌다. 그리하여 간신히 병사에게로 시선이 모인 우리들 중에서 가장 연장자인 레이뮤가 병사의 질문에 대답했다.

"나는 매지스트로 마법학교 총대표 레이뮤 스트라우드입니다. 정기적인 방문 시기이기 때문에 찾아왔습니다."

"대마법사님이시군요. 기다리고 있었습니다. 에이티아이 제국의 황궁에 오신 걸 환영합니다. 잠시만 기다려 주시기 바랍니다."

이미 우리가 올 것을 숙지하고 있었는지 병사는 겸손한 태도를 보였다. 곧이어 다른 병사에게 우리의 도착 사실을 알렸다. 그동안 나는 리엔 쇼크(?) 사태의 정황을 파악하려고 노력했다.

"리엔 씨, 지금 마법 쓴 거죠?"

"모르겠습니다. 이 글을 다 읽은 순간 정령을 다룰 때처럼 스피릿포스가 소모되었습니다. 마치 정령을 소환하지 않은 상태에서 영력을 발동한 느낌입니다."

리엔은 자신도 방금 전에 일어났던 일을 이해하지 못하겠다는 표정을 지었다. 나 역시 리엔과 마찬가지로 머릿속이 혼란스러웠지만 간신히 잡은 실마리를 이대로 놓쳐 버리긴 싫었다.

"리엔 씨가 사용한 능력은 마법이 맞아요. 거기 적힌 코드대로 리엔 씨의 눈앞에서 10초 동안 불길이 생겼으니까요. 그건 아무리 생각해도 마법이에요."

"하지만 본인은 매직포스를 느끼지 못했고, 도리어 스피릿 포스가 소모되었습니다. 이래도 마법이라 생각합니까?"

"마법이라니까요. 마법이 마나 대신 스피릿포스를 소모하면서 발동된 거죠. 확실해요."

"……."

나의 확신에 찬 말에도 리엔은 물론이고 일행 모두 믿기 힘들다는 반응을 보였다. 아니, 어쩌면 믿기 싫은 것인지도 몰랐다. 이 사태를 잘못 해석하면 정령술사가 스피릿포스만으로 정령술은 물론이고 마법도 사용할 수 있다는 결론을 도출시키기 때문이었다.

"뭔가 잘못된 걸 거예요. 원래 리엔 씨는 마법을 사용할 수 있는데 지금까지 그걸 몰랐다가 오늘 우연히 마법을 쓰게 된 거죠. 맞아요. 그런 거예요."

슈아로에는 필사적으로 이 사태를 우연으로 돌리려 했다. 그러나 그녀의 그러한 행동은 도리어 나에게 정령술사가 마법을 사용할 수 있다는 확신을 심어주었다.

"오래 기다리셨습니다. 마차에서 내려 시녀를 따라가시기 바랍니다."

그때 우리의 신원을 물었던 듯한—중무장한 상태라 얼굴을 알아볼 수 없음—병사가 우리에게 하차를 명령했다. 그래서 우리는 리엔 쇼크를 뒤로하고 마차에서 내렸다. 슈아로에는 병사 덕분에 더 이상 리엔 쇼크에 대해 생각할 필요가 없다는 것에 안도했지만, 난 여전히 머릿속으로 리엔 쇼크의 전말을 파악하는 것에 주력하고 있었다.

호호, 거의 포기 직전에서 실마리를 얻게 되다니……. 나, 의외로 운이 엄청나게 좋은가 본데? 어쨌든 이 실마리를 끝까지 물고늘어져서 전혀 색다른 발견을 해주지. 크크, 이거 몸 속의 피가 마구마구 들끓는걸?

제13장

새로운 마법의 가능성

우리들은 시녀의 안내를 받으며 황궁 깊숙이 들어갔다. 한 제국의 성답게 황궁의 규모는 매우 컸다. 황궁 내에 세워져 있는 성만도 다섯 개에 달했다. 우리들은 그 다섯 개의 내성 중에서 가장 안쪽에 세워져 있는 성으로 인도되었다.

"여기서 잠시만 기다려 주십시오."

대략 10분 정도 걸어서 내성에 도착하자 시녀가 발걸음을 멈추고 그렇게 말했다. 우리를 데리고 온 시녀가 내성에 배치된 병사에게 얘기를 하자 그 병사는 내성 안으로 들어가 우리의 도착 사실을 알렸다. 그렇게 추가로 2분 정도가 흐른 뒤 내성 안에서 한 명의 남자가 모습을 드러내었다. 말끔한 정장

차림의 40대 아저씨였는데 인상은 조금 깐깐해 보였다. 느낌상 그가 집사일 것 같다는 생각이 들었다.

"저는 황궁 집사관 모도르슨이라고 합니다. 대마법사님의 방문은 모든 일정에 우선하기 때문에 금방 알현 준비를 하겠습니다. 그전에 먼 길 오시느라 피곤하실 테니 잠시 쉬시길 바랍니다."

짝짝!

집사관이 손뼉을 치자 대기하고 있던 시녀 다섯 명이 총총히 우리 쪽으로 걸어왔다. 그들은 이미 전담 마크 선수를 결정해 놓고 있었는지 전혀 충돌없이 한 명씩 맡았다. 날 맡은 시녀는 나이가 좀 들어 보이는 아주머니였다.

"따라오시지요."

시녀가 앞장서서 걸음을 옮기자 난 얌전히 그 뒤를 따랐다. 처음엔 우리 모두 같은 방향으로 이동해서 같은 층까지 올라갔지만 곧 각자의 방으로 뿔뿔이 흩어졌다.

"근데 마부는 어떻게 돼요? 돈도 안 줬는데."

난 방으로 들어가기 전에 시녀에게 질문을 던졌다. 그러자 시녀는 약간 곤란한 듯한 표정을 지으며 대답했다.

"잘은 모르지만 아마 여기서 급여를 받고 돌아갈 것입니다. 나중에 떠나실 즈음에 이쪽에서 마차를 부를 것으로 알고 있습니다."

"아, 그렇군요."

끼이—

질문 시간이 끝나자 시녀는 문을 열고 방을 나에게 보여주었다. 이미 예상하고 있긴 했지만 내가 지낼 방은 굉장히 컸다. 거의 30평 정도 되어 보이는 공간이 하나의 방이었다. 방 안에는 고급 침대와 고급 가구들이 즐비했고 먼지 하나 없이 깨끗했다. 우리가 온다는 소식을 듣고 뼈 빠지게 이 방을 청소했을 시녀들에게 경의를 표하고 싶었다.

"방 안에 샤워실이 있으니 몸을 씻고 여독을 푸시기 바랍니다. 그리고 옷장 속에 옷이 비치되어 있으니 원하시는 옷으로 갈아입으십시오. 한 시간 후에 다시 오겠습니다."

"예, 수고하셨어요."

"아, 예. 그럼."

내가 수고했다는 말을 하자 시녀는 순간 당황했다. 일개 시녀에게 수고했다고 말하는 귀족은 없있기 때문인 듯했다. 그러나 난 귀족이 아니기 때문에 군이 귀족처럼 행동할 필요는 없어서 마음 내키는 대로 행동했다.

스륵—

시녀가 돌아간 직후 난 옷장을 열어 옷을 확인해 보고, 그 옷들이 전부 정장 차림이라는 것을 알게 되었다. 개인적으로 정장을 입어본 적도 없고, 입고 싶은 생각도 없었기에 옷은 이대로 입기로 결심했다. 또한 옷장에 사각 팬티 비슷하게 생긴 속옷이 있어 그걸로 갈아입기로 했다. 그런 마음의 결심을

하고 나서 곧장 샤워실로 들어가 샤워를 시작했다. 이미 물을
데워놓은 상태였는지 펌프에서 나오는 물은 따뜻했다. 그렇
게 난 여유롭게 휴식을 즐겼다.

……

1시간의 휴식 동안 난 리엔 쇼크에 대해 줄곧 생각했다. 그
러다가 어떤 하나의 결론에 도달하게 되었지만 확실한 것은
아니었다. 확실한 결론을 내리기 위해서는 다른 경우의 수도
필요했기 때문이다.

똑똑.

그때 방문을 두드리는 소리가 났다. 내가 대답을 하니 시녀
가 들어와서 다음 일정을 알려주었다.

"알현 준비가 끝났으니 따라오십시오."

"예."

난 꼬박꼬박 대답을 하며 시녀의 뒤를 따랐다. 내가 이동하
는 동안 나머지 일행도 차례차례 합류했다. 분명 옷을 갈아입
을 수 있었는데도 우리들 중에 옷을 갈아입은 사람은 아무도
없었다.

또각또각.

저벅저벅.

복도를 울리는 발걸음 소리를 들으며 우리는 알현실로 끌
려갔다. 알현실 문 앞에는 두 명의 경장갑 병사가 서 있었다.
그들은 우리가 다가오자 곧바로 알현실의 거대한 문을 열어

젖혔다. 약간의 소음과 함께 열린 문 사이로 붉은 카펫이 깔린 알현실의 모습을 볼 수 있었다.

흐흐, 이것이 말로만 들었던 레드 카펫인가? 뭐, 내가 살던 곳에서도 레드 카펫을 깔아놓은 상점이 있긴 했지만 이 세계에서 레드 카펫을 밟으니 왠지 감회가 새로운걸? 오호, 저기 단상 위에 황제로 보이는 아저씨가 화려한 의상을 입고 화려한 의자에 앉아 있군. 황제의 양옆에는 기사처럼 보이는 아저씨가 두 명 있고.

"어서 오십시오. 에이티아이 제국에 오신 걸 환영합니다."

남자답게 잘생긴 것처럼 보이는 중년의 황제는 우리가 단상 앞에서 멈춰 서자 환영의 멘트를 날렸다. 황제의 환영에 레이뮤는 간단히 목례를 하고 나서 입을 열었다.

"뵙게 되어 영광입니다, 시리오드 황제님."

"하하, 서로 만난 지 벌써 5년이 되지 않았습니까."

"그렇군요. 그러면 이번에도 서재에서 얘기를 들으시겠습니까?"

"그게 서로 편하니까 그렇게 해야지요."

의외로 레이뮤와 시리오드 황제는 큰 격식 없이 대화를 주고받았다. 그러나 그것은 레이뮤가 대마법사이기에 가능한 것이라고도 볼 수 있었기 때문에 귀족이 아닌 나로서는 여전히 긴장감을 늦출 수 없었다.

"이동하지요."

시리오드 황제는 몸을 일으켜 서재로 추정되는 곳까지 걸어갔다. 서재와 알현실 사이의 거리가 조금 있어 가는 동안 시리오드 황제의 질문이 쏟아졌다.

"그런데 이번엔 고귀한 분들과 함께시군요. 내 나이 40이지만 그동안 엘프를 본 적이 없는데 오늘 두 명이나 보게 되어 영광입니다."

"이쪽은 리엔이고 이쪽은 리에네입니다. 본래 엘프는 이름을 가지고 있지 않지만 같이 생활하기 위해서 임의로 우리들이 이름을 붙였습니다."

시리오드 황제의 질문에 대답한 사람은 당연히 레이뮤였다. 나와 슈아로에는 물론이고 엘프 남매조차 황제를 대하는 게 쉽지만은 않았기 때문에 레이뮤가 대답할 수밖에 없었다.

"혹시 이 소녀는 매지스트로 마법학교에서 2년 만에 화이트 케이프를 얻은 이안트리 양입니까?"

"맞습니다."

"에……!"

에이티아이 제국의 황제가 자신을 안다고 하자 슈아로에의 얼굴이 붉어졌다. 지금까지 상황을 보니 슈아로에의 대한 소문은 전 대륙에 퍼져 있는 것 같았다. 그것은 그만큼 매지스트로라는 마법학교가 얼마나 영향력 있는지를 알려주는 증거였다.

"그런데… 옆의 소년은?"

슈아로에를 한눈에 알아본 시리오드 황제이지만 나에 대한 세간의 소식은 전무하니 당연하게도 날 알아보지 못했다. 슈아로에의 경우에는 눈에 띄는 화이트 케이프를 걸치고 있지만 난 블루 케이프라서 매지스트로의 일반 학생들과 별 차이가 없었다. 화이트 케이프의 학생이 있는데 왜 굳이 블루 케이프까지 대동하고 온 것인지 시리오드 황제로서는 이해할 수 없는 게 당연했다.

그래도 난 자유기사 유리시아드나 나그네 검객 휴트로, 소성녀 네리안느를 알고 있다고. 그 사람들, 꽤 유명인사 아닌 감? 뭐, 그들이 날 다시 만났을 때 날 기억해 줄지는 의문이지만…… . 근데 날 왜 자꾸 소년이라고 부르는 거야? 난 스물다섯 살의 청년이거든?

"이 아이는……."

시리오드 황제의 질문에 레이뮤가 천천히 입을 열었다. 황제에게 나에 대한 소개를 할 생각인 듯했다. 그 모습을 보고 난 분명 레이뮤가 날 매지스트로 학교 도서실에서 일하는 잡부로 소개할 것이라 생각했다. 그러나 레이뮤는 내 예상을 깨는 말을 했다.

"이 아이는 슈아로에 이안트리만큼이나 내가 총애하고 있는 제자입니다."

"……!"

헉! 총애한다고? 레이뮤 씨가 날? 레이뮤 씨, 뭐 잘못 드신 거 아니세요? 어서 병원에 가서 진찰을 받아보심이…….

"그렇습니까? 그거 기대되는군요."

레이뮤의 말을 듣고 시리오드 황제는 내 얼굴을 쳐다보았다. 하지만 나에게서 그 어떠한 카리스마도 나오고 있지 않아 레이뮤의 말을 전적으로 믿는 것 같지는 않았다. 어쨌든 그런 얘기를 나누는 동안 우리는 서재에 도착하게 되었다.

"앉으십시오."

서재에 도착한 시리오드 황제는 서재 중앙에 있는 테이블에 가서 먼저 앉았고, 우리들은 레이뮤를 가운데 놓고 마주 앉았다. 테이블이 원형이라서 시리오드 황제와 레이뮤가 마주 보고 나와 리엔이 황제 가까이에 앉았다.

흐흐, 이 정도 거리면 황제를 암살하는 것도 어렵지 않겠는걸? 물론 황제의 바로 옆에 기사 두 명이 떡 버티고 있긴 하지만 기습을 한다면 황제 암살은 가능하겠군. 뭐, 내가 황제를 암살해서 얻을 거라곤 아무것도 없으니 관심 OFF.

"현재 매지스트로 마법학교에 있는 에이티아이 제국의 자녀는 모두 127명입니다. 그중 레드 케이프가 63명, 그린 케이프가 52명, 블루 케이프가 12명입니다."

레이뮤는 아무런 서류도 들고 있지 않은 상태에서 아무런 막힘 없이 말을 하고 있었다. 아마도 학생 인원이나 등급을 모두 외워둔 모양이었다. 시리오드 황제는 궁금한 표정으로 레이뮤에게 질문을 던졌다.

"엔비디아 제국은 어떻습니까?"

"엔비디아 제국의 자녀는 모두 109명입니다. 그중 레드 케이프가 51명, 그린 케이프가 39명, 블루 케이프가 19명입니다."

"응? 이번에도 엔비디아 제국의 블루 케이프가 더 많은 겁니까?"

"그렇습니다. 엔비디아 제국에는 베스트 오브 베스트 마법학교가 있으니 대부분 그리로 가는데, 굳이 우리 학교로 오는 학생들이니만큼 실력이 괜찮은 아이들이 많지요."

"물론 그렇겠지만……."

엔비디아 제국을 경쟁국으로 생각하는 시리오드 황제는 블루 케이프의 수에서 밀리자 불쾌한 표정을 지었다. 매지스트로에는 에이티아이 제국이나 엔비디아 제국 말고도 매트록스 왕국이나 센트리노 제국 등등의 다른 나라 학생도 있었지만 시리오드 황제의 관심은 그들에게 있지 않았다.

흐음, 뭐, 다 좋은데 말이지, 에이티아이라든지 엔비디아라든지 하는 말을 들으니 웃겨서 미치겠다. 저런 지명들이 내가 살던 세계와 이 세계와의 접점이라면 할 말 없는데, 컴퓨터 관련 회사나 컴퓨터 관련 명칭을 들으면 웃기다고. 그리고 학교 이름이 베스트 오브 베스트인 건 완전 코미디 아니야? 아무리 영어가 이쪽에서는 용언이라는 고대어라지만 정말 이름 한번 추하다.

"그럼 이번에도 화이트 케이프는 없는 것입니까?"

"선생이 되겠다고 선언하여 시험을 보고 화이트 케이프를 얻은 사람 이외에 학생 중에서 화이트 케이프를 얻은 사람은 슈아로에 이안트리뿐입니다."

시리오드 황제의 질문에 레이뮤는 슈아로에를 쳐다보며 대답했다. 내가 듣기로는 블루 케이프가 되면 대부분 학교를 떠나 궁전 마법사, 혹은 지방 영주 소속의 마법사가 되거나 다른 마법학교의 선생을 한다고 한다.

만약 매지스트로에 남아서 매지스트로의 선생이 되고 싶다면 블루 케이프 때 신청할 수 있고, 거기서 시험을 봐 합격하면 화이트 케이프를 얻어 선생이 될 수 있다. 그때 보는 시험은 3차 진급 시험처럼 4서클의 마법을 사용하는 것이 아니라 기본 지식 시험 등을 위주로 보기 때문에 오히려 3차 진급 시험보다 쉽다고 한다. 그렇기 때문에 학생 신분으로 남아 화이트 케이프를 얻은 슈아로에가 모든 이의 관심의 대상이 되는 것은 당연했다.

"정말 안타깝군요. 이안트리 양이 우리 제국의 자녀였다면 얼마나 좋았을지……."

시리오드 황제는 슈아로에의 소속이 매트록스라는 것에 안타까워했다. 하지만 그 말속에는 슈아로에의 소속이 엔비디아 제국이 아니라서 그나마 다행이라는 안도감도 숨겨져 있었다. 경쟁국인 엔비디아 제국만 아니라면 슈아로에가 어느 나라 사람이라 하더라도 별 상관 없는 것이다.

"스트라우드님, 작년에도 말씀드렸던 것입니다만……."

갑자기 시리오드 황제의 표정이 진지하게 변했다. 그러자 레이뮤의 표정도 약간 굳어졌다. 아마도 시리오드 황제가 무슨 말을 할지 이미 눈치 채고 있는 것 같았다.

"매지스트로가 우리 제국 내에 있으니 메지스트로를 우리 제국의 학교로 영입하는 게 어떻습니까?"

"……!"

나는 시리오드 황제가 그런 식의 제안을 할 줄은 예상하지 못했기 때문에 조금 놀랐다. 현재 독립 학교로서 그 어떤 나라의 속박도 받고 있지 않는 매지스트로 마법학교를 손에 넣는다면, 그야말로 강력한 마법사 대군을 얻는 것이나 마찬가지였다. 자기 나라 사람들만 모이는 학교보다 전 대륙에서 인재늘이 모이는 학교가 더 뛰어날 것은 불을 보듯 뻔하기 때문이었다.

"작년에도 말씀드렸다시피 그것은 안 됩니다."

하지만 레이뮤는 내가 예상한 대로 시리오드 황제의 제안을 거절했다. 만약 황제의 제안을 받아들인다면 에이티아이 제국의 전폭적인 지원으로 학교 재정이 풍족해져서 여관비를 아끼려고 발버둥 치는 일은 없어질 것이다. 하지만 매지스트로가 에이티아이 제국 소속이 된다는 것은 각국의 인재들이 매지스트로에 들어올 이유가 없어진다는 뜻도 된다. 이곳은 아직 세계화라는 개념이 없기 때문에 다른 나라에 있는 학교를 들어간다는 것은 그 나라를 버리는 것이라는 인식이 존재하고 있었다. 그런 인식을 깨고 각국의 인재들이 매지스트로에 모여드는 이유는 매지스트로가 국가를 초월한 독립 학교이기 때문이었다.

"역시 스트라우드님은 완강하시군요. 그것이 더 매력적이십니다만."

"별말씀을."

칭찬인지 불평인지 애매한 시리오드 황제의 말을 레이뮤는 덤덤하게 받아넘겼다. 황제가 그 어떤 도발을 한다고 해도 전혀 흔들릴 것 같지 않은 견고함. 지금 레이뮤는 거대한 산 그 자체였다.

"그런데 스트라우드님, 그거 아십니까?"

"······?"

갑자기 시리오드 황제가 화제를 바꾸려고 했기 때문에 레이뮤는 의아한 표정을 지었다. 그나마 레이뮤와 같이 지내는 나만 그렇게 느낀 것이지 시리오드 황제나 엘프 남매는 레이뮤의 표정이 전혀 변하지 않았다고 생각할 것이다.

"지금 우리 제국 쪽에서 사우스브릿지 산맥에 있는 '페르키암'을 잡으려 하는데 스트라우드님도 같이하는 게 어떻습니까?"

"페르키암?"

시리오드 황제의 말에 레이뮤는 약간의 표정 변화를 보였다. 그 표정 변화는 모두가 알아챌 수 있을 정도였기 때문에 그녀는 우리들에게 자신이 표정 변화를 선보인 이유를 들려주었다.

"페르키암은 이미 노년기에 접어들어 거의 활동을 하지 않고 있는 드래곤으로 알고 있습니다만… 설마 페르키암이 활동하기라도 했단 말입니까?"

잉? 노년기에 접어든 드래곤? 드래곤이 노년기에 접어들었으면 대체 몇 살인 거지? 그리고 노년기에 접어들었다고 활동을 안 해? 하긴, 그건 인간도 마찬가지로군.

"그렇습니다. 단순히 사우스브릿지 산맥에서 은거하고 있다고 알려진 페르키암이 며칠 전에 근처 마을을 습격했습니다. 그로 인해 마을이 폐허가 되었지요. 살아남은 자의 말을 들어보면 페르키암이 미쳐서 날뛴 것 같다고 했습니다."

"미쳐서 날뛰었다?"

레이뮤는 그 말에 큰 관심을 보였다. 사실 나 역시 드래곤이 미쳐 날뛰었다는 말이 신경 쓰이기는 했지만 노년기라니 노망 걸려서 그런 것이라고 생각해 버렸다. 하지만 레이뮤는 전혀 다른 생각을 했다.

"기록에 의하면, 드래곤들이 멸망하게 된 계기는 드래곤들의 광포화였다고 합니다. 최강의 드래곤이라 불렸던 카이드렌 역시 광포화되어 수많은 드래곤을 죽이고 자신도 동족들에 의해 제거되었지요. 현자라 불리는 드래곤이 어째서 광포화되었는지는 아직도 수수께끼입니다."

잉? 드래곤들이 광포화되어서 멸망했다? 한마디로 미쳐서 날뛰다 서로 죽이고 죽었다는 거잖아? 생각해 보니까 궁금하네? 왜 드래곤들이 미쳐 날뛴 거지?

"한번 광포화된 드래곤은 죽을 때까지 미쳐 날뛴다고 하지 않습니까. 그렇기 때문에 우리들은 더 큰 피해를 입기 전에 페르키암을 제거하려는 것입니다."

시리오드 황제의 표정에는 망설임이 없었다. 분명한 사실이 아닌 추측임에도 불구하고 그런 결정을 내릴 정도로 드래곤이 무서운 존재라는 소리였다. 그리고 레이뮤 역시 그런 시리오드 황제의 생각에 동의했다.

"그렇지요. 제가 직접 본 경우도 그랬으니까요."

"레이뮤님, 진짜 드래곤을 본 적이 있으세요?!"

레이뮤가 드래곤을 봤다는 말에 가장 놀란 사람은 슈아로에였다. 그것은 레이뮤가 슈아로에에게 드래곤에 관한 얘기를 하지 않았다는 뜻이었다. 그래서인지 슈아로에는 어린아이처럼 레이뮤를 졸라대기 시작했다.

"드래곤들은 어떻게 생겼어요? 어떤 드래곤을 보셨어요?"

"드래곤은 책에 묘사되어 있는 것하고 별반 다르지 않단다. 내가 봤던 드래곤은 드래곤이라 부르기 어려운 어린 드래곤, 즉 해츨링(Hatchling)이었지."

"해츨링?"

드래곤이 아닌 해츨링이라는 말에 모두들 고개를 갸웃했다. 이곳 세계에서의 책에 주로 묘사되어 있는 것은 날개 달린 배불뚝이 도마뱀 모양의 드래곤이었고, 새끼 드래곤의 모습이 그려진 책은 거의 없었다. 물론 매지스트로 마법학교 도서실을 잘 뒤져 보면 해츨링이 묘사된 책이 있을지도 모르겠지만 현재까지 내가 본 책에는 전혀 없었다.

해츨링이라……. 그 말은 드래곤이 알에서 부화된다는 소리로군. 그럼 드래곤은 파충류? 하긴 공룡이 파충류이니 당연한 건가? 근데 이 세계에 공룡이 있었을까? 내가 본 건 마법책뿐이라서 그런 쪽은 하나도 모르겠다.

"해츨링이라 해도 그 크기는 사람 키의 세 배 정도란다. 내가 본 해츨링은 레드 드래곤 '보카시온'의 새끼라 추정되더구나."

"보카시온?"

"2,000살 정도 된 젊은 암컷 드래곤이란다. 자신의 레어에서 새끼가 태어났지만 태어나자마자 해츨링이 광포화되어서 보카시온이 아마 숲 속에다 버렸겠지. 버려진 해츨링은 숲 속을 떠돌다가 마을까지 내려오게 되었고, 보이는 것마다 파괴시켰기 때문에 인간들이 그 해츨링을 제거했단다. 그때 나 역시 있었지."

"드래곤이 자기 새끼를 버리다니……!"

슈아로에는 그 사실을 믿을 수 없다는 듯 놀란 표정을 지었다. 그것은 엘프 남매도 마찬가지였다. 하지만 사회의 더러운 물에 찌든 시리오드 황제와 레이뮤, 그리고 나는 당연하다는 반응을 보였다. 특히 나는 드래곤의 광포화에 대해서 하나의 가설을 내놓았다.

"혹시 드래곤의 광포화는 일종의 전염병이 아닐까요?"

"전염병?"

내 가설에 큰 관심을 보인 사람은 레이뮤였다.

"드래곤만이 걸리는 전염병이라는 뜻인가요?"

"예, 그 보카시온이라는 드래곤도 자신의 새끼가 전염병에 걸리자 버린 것 같은데요? 차마 자신의 손으로 죽일 수가 없어서 그냥 레어에서 내쫓았겠죠."

"전염병에 걸린 해츨링을 그냥 방치하는 건 드래곤의 입장에서는 위험하지 않을까요?"

"......!"

헉! 그러고 보니 그렇군. 내가 드래곤의 입장이라면 전염병 걸린 새끼를 밖에다 버린다고 내가 안전해지는 게 아니니까 차라리 내 손으로 죽였겠지. 어차피 드래곤은 마법을 쓰니까 가까이 있지 않고서도 해츨링 정도는 충분히 제거할 수 있을 테니까. 그런데도 보카시온이 해츨링을 방치했다는 건… 적어도 전염병은 아니라는 소리겠군.

"그럼 유전병이 아닐까요?"

"유전병? 그건 무엇인가요?"

내가 유전병이라는 소리를 하자 모두들 고개를 갸웃했다. 이곳 사람들이 유전자에 대해 알 리 없으니 당연히 유전자 이상에서 오는 유전병을 알 리 없었다. 그래서 난 그 개념을 최대한 쉽게 설명하려고 했다.

"사람이 부모로부터 능력 같은 걸 물려받듯이 드래곤도 부모 드래곤으로부터 어떤 능력 같은 걸 물려받을 텐데, 그때 안 좋은 걸 물려받아서 광포화되었다… 는, 어때요?"

"흐음… 그럼 부모 드래곤도 광포화되어야 하지 않나요?"

"그 능력이라는 게 부모로부터 물려받을 수도 있고 그 부모의 부모로부터 물려받을 수도 있잖아요? 그러면 할아버지 드래곤에게 나타났던 광포화가 부모 드래곤에게서는 나타나지 않고 한 세대를 건너뛰어 새끼 드래곤에게 나타난 것이 아닐까요?"

"재미있는 생각이군요. 드래곤 연구가들에게 알려주면 좋아하겠어요."

레이뮤는 내 가설을 긍정적으로 받아들여 주었다. 그러나 그녀는 드래곤 연구가가 아니었기에 그 이상의 관심은 보이지 않았다. 나 역시 드래곤 연구가하고는 하등의 연관이 없어서 내 가설을 가설로만 치부했다.

"그 해츨링은 어떻게 됐어요?"

나와 레이뮤의 대화가 종결되자 이번엔 슈아로에가 해츨

링 방치 사건의 결말을 물어보았다. 레이뮤는 잠시 숨을 고른 뒤에 슈아로에의 질문에 대답했다.

"내가 그 해츨링을 본 건 대략 200년 전이었단다. 해츨링 폭주 소식을 듣고 많은 용사들이 모여서 해츨링을 처단했지. 나까지 포함해서 20여 명의 마법사가 맹공을 퍼붓고 10여 명의 전사들이 칼을 휘둘러 해츨링을 공격했단다. 하지만 갓 태어난 해츨링이었는데 기본적인 마법을 사용할 줄 알더구나. 특히 전방위 방어 마법이 항상 펼쳐져 있어서 공격하는 데 애를 먹었지. 만약 뒤에서 다수 인원을 힐링해 준 그 사제가 없었다면 애초에 전멸했을지도 몰라."

"사제?"

"그래, 그 사제가 바로 사랑의 신 '엘리아누 테일'의 고위 사제 '올라드 세인가베드'였단다. 해츨링을 제거하고 나서 1년 뒤에 커널을 얻고 디바인포스를 몸에 축적시켜 사용하는 업적을 이룬 사람이지. 그리고 그 능력으로 대륙을 정복하려 했던 사람이기도 하고."

잉? 사랑의 신의 사제라면서 세계 정복? 그 커널이라는 것 때문인가? 마법학회에서도 커널 소유자에게서 커널을 제거하자고 의견을 모았었는데… 커널이 그렇게 무섭나?

"스트라우드님."

그때 시리오드 황제가 우리들의 대화에 끼어들었다. 그것은 레이뮤가 아직 자신의 제안에 대답하지 않았기 때문에 확실한 대답을 들으려는 의도였다. 그래서 레이뮤는 시리오드 황제에게 확실한 답변을 해주었다.

"페르키암 제거에 참여하도록 하겠습니다. 노령 드래곤을 상대해 본 적은 없지만 해츨링을 상대한 적은 있으니 그때의 경험이 도움이 될 것 같군요."

"고맙습니다. 그럼 여기 있는 분들이 모두 참여하는 것입니까?"

"그렇습니다. 그러니 지원을 부탁합니다."

"숙박이나 식사 같은 건 걱정 마십시오. 레이디언에서 사우스브릿지 산맥까지 시간이 좀 걸리니 내일이라도 출발하시는 것이 어떻습니까? 페르키암에게서 더 이상의 피해를 받으면 안 되기 때문에 부탁드립니다."

"알겠습니다. 그렇게 하도록 하지요."

시리오드 황제의 간곡하다면 간곡한 부탁에 레이뮤는 흔쾌히 대답했다. 비록 겉으로는 태연한 척하고 있지만 속으로는 황궁에서 지내면서 황제와 얼굴을 맞대는 게 버거운 듯 보였다. 강력한 권력을 가진 황제의 눈 밖에 나면 아무리 대마법사라 할지라도 어떻게 될지 알 수 없기 때문이었다.

"한 가지 물어봐도 되는지요?"

여태까지 시리오드 황제에게서 질문을 받던 레이뮤가 처음으로 황제에게 질문을 던졌다. 레이뮤에게서 질문을 받는 게 희귀한 일이었는지 시리오드 황제는 조금 놀란 표정을 지었다. 하지만 이내 표정을 바꾸고 레이뮤의 질문 내용을 들었다.

"무엇입니까?"

"혹시 성스러운 건틀렛에 대한 소식을 알고 계십니까?"

"......!"

레이뮤가 한 질문은 엘프 남매를 위한 것이었다. 성스러운 건틀렛을 빼앗아 간 자를 찾기 위해 우리와 동행하게 된 엘프 남매이다 보니 그들을 위한 질문을 하지 않을 수 없었던 것이다. 한 제국의 황제쯤 되는 사람이라면 어느 정도 성스러운 건틀렛에 대해 알고 있을지도 모른다는 기대감이 들었다.

"나도 성스러운 건틀렛을 누군가 빼앗아 갔다는 소식을 들었습니다. 듣기로는 그자가 자유기사의 성스러운 망토도 노린다고 하더군요. 만약 누군가가 일곱 개의 성물을 전부 모을 생각이라면 다음 목표는 사우스브릿지 산맥에 있는 드워프들일 겁니다. 그들이 '성스러운 목걸이'를 가지고 있으니까요. 나머지 성물은 각국의 황제가 가지고 있어서 빼앗기 어렵지요."

잉? 드워프? 백설공주와 일곱 난장이에 나오는 난장이들?

"정말입니까? 다음 목표가 성스러운 목걸이라는 점 말입니다."

지금까지 단 한 마디도 하지 않던 리엔이 조금 흥분한 목소리로 입을 열었다. 레이뮤의 질문과 리엔의 말을 듣고 시리오드 황제는 눈치 챈 듯 물었다.

"혹시 이 엘프 분들은 잃어버린 성스러운 건틀렛을 되찾기 위해 오신 것입니까?"

"그렇습니다."

대답은 레이뮤가 했다. 하지만 그 이상의 설명은 하지 않고 말을 돌렸다.

"알려주서서 감사합니다. 그럼 일단 오늘은 이쯤에서 미팅을 마치도록 하지요."

"그럽시다. 내일 출발해야 하니 오늘은 편히 쉬십시오."

레이뮤와 시리오드 황제는 그 말을 끝으로 자리에서 일어났다. 그래서 우리들도 덩달아 일어나 시리오드 황제와 작별 인사를 나누었다. 작별 인사라고 해봤자 허리를 숙여 인사하는 정도라 별로 어렵진 않았다. 물론 레이뮤와 엘프 남매는 가벼운 목례만 했다.

"저희를 따라오십시오."

서재에서의 미팅이 끝나서 밖으로 나가자 기다렸다는 듯이 시녀 다섯 명이 마중 나와 각자 전담 마크한 사람 앞에 서서 리드하기 시작했다. 레이뮤는 시녀의 뒤를 따라가면서 엘프 남매에게 말을 걸었다.

"우리는 사우스브릿지 산맥으로 가서 페르키암과 싸울 것입니다. 리엔과 리에네 씨는 성스러운 건틀렛을 빼앗아 간 자를 찾으러 왔으니 사우스브릿지 산맥의 드워프들을 찾아가면 그자에 대한 소식을 들을지도 모릅니다. 물론 같이 페르키암과 싸운 후 드워프들을 찾아가는 방법도 있습니다. 어떻게 할 생각인지요?"

"……."

레이뮤의 말에 리엔은 오랫동안 갈등했다. 그가 쉽게 결정을 내리지 못하는 것 같아서 내가 대신 입을 열었다.

"일단 그자가 사우스브릿지 산맥의 드워프 족에게 나타난다는 확신이 없는데 굳이 서둘러서 그리로 갈 필요가 있을까요? 그냥 모두 페르키암과 싸운 뒤에 다 같이 가는 게 좋을 것 같은데요? 아, 페르케암과의 전투가 위험하니까 그렇게 하기도 힘들겠네요."

얘기를 하다 보니 굳이 리엔과 리에네에게까지 드래곤과 싸운다는 위험 부담을 줄 필요가 없다는 생각이 들었다. 물론 우리의 경호를 맡는다는 조건으로 같이 다니고는 있지만 성스러운 건틀렛에 대한 정보를 얻게 되면 언제라도 떠나도 된다는 약속도 같이 했기 때문에 그들이 위험 속으로 뛰어들 의무는 없었던 것이다. 그렇게 모두의 시선이 집중되자 리엔은 잠시 생각을 하더니 입을 열었다.

"본인도 레지스트리의 생각에 동의합니다. 일단 드래곤의 폭주를 막은 다음에 다 함께 드워프들을 찾아가기로 하겠습니다."

"그렇게 하지요."

이미 리엔이 그렇게 말할 것을 예상이라도 한듯이 레이뮤는 매우 담담한 반응을 보였다. 어쨌든 나로서는 엘프 남매와 같이 있을 수 있다는 사실이 기뻤다. 그들이 있어야 리엔 쇼크에 대한 내 가설을 확인해 볼 수 있었기 때문이다.

"그럼 오늘은 각자 푹 쉬도록 해요."

레이뮤는 대표로 그렇게 말한 뒤 자신의 방으로 들어갔고, 우리들도 각자의 방으로 갈라졌다. 다른 사람들은 모르겠지만 지금까지 좋지 않은 시설에서 숙박을 했던 나로서는 황궁의 방은 고급 호텔이나 마찬가지였다. 그래서 좋기도 하고 부담스럽기도 했다. 어쨌든 그렇게 황궁에서의 하루가 지나갔다.

*   *   *

다음날, 우리는 아침을 황궁에서 먹고 바로 마차를 타고 출발했다. 우리가 탄 마차는 에이티아이 제국의 문양이 새겨진 황제 소유의 고급 마차였다.

덜컹덜컹.

황제의 마차라 그런지 마차의 흔들림이 그렇게 심하지 않았다. 특히 심한 마차의 흔들림에 익숙해져 있었던 우리들에게 이 정도의 흔들림은 없는 것이나 마찬가지였다.

"역시 고급 마차는 좋네요."

마차의 흔들림을 만끽하며 슈아로에가 기분 좋다는 듯이 입을 열었다. 난 그사이에 리엔에게 연습용 파이어 월 코드가 적힌 종이쪽지를 건네주었다. 리엔은 나에게서 종이를 받자마자 바로 내 생각을 읽어내었다.

"이걸 이대로 읽으면 됩니까?"

"예."

흐흐, 내가 하도 시켜먹어서 종이만 건네도 척척이군. 그럼 부탁해요~

"에크리에이트 에박스, 에위드 에제로 에닷 에원……."

그가 읽은 것은 각 코드에 'e'를 붙인 파이어 월이었다. 그렇게 리엔이 실행 코드까지 전부 읽었을 때 리엔 앞에 자그마한 정육면체의 불덩어리가 생겼다. 그것을 보고 나를 제외한 모든 이들이 놀란 표정을 지었다. 이것으로써 리엔 쇼크 사태가 우연이 아닌 필연이라는 것이 증명되었기 때문이다.

"이번엔 이거예요."

"…이크리에이트 이박스, 이위드 이제로……."

이번엔 각 코드에 'i'를 붙인 파이어 월. 결과는 역시 마법 실행. 연속되는 성공에 레이뮤와 슈아로에가 할 말을 잃은 동안 난 세 번째 종이를 리엔에게 건네주었다.

"오크리에이트 오박스, 오위드 오제로 오닷 오원……."

각 코드 앞에 'o'를 붙인 파이어 월. 그러나 의외로 그 o 자 코드는 마법 실행이 되지 않았다. 그리고 준비했던 'u' 코드 역시 먹혀들지 않았다. 또한 영어의 기본 모음 이외에 '애, 어, 요, 유' 등등의 코드도 시험해 보았지만 전부 실패했다.

"리에네 씨가 해볼래요?"

리엔이 'a', 'e', 'i'의 세 가지 모음을 성공했기 때문에 이번엔 리에네에게 그 파이어 월 코드를 읽게 시켰다. 리에네 역시 리엔처럼 a부터 시작해서 각 모음을 코드 앞에 붙여서 읽어 내려갔다.

화악— 화악— 화악—

그녀가 읽은 모음 중에서 그녀가 마법 실행에 성공한 것은 'a', 'o', 'u' 세 개였다. 결국 리엔과 리에네가 동시에 성공한 모음은 'a'이고, 리엔이 'e'와 'i'를, 리에네가 'o'와 'u'를 성공한 셈이었다.

잉? 같은 정령술사인데 왜 사용할 수 있는 모음 코드가 다른 거지? 거참, 이해하기 힘든… 어, 그리고 보니 리엔은 빛, 땅, 불의 1계열이고 리에네는 빛, 바람, 물의 두 계열이라고 했지? 이 계열이라는 게 빛이 공통이고 나머지 두 개가 다르니까 모음 코드 역시 그런 식으로 되는 거구나! 빛이 a이고 땅과 불이 e나 i, 바람과 물이 o나 u인 거야.

"귀찮은 실험에 응해줘서 고마워요. 이제 정령술과 마법의 연관성을 찾았으니 더 이상 귀찮게 안 할게요."

난 리에네에게 주었던 종이쪽지를 회수하며 감사의 멘트를 날렸다. 그러나 리엔과 리에네 모두 내 실험을 귀찮아하지 않았다. 도리어 내 실험에 홍미를 가졌다.

"매직포스를 느끼지 못하는 정령술사도 마법을 쓸 수 있는 것입니까?"

리엔은 조금 떨리는 목소리로 그렇게 물었다. 그래서 난 자신있는 목소리로 대답했다.

"예, 마법사가 정령술을 사용할 방법은 알 수 없지만 정령술사가 마법을 사용할 방법은 알아냈어요. 뭐, 잘 연구해 보면 마법사도 정령술을 사용할 방법이 있겠죠."

"말도 안 돼요! 매직포스를 느끼지 못하는 정령술사가 마법을 사용하다니……!"

나의 확신 어린 말에 슈아로에가 반박하고 나섰다. 자신은 뼈 빠지게 노력해서 마법을 배웠는데 정령술사는 아무런 노력 없이 마법을 배우는 것이기 때문이었다.

"아니, 너무 홍분하지 마. 반대의 경우도 꼭 찾을 거니까 너무 억울해하지 말라니까."

"내 말은 그게 아니라구요! 정령술사가 마법을 쓰고 마법사가 정령술을 쓰다니, 이건 뭔가 잘못됐다구요!"

내가 슈아로에를 진정시키려고 하자 슈아로에는 도리어 더욱 홍분했다. 그녀가 홍분하는 이유는 이미 알고 있기 때문에 난 그녀를 설득하기 위해 노력했다.

"슈아의 불만이 뭔지 알겠는데, 그게 꼭 나쁘다고만은 볼 수 없잖아? 내가 생각하기에 마법이나 정령술이나 결국 특별한 능력이거든? 마법사가 정령술을 써도, 정령술사가 마법을 써도 특별한 능력을 사용한다는 사실에는 변함이 없어. 마법사는 무조건 마법을 써야만 하고 정령술사는 무조건 정령술을 써야만 한다는 건 편견이 아닐까? 모두 특별한 능력이니 뒤바꿔 써도 무방하다고 보는데?"

"……."

내 말이 설득력이 있고 없고를 떠나서 이미 정령술사가 마법을 사용하는 광경을 본 후라 슈아로에는 더 이상의 반박을 하지 못했다. 일단 그렇게 슈아로에를 잠재운 나는 레이뮤를 쳐다보며 물음을 던졌다.

"레이뮤 씨는 어떻게 생각하세요?"

"……."

내가 질문을 할 줄 몰랐는지 레이뮤의 눈빛이 조금 흔들렸다. 그러나 이내 평정을 되찾고 차분한 어조로 입을 열었다.

"레지스트리 군은 언제나 상식을 뒤엎는 일을 많이 저지르기 때문에 지금도 그러려니 하고 있어요."

"……."

그거 지금 안 좋은 뜻으로 하시는 말씀이죠? 그죠?

"혹시 레지스트리 군은 스피릿포스, 매직포스, 디바인포스 이 세 가지의 서로 다른 힘을 한 가지로 통합하려는 게 아닌가요?"

"……!"

레이뮤는 별일 아니라는 듯이 말했지만 그녀의 말은 내 의중을 정확히 찌른 것이었다. 역시 500년 짬밥을 무시할 수 없다고 생각하며 난 사실을 인정했다.

"예. 제가 지금 느낄 수 있는 건 매직포스뿐인데, 그걸 스피릿포스나 디바인포스에게로 확장하고 싶거든요. 만약 디바인포스를 사용하는 사람이 마법을 사용할 수 있다면 그 역시 성립한다고 생각해요. 그 증거를 찾으면 본격적으로 세 가지의 힘의 변환 관계를 찾아보고 싶어요."

"……."

나의 야심 찬 포부를 듣고 모두들 입을 다물었다. 사실 내가 그 포부를 실현시킬 수 있을지 없을지는 자신할 수 없지만 충분히 해볼 만한 가치는 있다고 생각했다. 처음에는 부정적이었던 슈아로에도 결국 날 응원해 주었다.

"알았어요. 그 증거가 생기게 되면 나도 도울게요. 근데 단축키 코드는 어디에 쓸 거예요? 만들어놓기만 하고 묻어버릴 생각이에요?"

세 가지 힘의 변환에 대해 얘기를 하던 슈아로에가 갑자기 화제를 바꾸어 단축키 코드의 실용성을 문제 삼았다. 본래 그에 관해서는 좀 더 나중에 팍! 하고 터뜨릴 생각이었지만 기왕 이렇게 된 거 지금 터뜨리자고 결심했다.

"단축키 코드는 나중에 '캐논 슈터(Cannon Shooter)'를 실현시키기 위한 기본 단계야."

"캐논 슈터? 그거 마법이에요?"

"어. 폭발 마법을 시간 차로 터뜨려서 파이어 볼의 속도와 파괴력을 극대화시키는 마법. 내가 생각하고 있는 마법이야."

"......?"

난 분명 슈아로에 등이 놀랄 것이라 생각했지만 의외로 반응은 없었다. 마치 웃긴 얘기를 했는데 아무도 웃어주지 않는 그런 썰렁함이었다. 그래서 난 맥이 탁 풀려 버렸다.

"뭐, 아직 구상만 하고 있는 거니까 실현 가능하면 그때 자세히 얘기할게."

"......?"

흐윽, 그렇게 '뭔 헛소리람?' 이란 표정으로 쳐다보지 말아줘. 갑자기 할 마음이 싹 사라지잖아!

덜컹덜컹.

마차는 막힘없이 질주했고, 점심때쯤 되어서 근처 식당에 들렀다. 마차에 새겨진 문양을 보고 식당에서는 연신 허리를 굽혀 우리들을 극진히 대접했다. 그들이 그 어떤 돈도 받지 않았기 때문에 우리는 돈 걱정 없이 마음껏 음식을 먹을 수 있었다.

"이번 여행에서는 음식을 많이 먹지 못할 줄 알았는데 운이 좋네요."

슈아로에가 자신의 앞에 놓인 음식들을 하나둘 맛보며 기분 좋게 입을 열었다. 하지만 캐논 슈터에 대한 그녀의 썰렁한 반응 때문에 난 보복성 말을 꺼냈다.

"마음껏 먹다가는 살찐다. 키도 작은데 살까지 찌면… 흐음……."

"아앗! 너무하잖아요! 내 키는 지금 크는 중이라구요!"

"키가 큰다는 증거는?"

"1년 뒤에는 레지 군보다 커 있을 거예요!"

나와 슈아로에가 티격태격하는 동안 레이뮤와 엘프 남매는 여유로운 식사를 즐겼다. 그래서 나 역시 말다툼을 중지하고 빠른 속도로 음식을 목구멍으로 넘겼다. 내가 하도 허겁지겁 먹자 슈아로에가 태클을 걸어왔다.

"뱃속에 식충이 길러요? 씹지도 않고 삼키면 건강에 안 좋다구요."

"그냥 잠깐 할 게 있어서. 와구와구!"

슈아로에가 싸움을 걸어와도 난 열심히 음식을 위장에 저장시켰다. 그리고 나서 레이뮤에게 양해를 구한 뒤 가장 먼저 자리에서 일어났다.

"어디 가요?"

"잠깐 산책하러."

슈아로에의 물음에도 짧게 대답하며 난 식당을 빠져나와 마차 쪽으로 걸어갔다. 본래는 적당한 장소를 찾아보려 했지만 여기가 마을 한복판이다 보니 마법 실험을 할 만한 장소를 찾기가 힘들었다. 그래서 할 수 없이 마차 뒤쪽에 있는 골목으로 들어갔다.

"레지스트리."

"……!"

그때 갑자기 뒤에서 누군가가 날 부르는 소리에 난 기겁하여 뒤를 돌아보았다. 다행히 내 뒤에는 내가 아는 사람이 서 있었다. 녹색으로 통일된 옷을 입고 있는 호리호리한 몸매의 미남 엘프, 바로 리엔이었다.

"리엔 씨, 식사 벌써 다 했어요?"

"엘프는 본래 소식하기 때문에 많이 먹지 않습니다. 그보다 레지스트리가 무엇을 할지 궁금하여 따라 나왔습니다."

리엔은 내 옆에 다가와 서며 주위를 둘러보았다. 하지만 주위에는 벽돌을 쌓아올린 듯한 벽밖에는 없었기 때문에 금방 의아한 표정을 지었다.

"여기서 무엇을 하려고 하는 것입니까?"

"그냥 실험이요."

"실험?"

"뭐, 일단 보기만 해요."

난 리엔을 옆에다 세워놓고 미리 적어놓은 종이쪽지를 꺼냈다. 외워서 하면 좋지만 내 머리가 돌덩어리이기 때문에 적어놓아야만 했다. 내가 종이쪽지에 적어놓은 것은 폭발 마법을 단축키화시키는 마법 코드였다.

"Create number A, substitute create for A. Create number B, substitute box for B. Create number C, substitute length for C. Create number D, substitute one for D… Create space 화약. Connect A and B, connect B and C… Save 화약."

본래 'Create box, length one, width one, height one, position zero axis two axis zero axis, mapping explosion, render ten' 으로 설정한 폭발 마법을 '화약' 이라는 저장 공간에 저장하는 코드였다. Connect 코드는 저장 공간이 존재할 경우 새로운 내용을 기존의 내용과 연결시키는 특징이 있기 때문에 화약이라는 저장 공간에는 폭발 마법의 코드가 그대로 기록되었다. 내 마나 용량의 부족으로 한번에 폭발 마법을 저장할 수 없어 리프레쉬 코드를 써가면서 총 세 번에 걸쳐 화약에다 폭발 마법 코드를 저장했다.

좋아, 일단 화약은 장착됐고, 이제 탄을 발사해야겠군. 근데 진짜 잘되려나? 불발 나면 어쩌지? 여기서 파이어 볼이 터지면 다칠 것 같은데……. 에이, 일단 지르고 보자!

스윽—

블루 케이프의 칼라 앞에 달려 있는 보석을 손가락으로 훑어서 리프레쉬 코드를 실행시키고 몇 초 후 난 곧바로 종이쪽지에 적혀 있는 파이어 볼 주문을 외웠다.

"Create box, length one, width one, height one, position

zero axis two axis zero axis, mapping fire, create line, begin box, end zero axis ten axis zero axis, animate line."

내가 외운 코드는 Sphere 대신 Box를 사용했기 때문에 파이어 볼이 아니라 파이어 박스였다. 실행 코드까지 다 읽었을 때 내 눈앞 2m에서 가로, 세로 높이 1미터의 정육면체 불덩어리가 생겼다. 그리고 그 불덩이는 Line을 따라 이동하기 시작했다. 그 순간,

"Execute 화약!"

난 단축키로 저장했던 화약을 실행시켰다. 화약에는 폭발 마법 코드가 저장되어 있어 화약을 실행시키니 자연히 폭발 마법이 실행되었다.

펑!

약한 위력의 폭발 마법이 파이어 박스의 바로 뒤쪽에서 터졌다 본래 터지는 위치를 파이어 박스의 축과 똑같이 잡았지만 파이어 박스가 실행되면서 Line을 따라 이동하고 있었기 때문에 결국 폭발 마법이 파이어 박스 뒤쪽에 터진 셈이 되었다. 그것이 바로 내가 노린 점이었다.

슈웅—

본래 10미터를 2초 정도로 움직이는 Animate 코드이기 때문에 파이어 박스가 목표 지점인 (0, 10, 0)에 도달하기 위해서는 2초 정도 걸려야 정상이었다. 그러나 뒤에서 터진 폭발 마법의 폭발력에 의해 파이어 박스의 속력이 조금 빨라져서 거

의 1.5초 정도 시간에 10미터를 주파했다.

흐흐, 성공적인데? 일단 폭발 마법의 폭발력이 파이어 볼 같은 마법을 뒤흔들지 않고 오히려 추진제의 역할을 하는군. 마법의 이동 속도가 빨라졌다는 건 확인했는데 파괴력이 증가할지까지는 모르겠는걸? 여기서 그 파괴력 증가 실험도 하고 싶지만 그랬다가는 이 마을의 경비병들에게 끌려가서 죽도록 맞겠지? 오늘은 이쯤에서 끝낼까?

"무엇을 한 것입니까?"

내가 마법을 쓰는 것을 보고서도 리엔은 어리둥절한 표정을 지었다. 리엔이 내 실력을 어느 정도라고 생각하는지는 모르지만 블루 케이프씩이나 되는 녀석이 골목에 숨어서 허접한 마법을 연발하고 있으니 이상한 생각이 든 모양이었다. 그것도 종이쪽지를 보면서 마법을 쓰고 있으니 더욱 그럴 수밖에 없었다. 그래서 난 내 허접한 실력을 인정했다.

"그냥 실험이에요. 아직 완성되지 않은 거라서 좀 더 다듬어야 하거든요."

"실험입니까? 레지스트리는 실험을 좋아하는 것 같습니다."

잉? 내가 실험을 좋아한다니? 난 고등학생 때건 대학생 때건 실험은 싫어했다고. 그쪽 실험은 허접한 장비로 허접한 실험을 하니까 말이야.

"리엔 씨, 물어볼 게 하나 있는데요."

"무엇입니까?"

갑자기 내가 물어볼 게 있다고 하자 리엔은 또다시 어리둥절한 표정을 지었다. 하지만 그렇다고 내 질문을 무시할 엘프는 아니었기 때문에 난 곧바로 질문을 던졌다.

"불의 정령은 폭발 같은 거 일으킬 수 있어요?"

"폭발 말입니까? 샐러맨더가 불을 응축시켰다가 뱉어내면 터집니다."

"그건 무엇인가에 부딪쳤을 때 폭발하지 않나요?"

"그렇습니다."

"그럼 공중에서 폭발시키는 거는요?"

"공중에서만입니까? 으음……."

한 번도 공중에서 폭발시키는 공격을 해본 적이 없는지 리엔은 잠시 생각에 잠겼다. 그러다가 방법을 하나 떠올렸는지 말문을 열었다.

"불덩어리 두 개를 공중에서 맞부딪치면 될 것입니다."

"소리가 커요? 폭발 소리."

"음, 불덩어리의 위력을 작게 하면 아까만큼의 소리 정도일 겁니다."

흠, 그럼 한번 시도해 볼까?

"미안하지만 불의 정령 좀 불러주시겠어요?"

"알겠습니다. 티니샐러맨더."

리엔은 내 부탁대로 도마뱀 크기의 불의 정령을 소환했다.

불의 정령과 땅의 정령은 허공을 날아다니는 능력이 없는 관계로 언제나 땅바닥에서 소환된다. 반면 빛, 바람, 물의 정령은 허공이든 땅이든 가리지 않고 소환된다. 내 생각이지만 빛, 바람, 물은 공기 중에 항상 있기 때문에 그런 것 같았다.

"제가 마법으로 불덩어리를 만들자마자 리엔 씨도 불덩어리 두 개를 만들어서 제 불덩어리에 맞춰주세요. 그럼 아마도 제 불덩어리가 움직여서 리엔 씨 불덩어리가 뒤에서 폭발하는 형식이 될 거예요. 아무튼 리엔 씨는 제 불덩어리가 생긴 곳에다가 불덩어리 두 개를 서로 반대되게 날려서 폭발하게 해주세요."

"알겠습니다."

내 설명이 제대로 통했는지는 모르겠지만 일단 리엔은 이해했다는 표정을 지었다. 그래서 난 곧바로 아까 썼던 파이어 박스 코드를 읊었다.

"Create box… Animate line."

실행 코드까지 읊자 내 눈앞 2미터 거리에서 정육면체의 불덩어리가 생겼고, 그 순간 리엔은 불의 정령에게 지시를 내렸다.

"공격."

리엔의 명령에 따라 불의 정령은 불덩어리 두 개를 만들어 내 파이어 박스 쪽으로 날렸다. 불덩어리 두 개가 파이어 박스에 부딪치기 직전 Animate 코드에 따라 파이어 박스가 이동을 시작했고, 결과적으로 파이어 박스 뒤에서 폭발이 일어나게 되었다.

펑! 슈웅—

아까 전의 폭발보다 약간 더 큰 소리가 났고, 파이어 박스는 아까보다 약간 더 빨라진 것 같았다. 하지만 그것은 어디까지나 내 느낌일 뿐이지 정말로 빨라진 것인지 그대로인지 확인할 수는 없었다. 어쨌든 이번 실험에서 중요한 것은 정령술에 의한 폭발도 마법의 추진제 역할을 할 수 있다는 점이었다.

흐흐, 이번 실험 결과가 마음에 드는걸? 캐논 슈터를 완성하려면 화약 폭발을 여러 번 일으켜야 하는데, 그걸 코드로 일일이 짜는 것보다 똑똑한 엘프들에게 맡겨 버리면 되니까 말이야.

"거기서 뭐 해요?"

골목에서 두 번 일어난 폭발 소리를 듣고 누군가가 찾아와 우리를 불렀다. 만약 마을의 경비병이라면 소음공해죄라는 명목으로 끌려가서 스트레스 해소용 샌드백이 될 수도 있었다. 그러나 우리를 부른 사람은 다행히도 경비병이 아닌 슈아로에였다. 그리고 그런 그녀의 뒤에는 레이뮤와 리에네가 서 있었다.

"골목에서 남자 둘이 뭐 하고 있어요? 설마 서로 싸우고 있었던 건 아니겠죠?"

슈아로에는 불신 어린 표정으로 나와 리엔을 쳐다보았다. 리엔이 지금 내 실험의 의미를 알 리 없었기 때문에 난 대표 자격으로 입을 열었다.

"그냥 정령술과 마법의 연계 방법을 찾고 있었어."

"연계 방법? 뭐예요, 그게?"

"보면 알아. 리에네 씨, 저 좀 도와줄래요?"

난 반문해 오는 슈아로에를 일단 잠재운 뒤에 리에네에게 부탁했다. 리에네가 말해보라는 눈짓으로 날 쳐다보는 것을 확인하곤 바로 부탁 내용을 말했다.

"제가 마법으로 불덩어리를 만들 건데 리에네 씨는 바람의 정령으로 제 불덩어리를 앞으로 날리는 거예요. 별로 어려운 건 아니죠?"

"네, 어렵지 않습니다."

"그럼 미리 바람의 정령을 제 앞에 소환한 다음에 제가 불덩어리를 만들면 바로 바람을 일으켜 주세요."

"알겠습니다. 티니실프."

리에네 역시 내 부탁대로 바로 앞에 내 얼굴만 한 바람의 정령을 소환했다. 그걸 확인한 나는 또다시 파이어 박스 코드를 외웠다. 내가 실험용으로 만든 파이어 박스 코드의 용량은 79이기 때문에 몇 번을 써도 문제될 게 전혀 없었다.

화악―

"바람."

내가 파이어 박스를 구현하자마자 리에네는 바람의 정령에게 명령을 내렸고, 바람의 정령은 곧바로 강한 바람을 일으켰다. 그 바람은 일반적인 강풍 수준이었으나 Animate 코드에 따라 움직이던 파이어 박스는 바람을 타고 더욱 빠르게 이동했다. 어림짐작해도 10미터를 1초 정도에 주파한 것으로 보였다.

"아……!"

불덩어리가 빠르게 이동했다가 사라지자 슈아로에가 탄성을 터뜨렸다. 그도 그럴 것이, 지금까지 Animate 코드의 이동 속도를 변화시키려 했던 사람이 아무도 없었기 때문이다. 그저 그러려니 하면서 Animate 코드를 사용해 온 것이다. 그것은 슈아로에 역시 마찬가지였다. 그런데 내가 추진제를 이용해서 Animate 코드의 이동 속도를 높이자 놀란 것이었다.

"고마워요. 리에네 씨 덕분에 정령술로 마법을 강화할 수 있다는 확신을 얻었어요."

"……."

난 리에네에게 고마움을 표시했지만 리에네는 왜 나한테서 고마움을 받아야 하는지 이해하지 못한 표정을 지었다. 어쨌든 골목에서 지체한 시간이 꽤 되어 슬슬 출발해야 할 시간이 되었기 때문에 난 캐논 슈터 실현 가능성 실험을 끝내기로 했다. 일단 이동 속도 증가는 확인했고, 파괴력 증가만 확인하면 곧바로 캐논 슈터의 극대화 작업에 착수할 생각이었다.

"어서 마차에 타죠. 출발해야 하니까요."

난 일행을 이끌고 마차 쪽으로 향했다. 뭔가 할 말이 있어 보이는 슈아로에였지만 예상외로 내 말에 순순히 응해주었다. 엘프 남매야 항상 내 말을 잘 들어줬으니 문제없었고, 레이뮤도 출발 시간인 걸 인식해서 아무 말도 하지 않았다.

"이랴!"

히이잉—

우리가 마차에 모두 타자 마부는 곧바로 마차를 출발시켰다. 마차는 정비된 길을 따라 거침없이 나아갔고, 목적지인 사우스브릿지 산맥 가까이에 있는 '버지'로 순조로운 여행을 계속했다.

제14장

페르키암과의 전투

버지까지 가는 동안 나는 시간이 날 때마다 캐논 슈터를 연구했다. 마차가 강가에 멈추었을 때 깅물에나가 실험을 해 본 결과, 폭발 마법에 의해 파이어 박스가 본래의 파괴력보다 강해진 것을 확인했다. 그것은 마법끼리도 파괴력이 증가하거나 이동 속도가 빨라지는 등의 상호 연계가 가능하다는 뜻이었다. 물론 내가 강에서 폭발을 일으킬 때마다 지나가던 사람들이 서커스 보듯 구경하러 몰려들었다는 점이 쪽팔리기는 했지만.

"정말 레지 군의 상상력은 끝이 없어요. 어떻게 그런 생각을 했죠?"

나의 캐논 슈터에 대한 설명을 듣고 슈아로에는 고개를 설레설레 저었다. 화약이라는 것이 발명되지 않은 시대였기 때문에 그녀가 캐논 슈터를 이해하지 못하는 건 당연했다. 만약 내가 군대에서 총을 사용할 기회가 없었다면 나 역시 캐논 슈터 같은 마법을 생각하지 못했을 것이다.

　"폭발을 연속으로 일으켜 그 힘으로 파이어 볼을 가속시키다니……. 아까 약한 폭발 마법으로도 그 정도의 파괴력과 속도를 보였는데 강력한 폭발 마법이면……."

　슈아로에는 생각하는 것도 싫은지 다시 한 번 고개를 내저었다. 하지만 난 슈아로에의 감상에 태클을 걸었다.

　"그런데 폭발 타이밍을 제대로 못 맞추면 오히려 파워나 속도가 떨어질 수 있어. 폭발은 무조건 파이어 볼 뒤에서 일어나야 하니까 그 위치와 시간을 맞추는 게 어렵지."

　"당연히 어려워야죠! 그런 게 쉬우면 사기예요, 사기!"

　방방 뛰는 슈아로에를 보며 난 속으로 키득거리며 웃었다. 처음 캐논 슈터에 대해 얘기했을 때 그녀가 보여주었던 썰렁한 반응과는 극과 극이었기 때문이다. 게다가 레이뮤 역시 눈빛이 흔들리고 있어서 그 기쁨은 배가되었다.

　"캐논 슈터 코드는 나 혼자서는 못하니까 슈아가 도와줘."

　"알았어요. 레지 군은 바보니까 내가 도와주지 않으면 누가 도와주겠어요?"

　"……."

어이, 슈아. 아무리 내가 바보라지만 그런 말을 함부로 하면 나 정말 상처받는다구. 상처 입은 야수가 얼마나 무서운지 몰라? 오늘 저녁에 확 덮쳐 버린다?

"리엔 씨와 리에네 씨는 마법을 배우는 게 어때요? 캐논 슈터가 완성되면 제가 기초부터 차근차근 알려줄게요."

난 엘프 남매에게 그런 제안을 했다. 그들이 마법을 자유롭게 사용하게 되면 그들을 내 실험에 동원하기 쉬워지기 때문이었다. 그리고 마법을 가르친 대가로 뭔가를 얻어낼 수도 있다는 계산 역시 내 머릿속에 들어 있었다. 세상은 언제나 Gve & Take를 기본으로 하는 법이지.

"알겠습니다. 그자를 찾기 전까지 마법을 배워두는 편이 좋을 것 같습니다."

리엔은 내 꿍꿍이를 모르는 상태에서 내 제안을 수락했다. 리엔이 수락했다는 뜻은 리에네노 수락했다는 소리와 동일하기 때문에 난 매우 쉽게 두 엘프를 내 손아귀에 넣을 수 있었다.

덜컹덜컹.

"그런데 레이뮤 씨, 궁금한 게 있는데요."

하루하루 날짜가 지나는 것을 확인하다가 난 레이뮤에게 질문했다.

"무엇인가요?"

"지금 원래 엔비디아 제국으로 갈 차례가 아닌가요? 근데 이렇게 다른 길로 빠져도 돼요?"

내가 지금 궁금한 사항은 그것이었다. 각국 방문 일정에 차질이 생기는 데도 불구하고 페르키암과의 전투가 중요한 것인지 의심스러웠던 것이다. 레이뮤는 그런 내 궁금증에 대해 답변해 주었다.

"100년 전, 레지스트리가 자신의 커널과 함께 온 대륙을 휩쓸고 다녔을 때 마법사들이 단결하여 마법사협회를 만들고 레지스트리를 제압했습니다. 그 이후로 마법사협회 소속의 마법사들은 마법에 관련된 사건이 터지면 반드시 참여해서 그 사건을 해결해야 한다는 규칙이 세워졌습니다. 마법사협회는 주로 각국의 학교장들로 이루어져 있지요."

흐음, 그랬어? 근데 레지스트리라고 하니까 자꾸 내 얘기하는 것 같잖아? 왜 하필이면 내 이름을 실존 인물의 이름으로 해가지고 헷갈리게 만들어? 레이뮤 씨, 미워할 거야!

"이번 페르키암 광포화 사태는 마법에 관련된 사항 중 제1순위에 해당하는 것입니다. 따라서 시리오드 황제가 마법사협회에 정식 협조 공문을 보낸다면 나 역시 마법사협회 소속으로서 참여해야만 합니다. 그래서 이왕 온 김에 공문을 받기 전에 움직이는 것이지요."

"예……."

레이뮤의 말이 이해되지 않는 것은 아니었지만 솔직히 나로서는 납득하기 힘들었다. 500년 짬밥의 레이뮤가 짬밥 찌끄래기도 안 되는 마법사들과 마법사협회에서 똑같은 위치라는 것이 이해할 수 없었던 것이다. 군대에서 그 정도 짬밥이라면 군수 통치권을 가지고 있는 대통령도 함부로 대할 수 없기 때문이었다.

"레이뮤 씨는 너무 의무만 이행하는 것 같네요."

"……?"

내 말을 이해하지 못했는지 레이뮤는 얼굴에 물음표를 띄웠다. 그래서 난 좀 더 자세한 설명을 했다.

"레이뮤 씨 정도로 경력이 오래된 마법사가 아무런 이득이 없는 일을 해야만 하니까요. 마법사협회에서는 레이뮤 씨에게 해주는 게 아무것도 없는데 레이뮤 씨는 협회의 명령에 따라야 하잖아요. 불공평해 보이는데요?"

"불공평한 게 아닙니다. 마법사협회를 창설한 사람이 나이고, 그 규칙 역시 내가 만든 것입니다. 그러니 지켜야 하지요."

호오, 마법사협회를 만든 사람이 레이뮤라……. 그럼 더욱 잘됐군.

"회장 직도 맡으셨겠죠?"

"그래요. 초대 때부터 50년간 회장 직을 수행했습니다. 하지만 한 사람이 계속 회장 직을 수행하는 건 바람직하지 못하기 때문에 지금은 각국의 학교장들이 돌아가며 회장 직을 수행하고 있어요."

"레이뮤 씨는 이제 회장 직 안 맡으세요?"

"그래요. 회장 직에서 물러날 때 앞으로 회장 직을 맡지 않겠다는 공언을 했으니까요."

애기를 하는 레이뮤의 표정은 담담했다. 그러나 그것이 도리어 날 공격적으로 만들었다.

"회장 직을 물러나면서 굳이 마법사협회에 남아 있을 필요는 없지 않아요? 전직 협회장이 일반 회원과 똑같은 자리라니 이상하잖아요?"

"이상하지 않습니다. 협회 소속인 이상 전에 회장 직을 수행했더라도 지금은 회원이니까요."

"그럼 다른 학교장들도 회장 직을 역임한 뒤에는 일반 회원으로 복귀하나요?"

"그렇지는 않습니다. 그들은 따로 협회 의원으로서 차기 회장을 보좌하는 역할을 하게 됩니다."

얼씨구? 이거 공격하기 더 좋은 상황인걸?

"그럼 레이뮤 씨도 협회 의원이 되면 되잖아요? 왜 굳이 일반 회원으로 내려온 거죠?"

"오랫동안 회장 직을 수행했던 내가 협회 의원 자리를 차지하게 되면 다른 의원들보다 발언권이 높아질 수밖에 없습니다. 그러면 협회 의원이 협회장보다 더 큰 발언권을 얻을 가능성이 있어요. 그래서 아예 내가 일선에서 물러나기로 했습니다. 그것이 협회 입장에서 좋기 때문입니다."

레이뮤의 대답에는 막힘이 없었다. 아마도 마법사협회 회장 직에서 물러나면서 그런 식으로 마법사들을 설득한 모양이었다. 그런 레이뮤의 모습을 보고 있자니 군대에서 내가 자초했던 일이 생각났다. 그리고 그런 생각은 날 더욱 불쾌하게 만들었다.

"결국 레이뮤 씨는 협회를 위해서 자신을 희생한 거네요?"

"희생?"

"협회의 질서와 규칙을 무너뜨리지 않기 위해 회장 직을 물러나고 의원 직도 마다한 채 일반 회원으로 남은 것 말이에요. 회원에게 주어지는 의무를 수행해야만 하니 희생이죠. 한때 그들 위에 군림했던 사람이 회원의 신분으로 명령을 받는 게 희생 아니면 뭘까요?"

"왜 그렇게 생각하나요? 이건 내가 원해서 한 일입니다. 그러니 희생이 아니죠."

"정말… 원해서 한 일입니까?"

"……!"

갑자기 내가 딱딱한 말투로 물어오자 레이뮤는 흠칫했다. 평소에는 구어체를 쓰다가 느닷없이 문어체를 구사하니 당황한 것이었다. 게다가 딱딱한 말투를 사용하면서 표정까지 굳어져 있으니 레이뮤로서는 '얘가 갑자기 왜 이러나' 하는 생각이 들었을 것이다. 하지만 레이뮤가 흔들리고 있는 가장 결정적인 이유는 내 말의 의미 때문이었다.

"…내가 원해서 한 일입니다."

잠깐 갈등하던 레이뮤가 뭔가를 결심한 듯이 그렇게 말했다. 앞으로 내 어떠한 공격에도 끄덕하지 않겠다는 각오 같은 것이었다. 그렇지만 그 정도에서 공격을 멈출 내가 아니었다.

　"뭐, 레이뮤 씨가 500년 이상 살아왔다지만 겉모습은 20대죠. 그래서 나이 든 사람들 입장에서는 레이뮤 씨가 자기보다 나이가 많다는 것을 인정하기 싫을 겁니다. 실제 나이가 어쨌든 겉으로 보기에 젊은 여자가 나이 먹은 할아버지, 할머니보다 높은 지위에 앉아 있으면 남들은 그걸 못마땅하게 생각하겠죠."

　"……!"

　"뭐, 나이가 많든 적든 간에 실력만 있으면 모두들 인정할 수 있겠죠. 근데 레이뮤 씨는 6서클에서 더 이상의 마나를 모을 수 없는 상태 아니었던가요? 반면에 다른 마법사들은 꾸준히 노력해서 6서클 이상의 마법을 사용할 수 있었을 겁니다. 그렇죠?"

　"……!"

　"젊어 보이는 데다 실력도 자기보다 안 되는 사람이 회장 직을 장기 집권하면 마법사 양반들이 참 좋아하겠네요. 순전히 500년 동안 살아왔다는 경력 때문에 회장 직을 맡은 거잖아요. 그거라도 없었으면 당장 잘렸겠죠."

　"……."

　나의 비꼬는 말에 레이뮤는 조금씩 몸을 떨었다. 겉으로는 아무렇지도 않은 척 앉아 있었지만 그녀의 손은 분명히 조금씩 떨리고 있었던 것이다. 평소라면 레이뮤에 대해 나쁘게 말할 때마다 끼어들어 레이뮤를 옹호했던 슈아로에도 이번에는 내 말을 가로막지 않고 있었다. 자신이 끼어들 상황이 아니라는 걸 직감했기 때문일 것이다. 그래서 난 마음 놓고 레이뮤를 공격할 수 있었다.

"뭐, 협회 쪽에서 압박이 있었든 레이뮤 씨가 혼자서 결정한 사항이든, 결국 레이뮤 씨는 마법사협회에서 달갑지 않은 존재였겠죠. 대우를 해주자니 겉모습이나 실력에서 부족하고, 그렇다고 대우를 안 해주자니 500년 경력의 대마법사를 무시하는 처사고, 이래저래 난감하겠네요."

"……."

"레이뮤 씨 스스로도 그런 상황을 알고 있었기 때문에 회장 직에서 자진 사퇴하고 의원 직까지 거절하며 일반 회원으로 내려간 거겠죠. 마법사협회의 질서를 바로잡기 위한 최선책이다라는 생각을 하면서요."

"……."

레이뮤는 여전히 말이 없었다. 하지만 그렇다고 내 말을 완전히 부정하고 있는 건 아니었다. 오히려 내 말이 정곡을 찔렀기에 아무런 반박을 하지 못하는 모습이었다.

"레이뮤 씨가 일반 회원으로 남겠다는 제안에 마법사협회에서는 쌍수를 들고 환영했겠죠. 그리고 비록 일반 회원이지만 레이뮤 씨를 함부로 대하지는 못했을 거구요. 하지만 시간이 흐르면서 마법사협회에서는 레이뮤 씨를 일반 회원, 그 이상도 그 이하도 아닌 존재로 보게 되었을 겁니다. 이제는 도리어 레이뮤 씨가 회원 자격 이상의 일을 하려고 하면 견제를 하겠죠. '레이뮤 스트라우드는 이제 우리들 밑이다' 라는 생각이 확고해졌을 테니까요."

"……."

"레이뮤 씨는 협회를 위해서 스스로 희생한 건데 이제는 그 희생을 모두들 당연한 것이라고 생각하죠. 레이뮤 씨 입장에서 보면 정말 화나는 일이죠. 모두를 위해 높은 자리에서 물러났는데 이제는 자신과 비교하면 경력이 눈곱만큼도 안되는 것들이 잘난 척하면서 자신을 대놓고 무시하고 있으니 정말 화날 겁니다. 하지만 자신이 스스로 제안을 한 것이라 뭐라 불만을 나타내기도 힘들죠. 협회 녀석들이 하는 건 마음에 안 들지만, 그렇다고 스스로 한 약속을 먼저 깨기는 싫으니 가만히 있을 수밖에요. 안 그런가요?"

"……."

내가 아무리 닦달을 해도 레이뮤는 아무런 반응이 없었다. 그래서인지 난 어느 정도 내 마음을 진정시킬 수 있었다. 내 경험을 레이뮤의 상황과 겹쳐서 생각하다 보니 많이 흥분했던 것 같아 잠시 마음을 가라앉혔다. 그러나 아무 말도 하지 않고 있던 레이뮤가 내 평정심을 흐트러뜨리는 말을 하고 말왔다.

"레지스트리 군은… 그런 경험이 있었나요?"

"……!"

으윽! 왜 잦아드는 내 평정심에 돌을 던져! 난 군대 생각하기 싫다고!

"제가 사는 곳에서는 성인 남자들은 2년 넘게 군대에 들어가서 나라를 지키게 되어 있어요. 그때 레이뮤 씨와 비슷한 경험을 한 적이 있거든요."

내가 그렇게 말했을 때 나와 레이뮤의 언어 전투를 지켜보던 슈아로에가 놀란 어조로 입을 열었다.

"에? 그럼 레지 군, 군인이에요?"

"아니, 2년 동안 잠깐 군인이었지 지금은 아니라고. 그리고 난 그때 밥하는… 아니, 군인들에게 식사거리를 제공해 주는 취사병이라서 완전한 군인이라고 하기엔 그렇고."

"취사병? 그런 군인도 있어요?"

잉? 그럼 여기는 취사병이 없다는 말인가?

"같은 군인들에게 식사를 만들어주는 병사 없어?"

"그런 병사가 어디 있어요? 식사 같은 건 우리 학교처럼 아주머니들이 다 만들어서 준다구요. 그건 군대도 마찬가지일 걸요."

"……!"

슈아로에의 말을 듣고서야 난 이 세계에는 취사병이란 게 없다는 사실을 알게 되었다. 그것은 결국 밖에서 밥을 하는 야전 취사의 개념이 없다는 소리이며, 모든 식량을 후방에서 조달하는 보급 방식을 택하고 있다는 소리였다. 아니면 근처 마을에서 식량을 사들이거나, 혹은 갈취해서 보급하는 방식이라고도 볼 수 있었다.

흐으, 대체 왜 요즘 군대는 야전 취사라는 뻘짓을 할까? 취사 트레일러에 물 트레일러, 육공 트럭 두 대가 필요한 야전 취사가 정말 효용성이 있을까? 그냥 누구 말대로 전투 식량으로 때우면 될 것을. 그러면 취사병은 훈련 안 나가고 주둔지에 남아 닐리리야 할 수 있잖아?

"나와 비슷한 경험을 했다면… 그 상황에서 레지스트리 군은 어떻게 했나요?"

내가 쓸데없는 생각을 하고 있을 때 레이뮤가 매우 진지한 표정으로 물어왔다. 그것은 내 대답 여하에 따라서 향후 행동 방향을 결정하겠다는 뜻이었다. 일개 학생이 교장의 행동에 영향력을 행사한다는 게 우스웠지만 대답을 원하는 레이뮤를 위해 입을 열었다.

"뭐, 저야 2년 2개월이면 군 생활이 끝나기 때문에 그냥 참았죠."

"……."

나에게서 뭔가 해답을 기대했던 레이뮤는 내 대답을 듣고 실망하는 눈빛을 보였다. 하지만 난 거기서 대화를 끝내지 않왔다.

"하지만 레이뮤 씨는 앞으로도 무한한 시간이 남아 있잖아요. 마냥 참고만 있다가는 언젠가는 폭발한다구요."

"......!"

내가 해답을 내놓을 것이라는 느낌이 들었는지 레이뮤는 그녀답지 않게 긴장했다. 그리고 난 그런 레이뮤를 위해 내 나름대로의 해답을 제시했다.

"그냥 마법사협회로부터 독립하세요."

"......!"

내 해답이 워낙 의외라서 레이뮤의 눈빛이 크게 흔들렸다. 그러나 난 멈추지 않고 계속 말을 이었다.

"협회라는 건 여러 사람들이 하나의 강력한 힘을 만들기 위해 모인 집단이에요. 하지만 그 집단 내에서 강력한 개인이 생겨나면 협회의 존속 사제가 힘들어지죠. 제가 보기에는 레이뮤 씨는 이미 그 이름만으로도 강력한 힘을 지닌 존재예요. 굳이 강력한 힘을 만들기 위해 집단에 들어갈 필요가 없는 거죠. 차라리 레이뮤 스트라우드를 브랜드화해서 다른 나라로부터 지원을 받는 게 더 낫지 않나요?"

"하지만 그렇게 되면 더 이상 독립 학교가 아니에요. 나라의 지원을 받게 된다는 건 그만큼 그 나라에 구속된다는 뜻이니까요."

아하, 그런 문제가 또 있었군.

"그래도 한 나라에 의존하지 않고 여러 나라에게서 지원을 받으면 되지 않을까요?"

"여러 나라로 확대한다 하더라도 지원에는 격차가 존재하고, 그것은 그만큼 특정 나라에 구속될 확률이 높다는 뜻이에요."

흠, 생각해 보니 그렇군. 역시 세상일은 쉽지가 않아.

"제가 너무 생각없이 얘기한 모양이네요. 저는 아직 학교 경영이라든가 그런 쪽은 잘 모르거든요."

결국 난 레이뮤에게 패배를 인정했다. 사실 경력 25년의 초보가 경력 500년의 장인을 이긴다는 건 어불성설이었다. 그러나 레이뮤는 나의 패배를 받아들이지 않았다.

"레지스트리 군의 말도 일리있어요. 난 지금까지 협회에서 나와야겠다는 생각을 해본 적이 없으니까요. 다른 마법사와 함께 해야 한다는 생각을 해왔거든요."

"……."

"일단 그 문제는 나중에 천천히 생각해 보기로 하겠어요. 지금은 그것보다 페르키암을 제거하는 게 우선이니까요."

결국 나와 레이뮤의 대담은 그렇게 종결되었다. 실제로 그녀가 내 말을 이행할지 안 할지는 모르지만 내 말을 무시하지 않은 것만으로도 난 만족했다. 일단 문제 제기가 된 이상 어떤 형태로든 지금까지와는 다른 양상이 전개될 것이기 때문이었다.

덜컹덜컹.

마차 안에서 어떤 일이 일어나는지와는 상관없이 마차는 계속해서 달려나갔다. 그렇게 약 일주일 정도 걸린 끝에 우리는 사우스브릿지 산맥에 인접해 있는 버지 마을에 도착했다.

"마을이……!"

마차의 창문을 통해서 마을의 모습을 본 슈아로에가 경악을 금치 못했다. 광포화된 페르키암이 휩쓸고 지나간 마을은 그야말로 폐허였기 때문이다. 모든 집들이 무너져 있었고, 밭은 완전히 뒤집혀지고 파헤쳐져 있었다. 마치 천재지변이 일어나 마을을 모두 집어삼킨 것 같은 인상이었다.

흐으, 마을 하나를 완전히 초토화시켰구먼. 내가 듣기로는 단 몇 시간 동안 설친 것인데 이 정도의 파괴력? 이런 놈이 마음만 먹으면 나라 하나도 없애 버릴 수 있지 않을까? 이거… 여기 온 게 갑자기 후회되는데?

"너무 걱정하지 말아요. 드래곤은 분명 무서운 존재이지만 광포화된 상태의 드래곤은 지능적인 공격을 하지 못해요."

레이뮤는 우리를 격려하려는 듯이 그렇게 말했다. 하지만 나로서는 그 말이 더 무서웠다. 말이 통하는 상대라면 대화로 풀 수 있겠지만 광포화된 드래곤은 대화로 풀지 못하고 무조건 싸워야 한다는 소리이기 때문이었다.

"저기에 천막이 쳐져 있어요."

초토화된 마을을 떨리는 눈으로 바라보던 슈아로에가 마

을 한쪽을 손가락으로 가리키며 말했다. 그녀의 말대로 마을의 광장으로 보이는 넓은 공터에는 여러 개의 천막이 쳐져 있었고, 사람들이 분주히 움직이고 있었다. 아마도 마을 사람들이 광장으로 전부 모여 임시 천막을 치고 생활하고 있는 것 같았다.

히이잉—

마차는 마을 광장 앞에서 멈추어 섰고, 우리들은 차례대로 마차에서 내렸다. 마차의 곁에 새겨진 문양 때문에 마을 사람들은 두려운 눈으로 우리들을 쳐다보았다. 이미 페르키암 사태로 인해 공포에 질려 있는 사람들이라 황궁에서 온 사람들이라도 경계하고 있는 것이었다.

"무슨 일로 오셨습니까?"

마차 소리를 듣고 미리 나와 있었는지 우리가 마차에서 내리자마자 나이 지긋한 할아버지 한 명이 우리에게 질문을 던졌다. 마차의 문양을 통해 우리들이 황궁에서 왔다는 것을 알고 있었기 때문에 그의 어조는 정중했다. 이에 레이뮤가 대답했다.

"우리는 시리오드 황제의 청에 따라 페르키암을 제거하러 온 사람들입니다."

"그러시군요. 그럼 저를 따라오십시오."

내 느낌에 이 마을 촌장인 것 같은 할아버지는 더 이상의 말을 듣지 않고 우리들을 가장 큰 천막으로 안내했다. 천막 안에는 몇 명의 사람들이 앉아 있었다. 붉은 단발을 지닌 관절 노출 갑옷의 미소녀와 중국인들이 입을 듯한 긴소매의 흰 옷을 입은 짙은 남색 머리카락의 중년 아저씨, 온몸을 흰색 옷으로 완전히 가린 푸른 눈동자의 미소녀, 마지막으로 가죽 갑옷을 입은 통통한 체격의 땅딸보 할아버지, 그렇게 네 명이 었다.

"아, 유리시아드 씨! 휴트로 씨! 소성녀님!"

천막 안에 앉아 있는 사람들 중 세 명의 얼굴을 알아보고 슈아로에가 반가운 어조로 그들의 이름을 불렀다. 그녀의 말대로 천막 안에는 유리시아드와 휴트로, 네리안느가 앉아 있었다. 보통의 경우라면 몇 번 만나지도 않은 사람들의 이름을 부르는 건 실례지만, 나나 슈아로에는 격의없이 유리시아드와 휴트로의 이름을 부르고 있었다. 원래 성격이 그런 것일 수도 있고, 같이 푸가 체이롤로스를 처치한 통료라는 생각이 있어서일 수도 있다. 물론 슈아로에는 네리안느를 소성녀라고 불렀다. 많은 이의 추앙을 받는 사람을 대뜸 이름으로 부르기는 어려운 모양이었다. 어쨌든 유리시아드 등도 그런 것에 대해 별로 신경 쓰는 눈치가 아니라서 나 역시 그런 점은 접어두었다.

"다시 만난 지 두 달이 넘었네요. 잘 지냈어요?"

난 네리안느와 휴트로를 보며 그렇게 물었다. 원래는 그나마 가장 오래 지낸 유리시아드에게 먼저 말을 걸고 싶었지만 날 보자마자 유리시아드가 살기를 보내왔기 때문에 대화 대상을 바꾼 것이었다.

"평소와 다름없이 지내고 있답니다. 여러분도 건강해 보이는군요."

네리안느는 투명한 면사포 속에서 미소를 지었다. 두 달 전에 봤을 때나 지금이나 그녀의 옷이 전혀 더럽지 않은 것을 보고 '빨래를 자주 하나, 아니면 매일 옷을 사서 입나?' 란 생각을 하고 있을 때 휴트로가 우리 뒤에 서 있는 엘프 남매를 가리키며 입을 열었다.

"뒤에 계신 분들은 엘프 분들이 아닙니까?"

"본인은 리엔입니다. 그리고 이쪽은 본인의 여동생인 리에네입니다."

지목을 받자 리엔은 곧바로 휴트로 일행에게 자신과 동생을 소개했다. 휴트로, 네리안느, 유리시아드 역시 엘프를 직접 보는 게 처음인지 호기심 어린 표정으로 엘프 남매를 쳐다보았다. 하지만 나로서는 휴트로 일행 옆에 앉아 있는 땅딸보 할아버지에게 관심이 갔다. 느낌상 그 땅딸보 할아버지가 드워프일 것 같았기 때문이다.

"근데 옆에 계신 분은 누구세요?"

난 최대한 정중한 어조로 땅딸보 할아버지를 바라보며 문자 내 물음에 휴트로가 대답했다.

"이분은 사우스브릿지 산맥 드워프 족의 장로님이시다."

"쿠탈파다."

휴트로의 말이 끝나기가 무섭게 드워프 할아버지는 자신의 이름을 밝혔다. 태도가 상당히 거만하긴 했지만 그의 얼굴이 크고 흰 수염도 너저분하게 나 있어 오히려 그런 태도가 더 어울리기는 했다.

하하, 쿠탈파라고 했던가? 아무튼 쿠탈파 씨는 키가 작고 나이 먹은 해리 형님 같군. 얼굴도 크고 코도 둥글하니 크고 허리가 굵직하고 몸의 근육도 큰데? 저 할아버지가 날 한 대 쳤다가는 한 방에 뼈가 부러지겠다. 그나저나 내가 매지스트로 마법학교의 도서실을 관리하게 된 후로 해리 형님을 많이 보진 못했군. 뭐, 가끔씩 쓰레기 버리러 갈 때 만나기는 하지만 그 외의 시간에는 만난 적이 없던 것 같은데? 흠… 솔직히 내가 해리 형님을 찾아가더라도 할 말도 없고 할 일도 없으니 …. 역시 난 너무 사람을 가리나?

"그런데 왜 모두 이곳에 있는 거예요? 설마 페르키암을 퇴치하러?"

호기심 많은 우리의 슈아로에가 휴트로 일행을 보며 질문을 던졌다. 천막 안에는 작전 회의를 위한 듯한 긴 테이블과 여러 개의 의자가 배치되어 있었기 때문에 우리들은 각자 의자를 골라 테이블 쪽에 자리잡았다. 우리들이 모두 앉자 휴트로가 슈아로에의 질문에 대한 대답을 했다. 슈아로에가 귀족의 자제라는 점 때문에 휴트로는 슈아로에에게 존칭을 사용했다.

"몬스터들이 잠시 잠잠해져서 이리저리 돌아다니다가 페르키암에 대한 소식을 듣고 이리로 온 것입니다. 유리시아드와 쿠탈파 씨와는 이곳에서 만났죠."

"그럼 유리시아드 씨도 페르키암을 잡으러 온 거예요?"

슈아로에는 시선을 유리시아드에게 돌렸고, 유리시아드는 조용히 고개를 끄덕였다.

"응, 나도 마법사협회 소속이니까 이런 일이 벌어지면 참여해야 되거든."

잉? 유리시아드가 마법사협회 소속?

"유리시아드, 마법사협회 소속이었어? 자유기사 아니야?"

"자유기사이지만 마법사협회 소속이에요. 협회 소속도 아닌데 내가 마법학회에 참여할 수 있을 것 같아요?"

유리시아드는 마치 '생각 좀 하고 살아요'라는 표정을 지으면서 말했다. 두 달이나 지났건만 유리시아드가 날 싫어하는 건 여전해서 난 찍소리도 하지 못하고 한쪽 구석에 찌그러져 있어야 했다. 그러는 동안 오랜만에 만난 회포를 풀기라도 하려는 듯이 모두들 정겹게 대화를 나누었다. 대화의 스타트를 먼저 끊은 사람은 소성녀 네리안느였다.

"리엔 씨, 리에네 씨라고 하셨죠? 엘프는 이름을 가지고 있지 않다고 들었는데 이름을 가지고 계시군요."

"레지스트리와 슈아로에가 지어준 이름입니다."

"성스러운 건틀렛을 찾기 위해 여행 중이신가요?"

"…그렇습니다."

네리안느가 단 한 번에 자신들의 여행 목적을 맞혀 버리자 리엔은 조금 놀란 표정을 지었다. 말로는 그렇다고 말하고 있었지만 눈으로는 '어떻게 알았지? 사실대로 불어!' 라고 말하고 있었다. 그런 리엔의 요구에 부응하기 위해 네리안느는 자신의 추리 과정을 공개했다.

"엘프는 인간들의 세계에 잘 내려오지 않아요. 그래서 엘프를 본 사람이 별로 없죠. 그런 엘프가 인간 세계에 내려왔다는 것은 뭔가 중요한 일이 있어서라고 생각할 수 있어요. 그리고 최근 노스브릿지 산맥의 엘프 족이 성스러운 건틀렛을 잃어버렸다라는 소문이 전 대륙에 퍼져 있지요. 그 두 가지를 연관시키면 쉽게 알 수 있는 사항이에요."

뭐, 맞았으니까 할 말 없지만 원래 오비이락(烏飛梨落) 식의 사고방식은 정말 위험하다고. 리엔과 리에네가 심심해서 내려온 것일 수도 있잖아? 아니면 결혼 상대를 찾으러 온 것일지도 모르지. 잉? 그럼 드워프 족 장로 쿠탈파 씨는 왜 온 거야? 내가 보기엔 쿠탈파 씨는 마법이나 정령술 같은 것보다는 힘으로 밀어붙이는 전사 스타일인데? 설마 드래곤을 맨손으로 때려잡으려는 생각?

"쿠탈파 씨는 페르키암을 잡으려고 오셨어요?"

"음? 나?"

우리들의 대화에 참여할 생각이 없었던 쿠탈파는 내가 갑자기 말을 걸자 조금 의외라는 표정을 지었다. 말투는 상당히 거만했지만 내 말을 무시하지는 않았다.

　"물론이지. 드래곤이 집 앞에서 날뛰고 있는데 가만히 놔둘 수 있겠냐?"

　"그러네요. 근데 쿠탈파 씨는 뭘로 페르키암을 공격할 생각이에요? 설마 그 등에 매어 있는 무기로?"

　난 쿠탈파의 등에 매어 있는 이상한 무기를 가리켰다. 길고 동그란 쇠막대기에 큰 쇠 공을 꽂아놓고 그 쇠 공에 큰 도끼 날을 달고 가장 위쪽에 검날을 꽂아 넣은 무기였다. 쿠탈파는 자신의 등에서 그 이상한 무기를 꺼내 들고 씨익 웃었다.

　"이건 내 동생 놈이 만들어준 무기다. 내가 '쿠탈파의 가시'라고 이름 붙였지."

　"……."

　어이, 보통 자신의 무기에 자신의 이름은 안 붙이지 않수? 그리고 '가시'는 또 뭐여? 생선 가시? 아무리 봐도 가시는 안 보이는데?

　"잘 보라고."

　내가 무기 이름에 의혹의 표정을 보내자 쿠탈파는 무기의 손잡이 쪽을 누르는 모션을 취해 보였다. 그러자,

　차창—!

　날카로운 소리와 함께 쇠 공에서부터 어른 손가락만 한 날

카로운 철심이 튀어나왔다. 아무래도 철심이 쇠 공 속에 숨겨져 있다가 무슨 스위치를 누르면 쇠 공 속의 용수철이 작동해서 철심이 튀어나오는 것 같았다. 어쨌든 그 속도가 매우 빨랐기 때문에 사람의 살 정도는 아주 가볍게 뚫어버릴 것 같은 느낌이 들었다.

철컹!

쿠탈파가 손잡이에서 손을 떼자 나왔던 철심이 도로 쇠 공안으로 들어갔다. 처음에는 몰랐는데, 자세히 쇠 공을 쳐다보니 철심이 나올 때는 구멍이 열리고 철심이 들어갈 때는 다시 구멍이 닫히는 구조였다.

오오, 저거 철심이 튀어나오는 속도에 맞춰서 구멍을 열고 닫고 하는 게 쉽지는 않을 텐데 그 타이밍을 잘 맞춘 무기구먼. 저건 드워프들이 직접 만든 건가? 내가 마법학회에 참석하면서 여행을 하긴 했지만 저런 무기 종류는 본 적이 없었으니……. 역시 드워프들의 작품인 것 같군.

"카카카, 놀랐지? 내 동생 놈이 손재주가 죽이도록 좋아서 이런 무기를 잘 만든다."

쿠탈파는 만족스럽다는 듯이 껄껄 웃었다. 난 그런 쿠탈파를 향해서 질문을 던졌다.

"드워프들은 손재주가 좋은가 보죠?"

"음? 손재주?"

내 질문을 받자 순간 쿠탈파의 웃음이 멈추었다. 왠지 쿠탈파의 심기를 건드린 것 같은 느낌이 들어서 난 순간적으로 움찔했다. 그러나 쿠탈파는 나에게 불만을 표출하지 않고 엘프 남매들을 바라보며 거칠게 입을 놀렸다.

"드워프들은 제각각 가진 재주가 달라. 동생 놈처럼 손재주가 좋은 드워프도 있고, 나처럼 힘이 센 드워프도 있지. 죄다 똑같은 옷을 입고 죄다 똑같은 얼굴에 죄다 똑같이 정령술을 사용하는 엘프들하고는 달라도 한참 다르지!"

"……."

"난 아무리 엘프들을 봐도 누가 누군지 구별을 하지 못하겠어. 남자든 여자든 죄다 똑같이 생겼으니 구별을 할 수가 있나. 저러다가 자기 마누라도 구별 못하는 거 아닌지 몰라."

"……."

쿠탈파가 빈정거리듯이 말을 해도 엘프 남매는 조용히 그를 바라보기만 했다. 하지만 그들의 눈빛이 조금 흔들리고 있는 걸로 봐서는 쿠탈파의 말을 불쾌하게 생각하고 있는 듯 보였다. 그래서 난 즉시 쿠탈파의 관심을 다른 곳으로 돌렸다.

"그럼 드워프 족은 생김새가 다 달라요?"

"음? 그야 물론이지. 나처럼 잘생긴 드워프도 있고, 빼빼 말라서 볼품없는 드워프도 있거든. 엘프 놈들은 자기들이 잘생기고 예쁘다고 하지만 드워프가 보기에는 추남에 추녀일 뿐이야."

오호, 그렇단 말이야? 그 얘기를 들으니 갑자기 궁금증이 치솟는걸?

"드워프들은 어떻게 생긴 사람, 아니, 어떻게 생긴 드워프를 미인으로 쳐요?"

"여자라면 자고로 풍만해야지. 동글한 얼굴, 큰 가슴, 풍만한 엉덩이… 이 정도라야 미인 소리를 듣지."

하하, 왠지 어르신들에게서 많이 듣는 말인 듯한…….

"그래요? 저도 드워프 족의 미인을 꼭 보고 싶네요. 나중에 소개해 주세요."

"……!"

내가 그렇게 말하고 나자 모두들 놀란 표정으로 날 쳐다보았다. 그것은 마치 '그런 여자 쪽에 관심이 있었어?' 라는 분위기였다.

"레지 군이 풍만한 여자를 좋아하는지 몰랐어요."

"의외로군요. 이상형이 그런 쪽이었나요?"

"……."

슈아로에와 레이뮤는 뭐라 설명할 수 없는 오묘한 눈빛으로 날 쳐다보며 그렇게 말했다. 평소라면 그냥 웃어넘겼겠지만 쿠탈파가 진짜로 믿고 자신의 딸이나 손녀를 소개해 주면 매우 곤란하기 때문에 난 내 이상형에 대해 확실히 했다.

"저는 그냥 드워프들은 어떤 드워프를 미인으로 생각하는지 궁금해서 그런 거예요. 저도 사람이니까 보통 사람들하고 똑같이 날씬한 여자가 좋다구요."

"레이뮤님이나 슈아로에 양처럼?"

"예, 그렇… 에?"

난 아무 생각 없이 대답하다가 뭔가 이상함을 느끼고 급히 말문을 닫았다. 나에게 물음을 던진 사람은 투명한 면사포 속에서 빙긋 웃고 있는 네리안느였다. 살짝 시선을 돌리니 슈아로에의 얼굴이 조금 붉어진 것이 보였다. 이대로라면 상황이 조금 뻘쭘하게 될 것 같아서 난 즉각 네리안느에게 반격을 가했다.

"날씬한 여자니까 네리안느 씨와 유리시아드도 포함되죠."

"그렇네요."

하지만 네리안느는 내 반격을 받고도 싱긋 웃기만 했다. 그녀에게 타격을 전혀 주지 못했다는 것에 울분을 삼키고 있을 때 유리시아드가 발끈하여 소리쳤다.

"내가 왜 그쪽 이상형에 포함되어야 하죠?! 불쾌해요!"

"아니, 뭐… 싫다면 말고."

하도 유리시아드가 불쾌한 표정을 지어서 난 슬그머니 꼬리를 내렸다. 그런 내가 불쌍했는지 휴트로가 유리시아드를 말리며 내 편을 들어주었다.

"어이, 저 녀석은 그냥 예를 든 건데 너무 흥분하지 말라고."

"흥!"

휴트로의 만류에 유리시아드는 날 향해 코방귀를 갈기며 말문을 닫았다. 두 달 정도 못 본 사이에 날 더욱 싫어하게 된 것 같아 나로서는 마음이 아팠다. 아무리 그래도 몇 주간 같이 한방을 쓰던 사이가 아니었던가!

번뜩—!

순간 유리시아드의 눈에서 살기가 뻗어 나왔다. 그래서 난 급히 잡생각을 제거하고 유리시아드의 시선을 피했다. 사랑 싸움이라고 보기에는 유리시아드의 감정이 너무 노골적이었기 때문에 도리어 쿠탈파가 당황한 표정을 지었다.

"너, 저 여자한테 뭐 잘못했냐?"

"아뇨. 처음 만났을 때부터 저랬는데요."

"거참, 이상한 여자로군."

"그렇죠?"

나와 쿠탈파가 서로 맞장구를 치자 유리시아드의 눈썹이 꿈틀거렸다. 하지만 그렇다고 쿠탈파에게까지 살기를 보내지는 않았다. 오히려 날 더욱 밟아 죽일 듯한 시선으로 노려봤을 뿐이었다.

흐엉, 너무해. 왜 나만 노려보는 거야? 아무리 내가 마음속 깊은 곳에 야시시하고 므흣한 욕망을 가지고 있다지만 그걸 밖으로 표출하지 않으면 되는 거 아니야? 나보다 더 야시시하고 므흣한 생각을 하는 사람들이 얼마나 많은데!

"그런데 이 인원으로 페르키암을 잡는 건가요, 아님 더 기다리는 건가요?"

유리시아드의 공세에 좌절해 있는 날 무시하며 슈아로에가 휴트로 등에게 질문을 하자 그 질문에 휴트로가 대답했다.

"이 인원으로 드래곤을 잡는다는 건 불가능합니다. 그래서 마법사들이 더 올 때까지 여기서 기다려야죠."

"이 천막에서 자는 거예요?"

"아니, 저기에 임시로 지은 건물이 있는데 거기서 잘 겁니다. 식사는 옆 마을에서 조달을 받으니까 먹을 만하구요."

"몇 명이서 자는데요?"

"두 명씩 자야 됩니다. 그러고 보니 동침 파트너를 정해야겠군요."

휴트로는 그렇게 말하더니 자기 마음대로 짝을 정해 버렸다.

"대마법사님과 이안트리 양이 한방을 쓰고 유리시아드와 소성녀가 같은 방을 쓰면 될 겁니다. 그리고 미안하지만 엘프 분은 두 같은 방을 쓰십시오. 나와 저 녀석이 한방을 쓸 거고, 쿠탈파 씨는 덩치가 크니까 독방을 쓰십쇼."

잉? 내가 휴트로 씨하고 같은 방? 흠, 아무래도 키는 슈아로에만 해도 덩치는 누구보다도 큰 쿠탈파 씨와 같이 자는 것보다는 늘씬한 휴트로 씨와 같이 자는 게 낫겠지.

"자, 이제 점심 식사하러 갑시다!"

휴트로는 자신이 일행의 리더인 양 모든 행동을 결정했다. 그러나 그러한 그의 결정에 반대하는 사람은 아무도 없었다. 특별히 휴트로를 리더로 인정한다기보다는 딱히 할 것도 없고, 여기 상황도 잘 모르기에 그냥 휴트로의 결정에 따르는 것이었다. 일단 그렇게 버지에서의 하루가 시작되었다.

……

점심 식사를 마치고 정찰 겸 사우스브릿지 산맥을 훑어보았지만 페르키암은 모습을 나타내지 않았다. 페르키암이 자신의 레어에서 나오지 않고 있다는 레이뮤의 말을 듣고 우리들은 페르키암이 나올 때까지 마을에서 기다리기로 했다. 온갖 마법이 걸린 레어로 쳐들어가는 것은 자살 행위이기 때문이었다. 어쨌든 버지 마을에서 딱히 할 것도 없이 마냥 페르키암을 기다리자니 무시 심심했다. 게다가 다른 마법사들이 이곳에 도착할 때까지는 시간이 걸리기 때문에 함부로 움직일 수도 없었다.

"할 일이 없네요."

도로 천막으로 복귀해 멀뚱히 앉아 있던 나는 참지 못하고 입을 열었다. 군대에서 멍하니 앉아 시간 보내기를 지겹도록 해서 기다리는 게 어렵지는 않았지만 캐논 슈터를 완성하고 싶다는 생각에 시간이 아까웠던 것이다. 그런 날 보며 휴트로가 고개를 갸웃했다.

"뭐, 할 거 있냐?"

"그냥 마법 좀 개발하려구요. 가만히 앉아서 기다리는 것보다는 뭔가를 하는 게 낫잖아요?"

"마법 개발?"

"예. 그럼 전 밖에서 놀고 있을게요."

난 그렇게 말해놓고 천막 밖으로 나왔다. 어차피 내가 있어 봤자 전력에 보탬이 되지는 않기 때문에 혼자 시체 놀이를 해도 날 말릴 사람이 없을 것이란 확신이 있었다. 문제는 내 예상대로 날 말린 사람은 없었지만 날 따라나온 사람은 많았다는 점이다.

"왜 전부 나왔어요?"

난 내 뒤를 졸졸 밟고 있는 사람들을 보고 기겁했다. 기껏해 봐야 슈아로에 정도가 날 따라나올 것이라 생각했는데 천막에 있던 사람들 전부가 날 따라나왔기 때문이다.

"레이뮤 씨하고 슈아로에는 마법사니까 그렇다 쳐도… 리엔과 리에네 씨는 쿠탈파 씨에게 성스러운 건틀렛을 빼앗아 간 자에 대해서 얘기를 나누면 되잖아요? 어차피 페르키암을 잡고 나서는 그쪽으로 갈 생각이니까요."

"그 건에 대해서는 이미 이야기를 마쳤습니다. 아무 일도 없다고 합니다."

잉? 언제 얘기를 했냐? 사우스브릿지 산맥에 정찰 갔을 때 했나? 쥐도 새도 모르게 밀담을 나눴군.

"네리안느 씨하고 휴트로 씨는 마법하고 거리가 멀지 않나요?"

"레지스트리 군이 어떤 마법을 개발하려고 하는지 궁금해서 따라나왔어요."

"난 소성녀의 경호 때문에."

아니, 신력을 사용하는 사람하고 무공을 사용하는 사람이 마법을 봐서 뭐 하려고? 아, 그리고 보니 리엔 쇼크에 이어서 디바인포스에 대해서도 실험해 봐야 하는구나. 이 기회에 네리안느를 빡시게 굴려야겠군.

"쿠탈파 씨는?"

"나 혼자 앉아 있기 심심하니까."

흠, 할 말이 없구려. 마음대로 하세요.

"저쪽 가서 할게요."

난 모두를 이끌고 페르키암이 난농을 부린 폐허지로 향했다. 애초에 복구가 불가능할 정도로 폐허가 되어 있어 여기다 마법을 작렬시킨다 해도 별 상관 없을 것 같았다. 그래서 난 폐허지 중에서 작은 언덕이 있는 곳으로 가서 자리를 잡았다.

흠, 여기서 언덕까지는 대략 100미터 정도 되니까 파이어볼이 폭발해도 여기까지 폭발력이 미치지는 않겠지. 이미 추진 마법은 전부 단축키로 저장시켜 놨으니 탄알만 있으면 되는데 내 마나량으로는 어림없겠군. 뭐, 마침 슈아로에도 있으니까 힘 좀 빌릴까?

"슈아, 잠깐 이리로 와볼래?"

"네."

내 요구에 슈아로에는 아무런 불만 없이 내 쪽으로 걸어왔다. 슈아로에가 내 자리까지 걸어왔을 때 난 슈아로에의 등 뒤로 돌아가 그녀의 어깨에 두 손을 얹었다. 예상하지 못한 내 행동에 슈아로에는 당황했지만 내 손을 뿌리치지는 않았다. 대신 얼굴을 붉히며 입을 열었다.

"뭐, 뭘 하려고요?"

"케논 슈터. 내가 추진 마법을 사용하고 슈아가 탄알 마법을 사용해야 하니까 기준 좌표를 일치시켜야지. 그러려면 가능한 붙어 있어야 하고. 왜, 하기 싫어?"

"아니, 그건 아닌데……."

슈아로에는 자신의 뒤에 속이 시커먼 남자가 서 있어서 그런지 여전히 안절부절못했다. 그래서 난 그녀의 불안감을 없애기 위해 진담 섞인 농을 건넸다.

"어? 그러고 보니 슈아, 꽤 키가 자랐네? 한 5센티미터는 자란 것 같다."

"그, 그래요?"

"다행히 아직 성장기구나. 난 슈아의 성장이 완전히 끝나서 더 이상 안 크겠구나 하고 생각했는데."

"무슨 뜻이에요?"

키 얘기를 꺼내자 슈아로에는 날 흘겨보며 볼멘소리를 했
다. 어쨌든 그렇게 슈아로에의 불안감이 사라졌기 때문에 난
곧바로 탄알 마법의 사용을 부탁했다.

"그럼 시작하자. 목표는 저기 언덕이고, 발현은 저번에 푸
가 체이롤로스에게 사용했던 것처럼 해줘."

"…알았어요."

진지한 내 표정에 슈아로에는 할 수 없다는 듯이 고개를 끄
덕이며 시선을 언덕 쪽으로 돌렸다. 그리고는 파이어 볼 코드
를 외우기 시작했다.

"Create space hotball, mapping elevenfold fire, create
space road, animate space road."

그녀가 사용한 코드는 푸가 체이롤로스와의 전투 때와 똑
같은 것이었다. 그리고 그때처럼 파이어 볼의 크기를 20㎝ 정
도로 작게 해서 파이어 볼의 파괴력을 극대화시켰다. 소형의
파이어 볼이 슈아로에의 정면에 생성되어 막 이동을 시작했
을 때 난 즉시 추진 마법을 실행시켰다.

"Execute 추진!"

퍼펑! 퍼펑!

'추진' 이라는 저장 공간에 폭발 마법을 응용한 추진 마법
을 저장시켜 놓은 상태였기 때문에 실행 명령이 떨어지자 곧
바로 폭발이 일어났다. 추진력을 받은 파이어 볼의 날아가는
속도를 계산해서 폭발 마법의 위치와 시간을 지정한 것이고,

10미터에 걸쳐 총 다섯 번의 폭발이 파이어 볼의 양쪽에서 터지도록 설정해 놓았다. 지금 사용한 추진 마법은 파이어 볼이 눈높이에서 직선으로 10미터 이상 날아갈 때를 가정해서 만든 것이기 때문에 그 외의 경우에는 사용하기 불편했다. 그러나 지금 상황에서는 쓰기 딱 좋았다. 그렇게 가속을 받은 파이어 볼은 100미터를 5초 내에 주파할 정도로 거침없이 날아갔고, 마침내 언덕과 충돌했다.

콰아아아아아앙―!

충돌하자마자 굉장한 폭음과 함께 언덕에서 어마어마한 폭발이 일어났다. 마치 핵폭탄이라도 떨어진 듯이 맹렬히 일어나는 폭발을 보고 나를 비롯한 일행 모두가 넋을 잃었다.

그러나 그 감상도 잠시, 언덕 쪽에서 뿜어져 나오는 폭발력과 충격파가 우리 쪽으로 날아오는 모습이 보였다. 그것은 땅바닥이 마구 파여지고 있는 것에서 충분히 알 수 있었다.

잉? 100미터나 떨어져 있는데 후폭풍이 날아오는 거야? 말도 안 돼. 푸가 체이롤로스 때하고 똑같은 위력의 파이어 볼인데? 아무리 추진 마법을 추가했다고는 하지만 이렇게 위력이 달라지는 거야? 에이, 설마…….

"레아실프!"

"위험해요! 모두 조심해요!"

리에네와 레이뮤의 외침이 들린 순간, 100미터를 뛰어넘은 후폭풍이 우리들을 덮쳤다. 난 그때까지 멍하게 있다가 번쩍 정신을 차리고 슈아로에를 끌어안은 채 등을 돌렸다. 순간적으로 푸가 체이롤로스 때의 재탕이라는 생각이 들었다.

카카카카칵—

뭔가 찢어지는 소리와 함께 우리들의 양옆으로 후폭풍이 지나갔다. 그것은 마치 누군가가 우리들의 정면에 서서 후폭풍을 막아낸 것이라는 느낌이었기 때문에 난 후폭풍이 잠잠해지자마자 정면으로 시선을 돌렸다.

"……!"

우리들 앞에 서 있는 것은 초록색의 빛을 띠고 있는 사람 크기의 실프였다. 후폭풍이 덮치기 전에 리에네가 레아실프를 소환하는 소리를 들었기에 저 실프는 리에네의 실프라는 것을 깨달았다. 단지 여태까지 작은 실프만 보다가 처음으로 큰 실프를 보는 것이라 난 넋을 잃고 실프를 쳐다보았다.

"괜찮아요, 레지 군?"

"어? 아… 어, 괜찮아."

넋을 잃은 나에게 슈아로에가 말을 걸어왔고, 난 그때서야 정신을 차리고 슈아로에를 놓아주었다. 바로 그 순간, 날렵하게 날아온 휴트로가 내 멱살을 움켜잡으며 소리쳤다.

"얌마! 위력적인 마법을 쓸 거면 쓴다고 미리 말해줬어야지! 놀랬잖아! 소성녀가 다치기라도 했으면 어쩔 뻔했어? 앙?!"

"으, 저도 놀라는 중인데요……."

"장난하냐? 네놈이 모르면 누가 알아? 앙?!"

"으윽, 진짠데……."

휴트로는 거칠게 내 멱살을 잡고 흔들었고, 힘없는 나는 마냥 당하기만 했다. 그때 레이뮤가 내 곁으로 오더니 시선을 언덕 쪽에 둔 채 약간 떨리는 목소리로 입을 열었다.

"무섭군요……. 캐논 슈터가 이 정도의 파괴력을 가지고 있었다니……."

"……?"

그 말을 듣고 나와 휴트로는 레이뮤의 시선을 따라 언덕 쪽을 쳐다보았다. 하지만 내 앞에는 레아실프가 버젓이 서 있었기 때문에 난 약간 자리를 이동했다. 그렇게 언덕 쪽을 쳐다보았을 때 난 경악하고 말았다.

허억! 언덕이 깨끗하게 날아가 버렸잖아? 게다가 엄청나게 큰 구덩이까지 파였군. 저거 지름이 50미터도 넘을 것 같은데? 위력 약한 추진 마법으로 속력을 높였을 뿐인데 위력에서 이렇게 차이가 나? 물론 운동에너지는 속력의 제곱에 비례하니까 그런 것이겠지만… 그래도 이 정도까지 위력이 강해지다니……. 놀래라.

"말도 안 돼……."

나와 마찬가지로 슈아로에 역시 믿을 수 없다는 표정을 지었다. 자신이 직접 사용한 파이어 볼이기 때문에 원래라면 언덕을 어느 정도 붕괴시킬 수 있으리라고 예상했는데 아예 언덕을 날려 버렸으니 놀라지 않을 수 없었던 것이다.

"이야, 마법이란 거 정말 무섭군. 작은 언덕을 그냥 날려 버리다니……."

쿠탈파는 놀랍다는 듯이 입을 열었다. 그러나 그런 쿠탈파의 생각에 유리시아드가 태클을 걸었다.

"아니에요. 그 어떤 마법사도 이런 파괴력을 지닌 마법을 사용할 수 없어요."

"음? 무슨 뜻이지? 저놈이랑 저 여자 애는 썼잖아?"

"그래서 더 이해할 수 없어요. 저런 말도 안 되는 마법을……!"

유리시아드는 머리가 아픈지 눈살을 찌푸리며 이마를 짚었다. 그리고 마법에 대해서 잘 모르는 다른 사람들도 놀란 표정을 짓고만 있었다. 그들의 놀람을 신정시키기 위해서 난 멋쩍은 웃음을 지으며 입을 놀렸다.

"아하하, 생각보다 위력이 강해서 그만……. 폭발의 여파가 여기까지 올 줄은 몰랐어요. 잘못 썼다가는 아군까지 피해를 입겠네요. 다음부터는 조심할게요."

"……."

이런, 왜 모두 표정을 안 풀어? 원래 캐논 슈터는 추진 마법을 사용하지만 여기에 바람의 정령이 어시스트를 해주면 속력이 더 빨라져서 더 큰 파괴력을 낼 수 있다고. 근데 그 소

리를 했다가는 이 인간들, 뒤집어질 것 같다. 조용히 있어야
지.

　웅성웅성.

　폐허지에서 일어난 강력한 폭발에 버지 마을 사람들이 두
려움에 떨면서 자기들끼리 웅성거렸다. 처음에는 '가뜩이나
폐허된 마을을 더욱 폐허로 만들다니 저 미친놈!' 이라면서
날 욕하는 줄 알았다. 그러나 마을에서 제일 처음 보았던 촌
장인 듯한 할아버지가 우리들에게 다가와서 한 말은 그게 아
니었다.

　"사실 아무리 마법사들이 많이 모인다고 해도 드래곤을 잡
을 수 있을지 걱정했는데 이제 좀 안심이 됩니다. 꼭 드래곤
을 잡아주시기 바랍니다."

　"카카, 걱정 마쇼! 그놈의 드래곤쯤이야 때려잡으면 되니
까 말이오!"

　모두들 입을 다물고 있을 때 쿠탈파가 기분 좋게 웃으면서
촌장 할아버지에게 승리를 장담했다. 그런 쿠탈파의 행동을
보니 쿠탈파는 드래곤을 상대해 본 적이 없는 것 같다. 해츨
링 잡는 데도 고생했다던 레이뮤의 말을 들었다면 저런 장담
은 못 할 것이란 생각이 들었기 때문이다.

　"이제 또 할 것이 남아 있나요?"

　쿠탈파가 너털웃음을 터뜨리고 있을 때 레이뮤가 나를 보
며 물음을 던졌다. 원래대로라면 이쯤에서 오늘 실험을 마쳤

겠지만, 마침 불행히도 실험 재료들이 모두 한자리에 모인 상태였기 때문에 난 이 기회에 실험을 실행하기로 했다.

"휴트로 씨, 네리안느 씨, 잠깐 도와주셨으면 하는데요."

"……?"

내가 자신들을 필요하다고 하자 두 사람은 고개를 갸웃했다. 무술인과 사제가 마법사에게 어떤 도움을 줄 수 있는지 의아해했기 때문이다. 난 그런 두 사람에게 미리 준비해 두었던 종이쪽지를 바지 주머니에서 꺼내어 건네주었다. 큰 종이를 여러 번 접어 작게 만든 종이쪽지에는 리엔과 리에네 때와 마찬가지로 실험용 파이어 월 코드가 적혀 있었다. 휴트로는 종이쪽지를 펼친 후에 내용물을 확인하고 한마디를 툭 던졌다.

"뭐냐?"

"그냥 거기 적혀 있는 글을 소리 내서 읽어주시면 돼요."

"읽기만 하면 되냐?"

"예."

단순히 음독을 하라는 말에 휴트로는 어이없는 표정을 지었다. 하지만 지금 당장 할 게 없다는 것 때문에 내 부탁을 거절하지는 않았다.

"알았다. 읽지."

그렇게 대답한 휴트로는 종이쪽지에 적힌 다양한 버전의 변형 파이어 월 코드를 읽기 시작했다. 휴트로가 읽기 시작하자 옆에 있던 네리안느 역시 내 부탁대로 코드 낭독에 들어갔다. 일단 그들이 처음 읽은 것은 리엔과 리에네가 읽고 성공시킨 '모음+코드' 조합이었다. 그러나 그것에는 두 사람 모두 아무런 변화를 보이지 않았다.

"크레아테 복스, 위드쓰 제로 도트 오네……."

이번엔 코드를 철자 그대로 읽는 그리스 식이었다. 이번 역시 휴트로에게는 그 어떤 변화도 없었다. 하지만 네리안느에게는 큰 사건이 일어났다.

화악—

네리안느가 철자 그대로 코드를 읽었을 때 그녀의 눈앞에서 약 10초간 정육면체의 불덩어리가 타올랐다. 그것을 보고 난 회심의 미소를 지었고, 나머지 사람들은 경악의 표정을 지었다.

"어, 어떻게 소성녀님이 마법을……?"

"소성녀는 신력을 사용하잖아?"

"네, 네리안느……!"

슈아로에, 쿠탈파, 휴트로는 제각각 한 마디씩 하며 이 상황을 어떻게 해석해야 하는지에 대해서 고민했다. 엘프 남매와 레이뮤 역시 놀란 표정을 짓고 있었지만 이미 리엔 쇼크를 경험했기 때문인지 그 충격을 잘 흡수하고 있었다. 그렇게 따지면 슈아로에 역시 충격을 덜 받아야 하지만 사제가 마법을 사용할 수 있다는 사실을 부정하고 싶은지 마냥 경악하고 있을 뿐이었다.

"아, 내가 지금 마법을 쓴 건가요?"

네리안느 자신도 믿어지지 않는지 10초 정도 타올랐다 사라진 파이어 월을 보다가 나에게로 시선을 돌리며 물었다. 웬만한 상황이 아니면 항상 미소를 짓는 네리안느의 얼굴에는 이미 웃음기가 사라져 있었다. 그런 네리안느를 보며 난 분명한 어조로 말을 했다.

"예, 네리안느 씨는 지금 간단한 파이어 월 마법을 사용한 거예요."

"하, 하지만 나는 매직포스를 전혀 느낄 수 없는걸요. 어떻게……?"

"저기 있는 리엔 씨와 리에네 씨도 이미 마법을 사용한 적이 있어요. 스피릿포스밖에 느낄 수 없는 정령술사가 마법을 사용한 거죠. 마찬가지로 니바인포스만 느끼실 수 있는 사제도 마법을 사용할 수 있죠. 네리안느 씨가 그 증거구요."

"……!"

엘프 남매도 마법을 사용했다는 말에 네리안느는 진위 여부를 묻듯이 두 사람을 쳐다보았다. 그러자 리엔과 리에네는 거의 동시에 고개를 끄덕였다.

"그렇군요……."

엘프 남매의 증언과 자신의 경험으로 인해 네리안느는 현 사건을 사실로 받아들였다. 일단 모두들 진정이 되었다고 판단한 나는 휴트로에게 계속해서 종이쪽지를 읽을 것을 종용했다. 네리안느는 확인됐지만 휴트로는 아직 확인되지 않았기 때문이다.

......

마침내 휴트로가 종이쪽지에 적힌 모든 변형 코드를 읽었다. 하지만 네리안느와 달리 휴트로는 그 어떤 변형 코드에도 반응을 보이지 않았다. 그것은 내공이라는 것이 음성에 반응하지 않음을 나타내는 것이었다. 만약 그렇지 않다면 내공 실행 언어는 내가 모르는 다른 언어, 예를 들어 중국어 같은 것에 연관되어 있을 수도 있었다. 그러나 모르는 언어에서 실마리를 찾을 수는 없었기 때문에 내공의 변환은 다음 기회로 미루어야 했다.

흠, 뭐, 할 수 없지. 가능하면 이 기회에 내공까지 모두 아우르고 싶었지만 신력의 실행 코드를 파악한 것에 만족해야겠다. 이제 남은 건 상호 간의 변환뿐인가.

"레지스트리 군은 이걸로 뭔가를 알아냈나요?"

내가 득의의 웃음을 짓는 걸 봤는지 레이뮤가 날 보며 물음을 던졌다. 물론 각 포스 간의 상호 변환이 가능하다는 점을 알아냈지만 중요한 것은 상호 변환 코드를 찾아내는 일이기 때문에 확실히 알아냈다고 보기에는 무리가 있었다. 그래서 난 대강의 사실만을 말했다.

"확실하지는 않지만 매직포스, 디바인포스, 스피릿포스 모두 서로 바꿔 사용할 수 있는 상호 변환 코드가 있다고 생각해요. 이제 그걸 가능하게 하는 코드를 찾아서 코딩을 해야죠."

"……."

이제 코드 개발 시작이라는 말에 레이뮤와 슈아로에는 안도하는 표정을 지었다. 아마도 엘프 남매나 네리안느가 마법을 사용할 수 있음을 보고 이미 내 코드 개발이 끝났겠구나 하고 생각했는데 아니라니까 마음이 놓이는 모양이었다.

훗, 지금은 안심하겠지만 이제 곧 있으면 덜덜덜 할걸? 코드 모음집을 보다가 쓸 일 없겠구나, 하고 넘어간 코드들이 꽤 있었거든? 그중에 상호 변환 코드의 실마리가 되겠구나 생각해서 찍어놓은 게 몇 개 있다구. 그걸 잘 조합하면 금방 코드가 완성될걸? 기대하라구.

콰아아아아앙! 콰앙! 콰아앙 !

그때였다. 느닷없이 우리의 시야에 들어오는 사우스브릿지 산맥의 반대쪽 면에서 매우 강력한 폭발이 일어났다. 그것도 한 번이 아닌 여러 번 일어났다. 가장 약하게 느껴진 폭발의 강도가 나의 캐논 슈터보다 두 배 정도 강한 것이었으니, 그런 폭발이 여러 번 일어나자 산 자체가 붕괴되기 시작했다.

"이 마나 파장은 대체……!"

폭발 지점으로부터 흘러나오는 마나 파장의 강도가 매우 강했기 때문에 레이뮤의 눈빛이 크게 흔들렸다. 지금 느껴지는 마나 파장은 푸가 체이롤로스가 소환될 당시에 느꼈던 마나 파장 따위와는 격이 달랐다. 푸가 체이롤로스 소환 당시의 마나 파장을 큰 웅덩이에 개미 한 마리가 떨어진 것에 비유한다면, 지금의 마나 파장은 큰 웅덩이에 큰 돌멩이가 떨어진 셈이었기 때문이다.

크으, 흘러나오는 마나 파장만으로도 온몸의 세포가 뒤틀리는 느낌이군. 설마 이 힘을 사용하고 있는 게 페르키암인가? 만약 페르키암이 마법을 사용하면서 내는 마나 파장이 지금 이 마나 파장이라면… 나 그냥 이 자리에서 도망간다!

쿠와아앙―!

산이 붕괴되고 엄청난 양의 먼지가 휘날리는 동안 마지막이라 느껴지는 굉장한 폭발이 일어났다. 그 폭발의 여파로 인해 사우스브릿지 산맥의 산 너댓 개가 깨끗이 날아가 버렸다. 작은 언덕을 날려 버렸던 내 캐논 슈터는 지금 폭발에 비교하면 완전히 애들 장난 수준이었다.

"어서 가보도록 해요!"

사태 파악을 위해서인지 레이뮤가 가장 먼저 움직였다. 그 뒤를 이어 휴트로, 네리안느, 쿠탈파, 엘프 남매가 따라나섰다. 레이뮤를 제외한 그들이 그렇게 선뜻 나설 수 있는 이유는 그들이 매직포스를 느끼지 못하기 때문이었다. 매직포스를 느끼지 못하니 방금 전의 그 말도 안 되는 마나 파장을 못 느낀 채 산이 붕괴되는 폭발 현장만 목격한 것이다. 반면 나와 슈아로에는 솔직히 사건 현장으로 가기 싫었다. 그 마나 파장을 발생시킨 존재와 대면하고 싶지 않았기 때문이다. 하지만 이미 레이뮤가 먼저 움직인 관계로 나와 슈아로에는 울며 생마늘 씹어 먹기 식으로 따라갈 수밖에 없었다.

탁탁탁―

우리는 이곳 산길에 익숙한 쿠탈파를 선두에 세워 폭발 현장으로 향했다. 폭발이 일어난 지점이 사우스브릿지 산맥의 반대쪽 면이라 처음엔 뛰어갔지만 나중에는 뛰는 것에 지쳐 걸어가야만 했다. 그렇게 죽어라 걸은 끝에 약 다섯 시간 만에 폭발 지점에 도착할 수 있었다.

"여기다……!"

산 자체가 무너져 내려 없어져 버린 평지에 도착한 우리는 이리저리 시선을 돌리며 어떤 존재가 있는지를 살펴보았다. 하지만 폭발이 워낙 강했던 탓에 온갖 깃이 흙과 뒤섞여 있어서 뭐가 있는지 없는지 확인하기가 어려웠다.

"이미 전부 가루가 된 것 같은데요?"

난 대충 현장을 둘러본 뒤에 레이뮤에게 그렇게 보고했다. 사실 자세히 보고 싶은 마음도 없었다. 자세히 보다가 마나 파장의 주범이 나타나기라도 하면 큰일이니까. 열심히 주위를 살펴보던 일행들도 아무것도 찾아내지 못했다고 레이뮤에게 보고했다. 레이뮤 자신도 찾아낸 것이 없었기 때문에 결국 아무것도 없다는 결론을 내려야만 했다.

"그렇군요. 이 정도의 폭발 속에서 온전히 살아남을 수 있는 것은 어디에도 없을 테니까요."

"내 얘길 하는 것이오?"

우수수―

그때 거의 흔적만 남아 있던 나무 사이로 사람의 목소리가 들려왔고, 뒤이어 흙과 나뭇잎이 들춰지는 소리가 났다. 그 어떤 생명체라도 살아남지 못할 것이라 생각한 곳에서 사람의 목소리가 들려오자 우리 모두 머리털이 곤두서는 느낌을 받았다.

"누구십니까?"

레이뮤는 흙과 나뭇잎을 떨어내고 일어난 사람에게 신원 확인을 요청했다. 그 사람은 몸을 비틀비틀거리며 대답했다.

"이 근처를 지나가던 평범한 노인이외다. 크음, 갑작스런 폭발에 휘말려서 죽을 뻔했소."

그의 말대로 그는 평범한 노인의 모습을 하고 있었다. 하지만 폭발에 휘말린 탓인지 그의 옷은 여기저기 뜯어지고 그을린 상태였고, 그의 몸에는 군데군데 상처가 나 있었다. 하지만 생명이 위험할 정도의 부상은 아닌 듯해 보였다.

"왜 여길 지나가고 있었죠?"

난 노인의 말을 믿지 않고 심문을 시작했다. 일단 그 폭발 속에서 살아남았다는 게 신기했고, 이 시간대에 이런 외진 곳에 힘없는 노인이 올라와 있다는 사실이 의심스러웠기 때문이다. 하지만 노인은 내 심문을 매우 가볍게 무시했다.

"이름없는 노인이 무엇을 하든지 무슨 상관이오? 신경 쓰지 마시오."

터벅터벅!

투박하게 대답한 노인은 비틀거리는 걸음걸이로 우리들에게서 멀어지려고 했다. 겉보기에는 별 부상이 아닌 것 같았지만 노인의 내상은 생각보다 심각한 모양이었다.

"할아버지, 그냥 가지 말로 치료받고 가세요!"

노인의 부상이 꽤 심각하다는 것을 알고 난 할아버지를 불러 세웠다. 하지만 내가 불러 세우기도 전에 노인은 제자리에 풀썩 주저앉아 버렸다. 그것을 보고 네리안느가 황급히 뛰어가 노인의 어깨에 손을 얹고 치유의 노래를 부르기 시작했다.

"당신에게 힘을 줄게요~ 나의 노래를 들어보아요~"

"음......"

치유의 노래가 시작되자 노인은 얕은 신음을 내질렀다. 옆에서 듣고 있는 나 역시 방금 전까지 산속을 헤쳐 오느라 쌓였던 피곤함이 깨끗이 사라져 가는 것을 느꼈다. 그러나 나보다는 노인의 상처 회복 속도가 매우 빠르게 진행되어 갔다. 겉으로도 노인의 상처가 모두 아물어가는 모습이 확연히 보였다. 네리안느의 노래가 부상 회복에 직방이라는 걸 느꼈는지 투박하게 굴던 노인도 움직이지 않고 조용히 네리안느의 노래를 경청했다.

"…이제 괜찮아지셨나요?"

노래를 끝내고 네리안느가 노인에게 몸 상태를 물었다. 그러자 노인은 쓴웃음을 지으며 입을 열었다.

"내가 인간에게 도움을 받게 되다니… 허허, 참……."

노인의 말속에는 허탈함이 담겨 있었다. 하지만 난 그것보다도 노인의 '인간에게' 라는 말이 매우 신경 쓰였다. 그것은 마치 노인 자신은 인간이 아니라는 소리로 들렸기 때문이다.

"어이, 노친네! 방금 폭발이 뭣 때문에 일어난 거냐? 페르키암이 또 난리 친 거냐?"

노인이 허탈한 표정을 짓고 있든지 말든지 쿠탈파는 단도직입적인 질문을 던졌다. 그러나 노인은 첫 번째 질문은 넘겨버린 채 두 번째 질문에만 퉁명스럽게 대답했다.

"페르키암 따위가 이 정도의 힘을 낼 수 있을 거라 생각하오?"

잉? 페르키암 따위? 마치 페르키암을 알고 있다는 저 말투, 그리고 외모는 평범하지만 절대 평범하지 않은 말투와 행동……. 어쩌면 저 노인은 드래곤이 사람의 모습으로 변한 것일 수도 있고, 아니라면 단순한 정신 이상자겠지.

"당신들, 페르키암을 잡으러 왔소?"

우리들의 질문에 건성으로 대답했던 노인이 도리어 우리들에게 질문을 던졌다. 눈에는 눈, 이에는 이 식으로 하려고 내가 입을 열려는 찰나 레이뮤가 한발 앞서서 대답을 해버렸다.

"그래요. 이미 광포화된 페르키암을 제거해야 더 이상의 피해를 받지 않으니까요."

"후후, 광포화라……."

그 말을 되뇌이며 노인은 쓴웃음을 지었다. 그러다가 마치 비웃는 듯한 어조로 물음을 던졌다.

"당신들은 드래곤이 왜 광포화되는지 아시오?"

잉? 그 말은 할아버지가 드래곤의 광포화 이유를 알고 있다는 소리?

"할아버지는 알고 있어요? 광포화의 이유?"

난 호기심을 가지고 할아버지의 말을 되받았다. 드래곤 광포화의 원인을 알게 되면 그것을 해결하는 방법도 알아낼지 모른다는 기대감이 들었기 때문이다. 그렇게 내가 관심을 보이자 노인은 나를 다짓으로 돌리고 다시 한 번 질문을 던졌다.

"당신은 왜 드래곤이 광포화되었다고 생각하오? 그에 대해서 생각해 본 적 있소?"

"광포화 전염병 아니면 광포화 유전병, 둘 중 하나라고 생각되는데요."

"전염병은 아니오. 드래곤은 병이란 것에 절대 걸리지 않는 존재이니까."

"그럼 유전병이겠네요."

"드래곤은 완성된 존재이오. 유전이란 건 불완전한 존재가 환경에 적응하기 위해 만들어낸 수단일 뿐이오."

"······!"

헉! 지금 이 할아버지, 유전이란 걸 알고 있는 건가? 천재 축에 속하는 레이뮤 씨나 슈아로에도 모르는 유전 개념을 알고 있다? 대체 이 할아버지 정체가······!

"유전병도 아니라면··· 어떤 드래곤이 다른 드래곤을 지배하기 위해서 수를 부리고 있는 게 아닐까요?"

난 노인의 정체를 뒤로한 채 다른 하나의 가설을 내놓았다. 그러나 노인은 내 가설을 가볍게 무시했다.

"아무리 가장 강력한 드래곤이라 하더라도 다른 드래곤의 정신에 침입해 광포화시키는 짓은 할 수 없소. 그리고 드래곤은 지배하는 것에는 관심이 없기 때문에 그런 야망을 가지고 있는 드래곤 또한 없소."

"······."

일개의 인간이 드래곤에 대해 잘 알고 있다는 듯이 말하고 있음에도 불구하고 난 그 말을 곧이곧대로 받아들이고 있었다. 이미 마음속으로 노인의 정체가 드래곤이라 생각하고 있기 때문이었다.

"에··· 그 외에는 잘 모르겠네요."

더 이상의 가설을 세울 게 없어서 난 항복을 선언했다. 그러자 노인은 혼잣말처럼 중얼거리기 시작했다.

"드래곤은 자연이 만들어낸 창조물. 강하고 아름다우며 현명한 완벽한 생물. 그런 생물을 없앨 수 있는 존재는 무엇이라 생각하오?"

"설마… 신?"

"신 따위는 이 세계에서 드래곤의 상대가 되지 않소. 왜 신과 악마가 물질계로 내려오지 못한다고 생각하오? 그들은 드래곤을 무서워하기 때문에 물질계로 오질 못하는 것이오."

"……!"

신과 악마가 드래곤을 무서워한다?

"무슨 소리요? 신과 악마는 물질계에서 충돌이 일어나면 물질계가 붕괴될 것을 우려해서 내려오지 않는 것 아니오?"

가만히 노인의 말을 듣고 있던 휴트로가 반론을 제기했다. 하지만 노인은 비웃음을 흘렸다.

"그 말을 믿소? 왜 신은 인간들에게 자신의 사상과 이념을 전달하여 신도를 늘리려 들며, 악마는 제물을 통해서 소환되는 형식을 채택했다고 생각하오?"

"…뭣 때문이오?"

"그건 드래곤의 존재 때문이오. 이 물질계에서는 드래곤이 신이나 악마보다 더 강력하기 때문에 그들이 물질계에 내려오지 못하는 것이오. 아무리 강력한 힘을 가진 신이나 악마라 하더라도 물질계로 내려온 순간 그 힘은 굉장히 줄어들기 때문이오."

"힘이… 줄어든다?"

그 말에 모두들 의문을 표시했다. 하지만 노인은 그것에 대해서는 더 이상의 설명을 하지 않았다.

"신이나 악마조차 두려워하는 드래곤을 누가 없앨 수 있다고 생각하오? 자연이 만들어낸 창조물은 자연밖에 없앨 수 없소. 알겠소?"

노인의 말에는 힘이 실려 있었다. 마치 자신의 말이 진실인 듯한 자신감있는 어조. 그러나 쿠탈파는 노인의 말을 곧이곧대로 듣지 않았다.

"무슨 헛소리냐? 네가 무슨 드래곤 대변인이냐? 아니면 네가 드래곤이라도 된단 말이냐?"

"허허, 난 그냥 사실대로 얘기했을 뿐이오. 믿고 안 믿고는 당신들 자유."

쿠탈파의 거친 말에도 노인은 여유로웠다. 난 자연이 드래곤을 없앤다는 말에 의문을 품고 노인에게 추가 질문을 하려 했지만 노인은 나에게 질문할 틈을 주지 않았다.

"어쨌든 방금 전의 폭발로 페르키암이 움직일 것이오. 당신들의 그 미약한 힘으로 페르키암을 잡을 수 있을 거라 생각하오?"

노인의 얼굴에는 '인간 따위가 어떻게 드래곤을 잡아?'라는 표정이 떠올라 있었다. 그 표정을 보고 욱한 쿠탈파가 호기롭게 소리쳤다.

"흥! 못 잡을 것도 없지!"

그 말을 들은 노인은 너털웃음을 터뜨렸다.

"허허, 죽기 싫으면 지금 당장 돌아가는 게 좋을 것이오. 아무리 광포화되어 이성을 잃었다고는 하나 드래곤은 드래곤이니까 말이오. 겨우 그 정도의 인원으로 페르키암을 잡을 것이란 기대는 아예 하지 마시오. 뭐, 죽고 싶다면 말리지 않겠지만 말이오."

"아니, 이 노인네가 보자 보자 하니까!"

여전히 비꼬는 노인의 말투에 화가 난 쿠탈파가 노인의 멱살을 움켜잡았다. 난 순간적으로 노인이 어떤 기술을 써서 쿠탈파의 손을 피할 것이라 생각했지만 노인은 쿠탈파에게 순순히 멱살을 붙잡혀 주었다. 그렇지만 멱살을 붙잡혀도 노인의 표정은 여전히 여유로웠다.

"힘없는 늙은이를 때릴 생각이오?"

"이익!"

같이 늙어가는 처지라는 점 때문인지 쿠탈파는 차마 주먹을 쓰지 못하고 끙끙거리기만 했다. 그러다가 결국 노인의 멱살을 풀어주고는 변명하듯이 한마디 했다.

"말뿐인 노인네를 때려봤자 힘만 빠지니 봐주마."

"허허, 말뿐이라 미안하구려."

열을 내는 쿠탈파와는 반대로 여유가 흘러넘치는 노인. 그 모습을 보면서 난 더욱 노인의 정체가 의심스러워졌다. 노인에게는 그 어떤 힘도 느껴지지 않았지만 나로서는 노인이 일부러 자신의 힘을 숨겨놓고 있다는 느낌을 받았다. 뭔가 믿는 구석이 없으면 저렇게 여유로운 모습을 보이기는 힘들기 때문이었다. 그런 생각을 하면 할수록 노인의 정체가 드래곤이라는 느낌이 점차 강해져만 갔다.

"할아버지는 이제 어떻게 하실 거예요?"

난 쿠탈파를 진정시킨 후 노인에게 향후 행동에 대해서 물었다. 그러자 노인은 의외로 순순히 대답해 주었다.

"난 페르키암을 보러 온 것이니 당신들과 함께 있겠소. 뭐, 그래 봤자 페르키암이 금방 모습을 드러낼 것이라 당신들과 오래 있을 수는 없겠지만 말이오."

"……!'

일개 인간이 드래곤을 보러 왔다는 말에 나를 제외한 일행 모두 놀라고 말았다. 하지만 난 노인이 자신의 동료를 보러 온 것이란 생각이 들어서 남몰래 노인의 말에 수긍하고 있었다. 자신과 긴 세월을 함께했던 동포가 광포화에 걸린 모습을 보러 왔다는 풍경이 내 머릿속에 펼쳐진 것이다. 물론 다른 사람들은 나와 다른 생각을 하는 듯했다.

"드래곤이 무슨 애완동물인 줄 아나? 응?"

쿠탈파는 여전히 노인을 향해 불만을 표출했고, 노인은 여유롭게 받아쳤다.

"쉽게 볼 수 없는 존재이기 때문에 보러 온 것이오."

"그러다 죽으면 어쩌려고?"

"이미 살 만큼 살았는데 죽으면 어떠오?"

"……"

말재주가 없는 쿠탈파인지라 노인의 말을 당해내지 못하고 있었다. 쿠탈파와 노인의 말다툼이 어느 정도 잠잠해지자 난 또다시 노인에게 질문을 던지고자 했다. 그러나 그런 나의 시도는 의외의 복병에 의해 무산되고 말았다.

"……!"

우리들이 서 있는 곳에서 멀리 떨어지지 않은 곳으로부터 강한 마나 파장이 흘러나오기 시작했다. 비록 그 마나 파장이 방금 전에 발생했던 마나 파장에 비해 훨씬 약한 것이라 하더라도 푸가 체이롤로스 때보다는 강한 것이었다.

"이 마나 파장… 설마 페르키암?"

심상치 않은 마나 파장을 느낀 레이뮤가 중얼거리듯 입을 열자 노인이 당연하다는 표정을 지으며 맞장구를 쳤다.

"페르키암이 아니며 뭐겠소?"

"아……!"

마침내 페르키암이 활동을 개시했다는 말에 우리 모두 잔뜩 긴장했다. 사실 노인의 말대로 정말 페르키암이 활동을 시작한 것인지 아닌지는 확인할 수 없었지만 뭔가 변화가 일어나고 있다는 느낌이 강하게 들어 긴장하지 않을 수 없었다. 특히 마법을 사용하는 나와 슈아로에, 레이뮤, 그리고 유리시아드는 어느 한 지점에서 흘러나오는 마나 파장을 느끼고 있는 관계로 긴장감이 다른 사람들보다 더 심했다. 뭔가 마법을 쓴 것도 아니고 단순히 레어에서 빠져나와 움직이려는 것일 텐데도 이 정도의 마나 파장이 나온다는 것에 놀랐기 때문이다.

크아아!!

마나 파장이 흘러나온 직후 마나 파장의 근원지로 추정되는 지점에서 괴성과 함께 하나의 생물이 하늘로 날아오르는 모습이 관측되었다. 약간 떨어진 거리였음에도 불구하고 그 생물체가 드래곤이라는 확신을 가졌다. 흡사 박쥐 날개와도 비슷한 거대한 양 날개, 몸통보다 긴 꼬리, 도마뱀을 몇백 배 뻥튀기시킨 것 같은 몸 구조. 이리 봐도 저리 봐도 드래곤이 분명했던 것이다.

잉? 근데… 페르키암으로 추정되는 저 드래곤, 몸 색깔이 녹색이네? 그럼 그린 드래곤인가? 저번에 레이뮤 씨는 레드 드래곤의 해츨링을 봤다고 했는데… 레드 드래곤과 그린 드래곤 중에 어떤 게 더 세지? 일반적인 색 관념으로는 레드 드래곤이 우위겠지만 매지스트로에서는 레드 케이프보다 그린 케이프가 상위니까 어쩌면……!

"슈아, 레드 드래곤이 강해, 아니면 그린 드래곤이 강해?"

난 궁금증을 참지 못하고 슈아로에에게 질문을 던졌다. 드래곤이 눈앞에서 배회하는 이 상황에서 태연히 질문을 하는 날 보고 슈아로에는 어이없다는 표정을 짓기는 했지만 내 질문을 무시하지는 않았다.

"그야 그린 드래곤이 더 강하죠. 그린 드래곤보다 블루 드래곤이 상위이고, 가장 강력한 드래곤은 화이트 드래곤이라구요. 우리 학교에서 괜히 케이프 색깔을 그런 식으로 했을 것 같아요?"

"아, 그렇구나."

하하, 보통 빨간색일수록 강할 거라는 관념이 박혀 있어서 이 세계에서의 색 관념하고 헷갈린다. 아무리 매치를 해도 빨간색이 흰색보다 약하다는 건 납득이 안 가는군. 뭐, 빛 같은 경우에는 색을 전부 합하면 흰색이 되니까 그런 것일 수도 있겠지. 어쨌든 헷갈려.

크아아!!

내가 쓸데없는 감상을 하고 있는 동안 그린 드래곤 페르키암은 자신의 레어 주변을 빙글빙글 돌기 시작했다. 그것은 마치 '이제부터 무엇을 할까?' 하고 고민하는 듯한 모습이었다. 내 개인적인 바람으로는 페르키암이 방향 감각을 잃어서 똑같은 곳을 계속 빙글빙글 돌고 있다고 생각하고 싶었다. 그러나 그렇다고 보기에는 페르키암의 비행 폼이 너무 안정되어 있었다.

흐으, 광포화되어서 이성을 잃었다며? 근데 비행을 저렇게 안정적으로 할 수 있는 거야? 대체 광포화의 정확한 정의가 뭔데? 미쳤으면 방향 감각이나 그런 게 좀 불안해야 하는 거 아니야? 누가 나에게 광포화의 사전적 의미를 알려줘!

"어떡하죠, 레이뮤님?"

페르키암이 제자리에서 등속원운동을 하자 슈아로에가 레이뮤에게 결단을 촉구했다. 이대로 있으면 페르키암이 마음의 결정을 내리고 인간들이 사는 마을로 날아갈 확률이 매우 컸기 때문이다. 그러나 그렇다고 다른 마법사들이 합류하지도 않은 지금 이 시점에서 현재 인원만으로 페르키암을 제거한다는 것은 무리가 있었다. 그것이 레이뮤의 결정을 어렵게 만들었다.

"드래곤을 이 인원으로 막는다는 건……."

레이뮤의 갈등은 쉽게 끝날 기미가 보이지 않았다. 그린 드래곤보다 하위라는 레드 드래곤, 그것도 그 레드 드래곤의 해츨링하고 힘들게 싸웠다는 점이 레이뮤의 마음을 혼란스럽게 하고 있는 듯했다. 지금 페르키암을 막지 않으면 피해가 심해진다, 그렇지만 이 인원으로 페르키암과 싸웠다가는 전멸이다, 라는 생각이 레이뮤의 결정을 늦추게 만들고 있었다.

"결정을 내리지 않으면 최악의 결과만 초래될 것이오!"

그때 노인이 레이뮤를 향해 싸늘한 일갈을 날렸다. 노인에게까지 한소리를 듣자 레이뮤는 결국 하나의 결론을 내렸다.

"우선 페르키암의 폭주를 막는 데 주력하기로 해요. 어차피 이 인원으로 페르키암을 제거할 수는 없으니 최대한 다치지 않는 선에서 페르키암을 막아요."

"하지만 어떻게 막죠, 지금 하늘 위에 떠 있는데?"

슈아로에는 레이뮤에게 구체적인 방법을 요구했다. 그녀의 말대로 하늘의 떠 있는 페르키암을 공격할 수단은 거의 없었다. 그 점에 대해 레이뮤는 하나의 제안을 내놓았다.

"우선 페르키암의 시선을 이쪽으로 돌려야 해요. 일단 선제 공격은 내가 할 테니 다른 분들은 페르키암의 반격에 대비해요. 아마 자신이 가지고 있는 최대의 능력을 발휘해야만 페르키암의 공격을 막아낼 수 있을 거예요."

"방어는 본인과 리에네가 하도록 하겠습니다."

레이뮤의 제안을 듣고 엘프 남매가 방어 역할을 자청했다. 마법의 달인인 페르키암의 공격을 마법으로 막는 것보다는 정령술로 막는 게 더 낫다는 생각이 들었기 때문에 우리들은 두 사람에게 방어를 맡기기로 했다.

"레아노움!"

"레아실프!"

리엔과 리에네는 각각 정령 중에서 방어 기술을 펼칠 수 있는 땅의 정령과 바람의 정령을 소환했다. 그사이 레이뮤는 페르키암을 향해 파이어 볼을 발사했다. 여기서 페르키암까지의 거리가 거의 500미터 정도는 되었지만 레이뮤의 파이어 볼은 형태를 유지한 채 페르키암에게까지 날아갔다. 어차피 그걸로 페르키암을 떨어뜨릴 생각이 아니고 단순한 시선 끌기용이었기 때문에 파이어 볼의 위력은 약했다.

퍼엉!

느리게 날아가던 파이어 볼이 페르키암의 근처에 도달하자 뭔가에 걸린 듯이 그대로 폭발했다. 아마도 그것이 레이뮤가 말했던 전방위 방어 마법인 듯했다. 일단 자신을 향해 파이어 볼이 날아오자 페르키암은 공중을 돌다가 우리 쪽으로 곧장 날아오기 시작했다.

쉬이이잉—

처음부터 반격을 가할 것이라는 예상과는 달리 페르키암은 단순히 우리들의 위를 한 번 훑고 지나갔다. 그러나 몸통 길이만 10미터가 넘고 꼬리 길이가 10미터 정도 되는 데다가 목과 얼굴까지 합하면 총 길이가 25미터를 넘어서는 그 거대한 생물체가 한 번 지나가자 굉장한 강풍이 불었다. 다행히 바람에 날아갈 정도의 위력은 아니었기 때문에 엘프 남매는 아무런 방어 능력도 사용하지 않았다. 하지만 단순히 스쳐 지나가는 것뿐인데도 두려움을 줄 수 있다는 사실에 드래곤이 새삼 무섭게 느껴졌다.

크아아!

우리의 위를 스쳐 지나갔던 페르키암은 하늘 높이 솟아오른 후 허공에서 멈추었다. 그것은 누가 보더라도 공격을 위한 자세임을 알 수 있었다. 그래서 우리들이 잔뜩 긴장한 엘프 남매의 뒤로 황급히 숨었을 때 페르키암의 입에서 녹색의 덩어리가 뿜어져 나왔다. 그것은 드래곤의 마법 공격이라기보다는 드래곤이 본래 가지고 있던 브레스 공격인 듯했다.

"방어!"

리엔과 리에네는 동시에 외치며 땅의 정령과 바람의 정령에게 방어막을 펼치도록 명령했다. 사람 크기만 한 할아버지 정령의 레아노움은 땅을 일으켜 우리들의 앞을 가렸고, 사람 크기만 한 레아실프는 강력한 바람을 겹겹이 쌓아 레아노움의 방어벽 뒤에 방어막을 설치했다.

콰앙—!

순간 페르키암의 녹색 브레스가 레아노움의 방어벽에 부딪쳤고, 강한 폭발음과 함께 녹색의 가스가 사방으로 퍼져 나갔다. 페르키암의 녹색 브레스와 부딪치자 레아노움의 방어벽은 산산조각이 났고, 레아실프의 바람의 방어막으로 간신히 녹색의 가스를 밀쳐 낼 수 있었다.

쉬익쉬익—

사방으로 퍼진 녹색의 가스는 닿는 모든 물건을 부식시키기 시작했다. 순간적으로 난 그 녹색의 가스가 페르키암의 위액일지도 모른다는 생각을 했다.

으윽, 더럽게 위액을 뱉어서 공격을 하다니……. 차라리 깔끔하게 마법으로 공격하면 얼마나 좋아? 어쨌든 위액 공격이 안 통했으니 이제 마법을 쓰겠지? 그걸 막아내느냐, 못 막아내느냐가 중요하겠군.

크아아!

자신의 1차 브레스 공격이 막히자 페르키암은 화가 난 듯이 길게 울부짖었다. 그리고는 또다시 우리들을 향해 녹색 덩어리를 뱉어내었다. 한 번 막힌 공격을 또 전개하는 페르키암이 어리석어 보이기는 했지만 우리쪽 상황도 그렇게 썩 좋은 편은 아니었다.

"방어!"

콰앙―!

아까의 재탕처럼 레아노움이 땅의 방어벽을 치자 레아실프가 그 뒤를 받쳤다. 그러나 이번에는 처음과는 달리 땅의 방어벽이 완전히 깨지고 레아실프의 방어막만이 아슬아슬하게 브레스를 막아냈다. 페르키암의 브레스 공격은 기본 공격인 탓에 그 위력이 전혀 줄어들지 않았지만 우리들의 방어는 최대의 힘을 사용한 것이기 때문에 횟수가 거듭되면 거듭될수록 방어력은 낮아질 수밖에 없었다. 만약 이대로 페르키암이 브레스만으로 공격해 오고 우리가 막아내는 시나리오로 전개된다면 우리들이 패배하게 될 것은 불을 보듯 뻔했다.

젠장, 어떻게든 저 드래곤 녀석을 땅으로 떨구기만 한다면 내 캐논 슈터로 어느 정도 충격을 줄 수 있을 것 같은데 저렇게 하늘에 떠서 공격만 하고 있으니 어떻게 할 수가 없잖아!

스릌—

그때 휴트로가 허리춤에 둘둘 말은 철제 검집에서 연검을 빼 들었다. 그리고 하나의 구결을 외우기 시작했다.

"선해기(選亥氣), 위노궁(位勞宮), 전묘기(傳卯氣), 조법선(造法線), 동법선(動法線)!"

파앗—!

휴트로의 구결 낭독이 끝나자마자 연검에서 빛이 뿜어져 나왔다. 그 상태에서 휴트로는 페르키암을 향해 연검을 휘둘렀다.

슈아아앙—!

순간 연검으로부터 빛으로 둘러싸인 검기가 튀어나가며 곧장 페르키암을 향해 날아갔다. 그 속도는 섬광과도 같아서 웬만큼 운동 신경이 좋은 사람이 아니면 피하기 어려울 정도였다. 제3의 브레스 공격을 준비하고 있던 페르키암조차 그 섬광을 피하지 못했다.

카카칵—

크아아—!

검기가 페르키암의 방어 마법을 뚫어버리고 날개의 일부를 찢어버리자 페르키암이 비명을 지르며 땅으로 추락하기 시작했다. 아니, 추락이라기보다는 더 이상 날 수가 없어서 땅으로 안착하는 것처럼 보였다. 떨어지는 자세가 안정적이다 보니 그런 생각이 들었던 것이다. 하지만 페르키암은 땅으로 내려오면서 우리를 향해 브레스 쏘는 것을 잊지 않았다.

"방어!"

느닷없는 페르키암의 기습에 리엔과 리에네가 황급히 방어막을 펼쳤다. 그러나 황급히 펼친 데다가 이미 지친 상태였기 때문에 그들의 방어는 완벽하지 않았다.

콰앙—!

"크윽!"

"아악!"

소환했던 레아노움과 레아실프가 브레스에 녹아내리면서 리엔과 리에네 역시 비명을 지르며 땅바닥에 쓰러졌다. 술사와 정령 간의 관계는 상호 밀접하기 때문에 정령들이 충격을 받자 술사도 충격을 받은 것이었다. 그래도 정령들이 몸을 아끼지 않고 방어를 해준 덕분에 뒤에 있던 우리들은 페르키암의 녹색 브레스에 당하지 않을 수 있었다.

"네리안느 씨는 리엔과 리에네를 치유해 주세요! 휴트로 씨! 아까 전의 검기, 또 쓸 수 있어요?!"

페르키암이 땅에 내려앉기 직전, 난 네리안느에게 엘프 남매의 치료를 부탁했고, 휴트로에게 다음 공격을 할 수 있는지에 대해서 물어보았다. 드래곤의 방어 마법을 뚫을 정도이니 휴트로가 계속 공격을 퍼부으면 페르키암을 잡을 수 있을 것이란 생각이 들었기 때문이다. 그러나 휴트로는 내 생각과 달리 고개를 흔들었다.

"아까는 내 전 공력을 끌어올려서 날린 검기다. 이제 그 정도의 검기 공격은 할 수 없어. 그리고 내공이 모이려면 시간이 필요해."

으, 하긴 그 정도의 공격을 연속해서 날릴 수 있으면 인간이라 볼 수 없겠지. 어쨌든 휴트로 씨에게 기대할 수 없는 이상 남아 있는 인원으로 뭔가를 해야 하는데……

쿠웅—!

우리들이 뚜렷한 공격 방법을 찾고 있지 못하는 동안 페르키암이 마침내 땅 위에 안착했다. 하도 육중한 거구가 내려앉아서인지 지진이라도 난 듯이 땅이 흔들렸다. 그 순간을 노려 유리시아드가 공격을 시도했다.

"선해기(選亥氣), 위노궁(位勞宮), 전해기(傳亥氣), 정횡반반일(定橫半半一), 종반반일(縱半半一), 고반삼(高半三), 포해기(包亥氣), 성백(成百)!"

언젠가 휴트로가 연검을 곧추세울 때 써먹은 적이 있는 구결을 외우며 유리시아드는 페르키암을 향해 뛰어갔다. 근육 강화를 하지 않고도 유리시아드의 발걸음을 가볍고 빨랐다. 그녀의 검에서는 매우 밝은 빛이 감돌고 있었다.

크아아!

유리시아드가 자신을 향해 달려오자 페르키암은 자신의 몸 주변에 수많은 불덩어리를 형성시켰다. 그리고는 사방팔방으로 불덩어리를 발사했다. 표적은 분명히 자신의 앞에만 있는 데도 사방으로 파이어 볼 공격을 하는 페르키암을 보니 확실히 미쳐 있기는 미쳐 있구나 하는 생각이 들었다.

콰콰쾅—!

문제는 사방으로 날아가는 파이어 볼이 우리 쪽으로도 몇 개 떨어진다는 것이었다. 유리시아드는 날렵한 몸놀림으로 파이어 볼을 피해 가면서 페르키암에게 접근하고 있었지만 몸이 날렵하지 못한 나는 내 쪽으로 날아오는 파이어 볼을 피할 수 없었다. 아니, 그보다는 내 근처에 슈아로에와 레이뮤가 있어 나 혼자 피할 수 없다는 게 옳았다.

젠장! 지금 내 마나량은 추진 마법 때문에 남아 있는 게 별로 없어! 파이어 볼이 날아오니까 오브젝트에 Water 매핑을 하면 어떻게든 방어가 될 텐데 이 망할 놈의 마나 용량!

"Create space 장벽! mapping twentyfold! render ten!"

"Create space 장벽! mapping tenfold! render ten!"

그때 레이뮤와 슈아로에가 거의 동시에 마법을 사용했다. 그녀들이 실행 코드까지 읊는 사이에 시간은 파이어 볼이 거의 우리들에게 도달하려는 순간,

콰앙—!

레이뮤와 슈아로에가 만든 강력한 물의 장벽은 페르키암의 파이어 볼과 정면 충돌했고, 슈아로에가 만든 물의 장벽쪽이 허물어지며 폭발의 여파가 밀려왔다.

"꺄악!"

"으악!"

슈아로에와 나는 파이어 볼의 폭발에 휘말려 수 미터를 날아갔다. 레이뮤도 타격을 받았는지 안 받았는지 알 수는 없었으나 그 정도 폭발이라면 레이뮤에게도 어느 정도 타격이 갔을 것이란 느낌이 들었다.

"윽!"

땅에 떨어질 때 뭔가에 부딪쳤는지 왼쪽 팔이 부러지고 말았다. 팔이 부러진 것만으로도 상당히 고통스러웠지만 눈앞에 드래곤이 버티고 서 있다는 사실이 그 통증을 무시하게 만들었다. 이 정도의 고통에 허우적대다가는 페르키암의 다음 공격을 피할 수 없기 때문이었다.

크윽, 난 진짜 아무것도 못하는 건가? 리프레쉬 코드를 만들고 마나 생성 코드를 만들고 캐논 슈터를 만들면 뭐 해, 실전에서는 이렇게 무기력하게 무너지고 있는데?

크아악—!

그때 페르키암의 입에서 처절한 비명 소리가 들려왔다. 왼쪽 팔의 통증을 참으며 시선을 돌리니 페르키암의 왼쪽 다리에서 피가 분수처럼 쏟아지는 장면이 보였다. 그 옆에는 피범벅이 된 유리시아드가 서 있었다. 아니, 금방 페르키암의 꼬리가 날아왔기 때문에 유리시아드는 그 꼬리에 맞아 저만큼 날아가 버렸다.

크아아아—!

뼈가 드러날 정도로 심각한 부상을 입은 페르키암은 고통에 울부짖으며 아무 데나 대고 브레스를 발사했다. 그러나 그것은 그야말로 발광 수준이었기 때문에 그다지 위력적이지 않았다.

"……!"

그때였다. 브레스가 난무하는 가운데, 저 멀리서 오늘 만난 노인이 유유히 서 있는 모습이 보였다. 마치 우리들의 실력을 시험해 보기라도 하는 듯한 여유로운 얼굴이었다. 그 모습을 보고 있자니 나도 모르게 오기가 생겼다.

젠장, 드래곤인 당신은 지금 상황이 전혀 위험하지 않겠지만 우린 지금 목숨을 걸고 싸우고 있다고! '너희들의 실력으로 무슨 드래곤을 잡아? 라는 식의 표정은 짓지 마시지? 내가 어떻게든 저 페르키암을 쓰러뜨리고 말 테니까!

"네리안느 씨! 네리안느 씨!"

난 왼팔을 부여잡고 네리안느가 있을 만한 곳을 향해 소리를 질렀다. 마침 페르키암은 자신의 주변을 브레스로 초토화시키고 있는 중이었기 때문에 약간 떨어진 곳에 있는 우리들은 당분간 녀석의 공격을 걱정하지 않아도 되었다. 적이 어디 있는지 확인도 하지 않고 아무 생각 없이 공격을 퍼붓는 페르키암의 모습은 확실히 광포화와 딱 어울렸다.

"여기 있어요!"

내 목소리를 들었는지 거의 절반 이상 날아간 바위 뒤편에서 네리안느가 날 불렀다. 그녀 쪽에는 리엔과 리에네가 괴로운 표정으로 앉아 있었다. 일단 그들이 어느 정도 자신의 몸을 돌볼 수 있는 상태라는 것을 확인한 나는 이번엔 슈아로에와 레이뮤를 찾았다.

"슈아! 레이뮤 씨!"

맹목적으로 자신의 주변을 초토화시키던 페르키암이 뭔가를 생각해 냈는지 잠시 주춤거렸다. 그리고는 이내 강력한 마나 파장을 형성시키면서 마법을 사용하기 시작했다. 그 마법은 치유 마법이었다.

젠장, 이제 저놈도 어느 정도 정신을 차렸다는 뜻인가? 상처가 낫는 즉시 공격을 해올 텐데, 그러면 내 반격 시간도 없어져! 빨리 레이뮤 씨와 슈아를 찾아야…….

"여기예요!"

나에게서 멀리 떨어지지 않은 곳에서 레이뮤와 슈아로에의 모습이 보였다. 슈아로에는 폭발에 휘말린 탓인지 정신을 잃은 상태였고, 그런 슈아로에를 레이뮤가 끌어안고 있었다. 그래서 난 즉시 그녀들에게로 달려가 레이뮤와 함께 슈아로에를 네리안느 쪽으로 데려왔다. 내 왼쪽 팔이 부러지지 않았으면 나 혼자 옮길 수 있었을 텐데 부러진 왼팔이 한이었다.

"지금 페르키암은 부상을 치료하느라 당분간 공격을 하지 않을 거예요."

레이뮤는 슈아로에를 땅바닥에 눕히며 그렇게 말했다. 난 종적이 묘연해진 유리시아드와 휴트로도 찾아보고 싶었지만 지금은 1초라도 빨리 페르키암을 쓰러뜨려야만 했다. 그래서 난 즉시 일행에게 내 작전을 설명했다.

"일단 네리안느 씨는 우리들의 부상을 치유하는 데 전력을 다해주세요!"

"네!"

내 부탁을 받은 네리안느는 우리들에게 치유의 노래를 들려주었다. 치유의 노래가 시작되자 부러졌던 왼팔이 서서히 들러붙기 시작했다. 그러나 지금은 페르키암과의 속도전이었기 때문에 페르키암보다 먼저 치료가 되어야만 했다.

"아름다운 세상이 펼쳐져 있어요~ 용기를 잃지 말고 나아가 보아요~"

상황의 심각성을 알고 있는 네리안느는 자신의 신력을 쥐어짜 내어 노래를 부르고 있었다. 그것은 그녀의 아름다운 턱선에 맺힌 땀방울이 증명해 주었다.

"레이뮤 씨는 리프레쉬 코드를 사용하세요!"

"알았어요."

네리안느가 노래를 부르기 시작하는 시점에서 난 레이뮤에게 다른 지시를 내렸다. 그녀가 마나를 회복해야만 캐논 슈터의 탄알 마법을 구사할 수 있기 때문이었다. 레이뮤가 리프레쉬 코드를 발동시키는 것을 확인한 후 이번엔 리에네에게로 시선을 돌렸다.

"리에네 씨도 도와줘야 해요. 캐논 슈터의 추진제 역할을 바람의 정령이 해줘야 하니까요."

"네."

네리안느의 치유의 노래로 인해 부상이 많이 좋아졌는지 리에네의 목소리는 평소 때와 비슷했다. 나 역시 부러졌던 왼팔이 다 붙고 다른 상처도 깨끗이 나아 마음대로 활동할 수 있을 정도가 되었다. 확실히 네리안느의 치유 능력은 발군이라고 할 수 있었다.

크아아—!

그 순간 페르키암이 길게 소리를 질렀다. 그것은 다리 부상과 날개 부상이 다 나았으니 한번 날뛰어볼까 하는 의미의 괴성이었다. 이제 곧 페르키암의 반격이 시작될 참이었지만 우리에게는 아직 시간이 부족했다.

젠장, 지금 레이뮤 씨의 마나가 별로 보이지 않은 상태라 당장 공격해 봤자 녀석에게 얼마만큼의 타격을 줄 수 있을지 알 수가 없어. 그 일격이 실패하면 모두 죽게 된다고. 어떻게든 시간을 더 끌어야 하는데…….

"이 드래곤 놈아! 드워프 최고 장로 쿠탈파님이 상대해 주마!"

그때였다. 여태까지 어디 있었는지 보이지도 않던 쿠탈파가 페르키암을 향해 고래고래 소리를 질렀다. 그렇게 페르키암이 쿠탈파 쪽으로 시선을 돌리자 쿠탈파는 페르키암에게 모래주머니 같은 것을 하나 던졌다.

"이거나 처먹어!"

휘익—

쿠탈파의 강한 힘에 의해 모래주머니는 빠르게 페르키암에게로 날아갔지만 페르키암의 전방위 마법에 걸려 그대로 터져 버렸다. 그러나 모래주머니에서 터져 나온 가루가 페르키암의 온몸을 뒤덮었고, 그것은 페르키암의 오감을 마비시켰다.

크아아아!

눈이 보이지 않게 되자 페르키암은 꼬리를 이리저리 휘두르며 날뛰기 시작했다. 치유의 마법을 사용하느라 마법을 어느 정도 소진하고 브레스를 너무 남발해서 체력을 소진했는지 단순히 몸뚱아리 가지고만 날뛰고 있었다. 그러나 그 단순한 발광도 위력적이어서 땅이 마구 파이고 돌멩이가 날아다녔다.

"이놈!"

쿠탈파는 자신의 무기를 들고 페르키암을 향해 돌진해 들어갔다. 그러나 힘만 셌지 몸은 날렵하지 않아서 페르키암의 꼬리에 정통으로 얻어맞고는 허무하게 수십 미터를 날아가 버렸다.

크아아!

쿠탈파를 매우 간단히 꼬리로 날려 버린 직후 페르키암은 또다시 사방에 걸쳐 파이어 볼을 쏴대었다. 하지만 그 파이어 볼은 맨 처음 날렸던 것보다는 위력이 많이 약해 보였다. 어찌 됐든 사방으로 쏜 파이어 볼 중에서 하나의 불덩어리가 우리들이 은신해 있는 바위 쪽으로 날아왔다. 슈아로에가 정신을 잃고 있는 상태에서 몸을 피하기는 어려운 데다가 설령 몸을 피한다고 해도 다른 파이어 볼의 폭발권에 들어갈 확률이 컸기 때문에 이 자리에서 막아야만 했다.

"레아노움!"

절체절명의 순간, 힘을 비축해 놓고 있었는지 리엔이 또다시 땅의 정령을 소환했다. 그리고 자신의 모든 힘을 다해 땅의 장벽을 쳤다. 페르키암의 파이어 볼은 여지없이 땅의 장벽과 부딪쳤고, 그 순간 굉장한 폭발이 일어났다.

콰앙!

페르키암의 파이어 볼 공격이 약해져 있었던 탓인지 리엔의 레아노움은 사라지지 않고 파이어 볼을 막아내었다. 그렇게 파이어 볼을 막아내고 페르키암 쪽을 쳐다보니 페르키암은 다시 잠잠한 상태로 길게 울고 있는 중이었다. 의미를 알 수 없는 행동의 반복, 쓸데없는 공격. 확실히 페르키암은 미쳐 있었으며 그것은 나에게 반격할 시간을 제공해 주었다.

"레이뮤 씨! 리에네 씨! 이제 반격해요!"

"알았어요."

"네."

더 이상 시간을 지체할 수 없다고 판단한 나는 레이뮤, 리에네와 함께 바위 뒤쪽에서 나왔다. 페르키암과 우리와의 거리는 대략 50여 미터. 우리가 모습을 드러냈어도 페르키암은 여전히 괴성만 지를 뿐 제자리에서 움직이려 들지 않았다. 아마도 쿠탈파가 뿌린 모래주머니의 가루 때문에 방향 감각을 완전히 상실한 듯싶었다.

좋아, 일단 모든 조건은 완성됐다. 목표는 제자리에서 움직이지 않고 있고 목표와의 거리는 직선으로 50미터. 내가 실험용으로 완성한 캐논 슈터의 추진 마법을 사용할 수 있는 기본 조건. 슈아로에보다 강력한 파이어 볼 마법을 구사할 수 있는 레이뮤 씨도 있고, 추진력을 더욱 가속시켜 줄 정령술사 리에네도 있다. 지금이 캐논 슈터를 사용할 최적의 상태!

"레이뮤 씨! 최대한 강력한 파이어 볼 마법을 사용하세요!"

난 그렇게 말한 뒤 즉시 레이뮤의 등 뒤에 서서 그녀와 나의 축 좌표를 비슷하게 맞췄다. 레이뮤는 Break 코드로 리프레쉬 코드 실행을 중지시킨 뒤에 파이어 볼 코드를 힘차게 외쳤다.

"Create space hotball! mapping thirty fivefold! create space road! animate space road!"

제15장

의문의 노인

　　드래곤과 싸우는 건 확실히 힘들다. 일단 자동으로 펼쳐
져 있는 방어 마법을 뚫을 마법사외 그 뒤에 바로 추가타를
날릴 수 있는 마법사도 필요하다. 또한 부상 입은 드래곤의
발악적인 반격을 막아낼 마법사 역시 있어야 한다. 그리고 드
래곤의 반격을 막은 뒤에는 두 번째로 방어 마법을 부수고 유
효 공격을 할 수 있는 상태이어야만 한다. 즉, 인해전술 식으
로 계속 몰아붙이지 않으면 드래곤에게 반격할 기회를 주게
되고 그것은 파티원의 전멸을 의미한다.

　　지금 우리 일행이 처해 있는 상황도 그다지 좋지 않았다.
우선 휴트로와 유리시아드, 쿠탈파가 실종된 데다가 슈아로에는 실신 상태였고, 네리안느는 애초에 공격력 제로, 리엔은 페르키암의 반격을 막아내느라 지쳐 있었다. 즉, 쿠탈파의 정체 모를 가루 때문에 방향 감각을 잃고 제자리에 서서 머리를 세차게 흔들고 있는 저 그린 드래곤 페르키암에게 공격을 가할 수 있는 사람은 나, 레이뮤, 그리고 리에네뿐이었던 것이다.

화악—!

레이뮤는 자신의 마나를 최대한 활용하여 파이어 볼을 코딩했다. 이미 페르키암의 파이어 볼 공격을 물의 장벽으로 막아내느라 많은 양의 마나를 소모한 상태였기 때문에 리프레쉬 코드로 마나를 회복했다 하더라도 불 매핑이 35배에 그칠 수밖에 없었다. 하지만 레이뮤는 정신을 최대한 집중하여 파이어 볼의 크기를 10cm 정도로 작게 만드는 데 성공하여 보통의 파이어 볼보다 약 4,400배, 슈아로에의 반경 20cm, 매핑 11배의 파이어 볼보다 약 25배의 파괴력을 가지는 불덩어리를 형성했다.

"Execute 추진!"

레이뮤가 파이어 볼을 만들고 실행시키자마자 나 역시 추진 마법을 실행시켰다. 10m 이상 전방에 있는 표적 맞히기에 최적화되어 있는 추진 마법이라 페르키암과 전방 50m 정도 떨어져 있는 지금 상태에서 쓰기에 나쁘지 않았다.

퍼펑—! 퍼펑—! 퍼펑—!

추진 마법이 실행되자 파이어 볼의 양 측면에서 작은 규모의 폭발이 동시에 일어났다. 폭발이 세 번 일어난 시점에 난 리에네를 향해 소리쳤다.

"지금이에요!"

"강풍!"

레이뮤가 코딩하고 있을 때 미리 레아실프를 소환한 상태인 리에네는 내 지시를 받자마자 바로 레아실프에게 강풍 생성을 명령했다. 레아실프가 강풍으로 파이어 볼을 밀려고 하는 시점에서는 이미 추진 마법의 마지막 폭발이 일어난 뒤였다.

휘이잉―

슈웅―

추진 마법에 의한 추진력과 강풍에 의한 가속으로 인해 파이어 볼의 이동 속두는 100미터를 2초 인에 구파할 수 있을 정도로 빨라졌다. 맨 처음 캐논 슈터를 사용한 때보다 파이어 볼 자체의 위력이 스물다섯 배나 커진 데다 속도도 두 배로 늘었기 때문에 운동에너지의 속도 제곱비에 따라 종전보다 총 100배의 파괴력을 얻게 되었다.

크아아!

방향 감각은 상실했으나 자신에게로 날아오는 파이어 볼을 느꼈는지 페르키암은 파이어 볼을 정면으로 쳐다보았다. 하지만 파이어 볼의 속도가 빨라서 페르키암은 자신의 전방위 방어 마법으로만 캐논 슈터에 대항해야 했다.

쿠아아아앙—!

레이뮤의 파이어 볼과 페르키암의 방어 마법이 충돌하자 굉장한 폭발음과 함께 폭발력이 페르키암을 덮쳤다. 페르키암 쪽으로 빠르게 이동하던 파이어 볼의 관성 때문에 폭발력은 주로 페르키암을 휩쓸고 지나갔다. 그러나 그 폭발력 중에는 우리 쪽으로 되돌아오는 녀석도 있었다.

"방어!"

폭발의 후폭풍이 몰려오는 것을 보고 리에네는 지체없이 레아실프에게 방어막을 치도록 명령했다. 이미 한 번 캐논 슈터의 후폭풍을 경험해 봤기에 나올 수 있는 신속한 대처였다.

콰콰콰—!

무엇인가 세게 부딪치는 소리와 함께 후폭풍이 우리를 휩쓸었다. 만약 리에네가 힘을 소모하지 않았다면 이 정도의 폭발은 쉽게 막았을지도 모른다. 하지만 계속되는 전투로 인해 영력을 많이 소모한 상태였기 때문에 그녀 혼자만의 힘으로 첫 번째 캐논 슈터 때보다 가까운 위치에서 터져 나오는 이번 후폭풍을 막기는 무리였다. 그래서 난 약간의 남은 마나라도 리에네를 돕기 위해 사용했다.

"Create space 장벽! mapping quarter wind! render hundred!"

추진 마법에 많은 마나량을 할당해 버려서 난 본래 Wind 매핑을 4분의 1 수준으로 줄여야만 했다. 그것으로 리에네에게 얼마나 도움이 될지는 알 수 없었지만 아예 돕지 않는 것보다는 낫다는 생각에 사용을 결심했다. 그때,

"Create space 장벽! mapping triple wind! render hundred!"

네리안느 등이 숨어 있는 바위 쪽에서 소녀의 외침 소리가 들려왔다. 고개를 돌려 쳐다보지 않아도 그 목소리의 주인공이 누구인지 알 수 있었다. 우리에게 도움을 주기 위해 바람의 장벽을 펼친 그 사람은 다름 아닌 슈아로에였다.

"방어!"

슈아로에뿐만 아니라 리엔도 중간 크기의 에버노움을 소환하여 우리의 방어를 도왔다. 개개인의 힘은 미약하지만 그 힘이 모두 모이니 깨는 뉴터의 후폭풍에 대항할 수 있을 만한 방어력을 얻게 되었다.

콰콰콰!

후폭풍은 우리를 집어삼킬 듯이 거칠게 몰아쳤지만 우리의 방어벽을 뚫지는 못했다. 결국 후폭풍은 얼마 안 있어 사그라졌고, 많은 양의 먼지와 연기만이 주변을 자욱하게 메우게 되었다.

우우, 먼지. 이런 먼지 속에서 살다가는 폐렴으로 죽겠다. 그나저나 페르키암은 어떻게 된 거지? 내가 생각하기에 이 정

도의 파괴력이면 페르키암에게 어느 정도 타격을 줄 수 있을 것 같기는 한데……. 만약 이 공격이 전혀 먹히지 않았다면 냅다 도망가는 수밖에!

투툭, 툭.

하늘로 치솟았다가 떨어지는 돌들과 함께 먼지와 연기가 걷히기 시작했다. 어느 정도 주변의 사물이 보이기 시작했을 때 거대한 체구로 당당히 땅에 서 있는 페르키암의 모습이 내 눈에 들어왔다. 순간, '이제 끝이구나' 하는 생각에 좌절했지만 좀 더 정확히 페르키암을 쳐다보고는 크게 놀라고 말았다.

크르르!

본래 검은빛이 감도는 녹색의 피부였던 페르키암. 그러나 지금은 자신이 흘린 피로 완전히 검붉게 변해 있었다. 마치 화상을 입은 것처럼 대부분의 피부가 변질된 상태였다. 그리고 눈, 코, 입, 귀에서 아직도 피가 흘러나오고 있다는 것은 겉뿐만 아니라 내부도 상당히 망가졌다는 것을 의미하고 있었다. 그런 상태에서 아직도 서 있다는 게 신기할 정도였다.

"모두 괜찮아요?"

일단 페르키암이 움직일 수 없는 상태라는 걸 확인한 나는 일행을 쳐다보며 몸 상태를 물었다. 그러나 굳이 물어볼 것도 없이 모두들 괜찮다는 얼굴 표정이었다. 그래서 난 다시 페르키암을 쳐다보며 리프레쉬 코드를 실행시켰다. 아무리 빈사 직전의 상태라 하더라도 드래곤은 드래곤이기에 방심할 수 없었던 것이다.

스윽—

난 조금씩 페르키암에게로 다가갔다. 여전히 낮은 울음소리를 내고 있는 페르키암은 내가 다가가도 아무런 행동도 취하지 않았다. 온몸이 피에 절어 있지 않았다면 마치 코를 골며 자고 있는 듯한 모습이었다.

"페르키암은 이미 공격할 수 없는 상태네. 죽기 직전이야."

"……!"

최대한 조심스럽게 페르키암에게 접근하고 있던 내 옆에 드래곤으로 추정되는 노인이 느닷없이 나타나 입을 열었다. 지금까지 다른 사람들과 얘기할 때 조금 딱딱한 말투를 구사했던 노인은 나에게 말을 할 때는 약간 친숙한 어조를 사용했다

"대단하군. 마법 한 방으로 드래곤을 이렇게 만들다니……."

"……."

이 할아버지, 그 엄청난 후폭풍 속에서도 상처 하나 없이 깨끗한데? 원래 이전에 일어났던 폭발로 옷이 망가진 상태라는 점 빼고는 몸이 깨끗하잖아. 우리들은 간신히 마법 방어벽을 펼쳐서 막아낸 후폭풍인데, 이 할아버지한테는 아무것도 아니었던 건가?

"마법을 마법으로 가속시키다니 놀랐네. 마법을 그런 식으로 사용할 줄은 몰랐어. 이거 내가 인간에게 마법 사용법에 대해서 배우게 되다니, 허허허."

노인은 껄껄 웃었다. 그의 표정은 매우 유쾌해 보였다. 그러다가 뭔가 이상한 것을 느꼈는지 흠칫하는 표정을 지었다.

"뭔가, 그 마나 회복 속도는? 자네 설마… 마나 회복 속도까지 마법으로 제어하고 있는 건가?"

"……!"

설마 내 리프레쉬 코드 실행을 알아차린 건가? 하지만 어떻게? 지금 이 할아버지한테서는 아무런 마나가 느껴지고 있지 않은데? 마나가 없는 인간이 다른 사람의 마나를 느낀다? 그럴 리는 없다고. 결국 이 할아버지도 마나를 가지고 있다는 소리인데, 어째서 난 이 할아버지의 마나를 전혀 느낄 수 없는 거지? 어째서?

"자네, 참 재미있는 인간이군. 그러고 보니 자네 역시 이 세계 사람이 아니라는 느낌이 드는군. 재미있는걸?"

"……!"

노인의 말에 난 흠칫했다. 노인이 내 정체를 의심했다는 사실보다 '자네 역시'라는 말에 신경이 쓰였다. 그것은 나 말고도 다른 세계에서 온 인간이 존재한다는 소리였기 때문이다.

"할아버지는… 다른 세계에서 온 사람과 만난 적이 있습니까?"

난 진지한 표정으로 노인에게 물었다. 그러나 노인은 내 질
문에 대해서 대답해 주지 않았다.

"그건 나도 모르지. 별로 생각하고 싶지 않군."

"……."

역시 있군. 그런데 왜 알려주지 않으려 하는 거지? 할아버
지가 나한테 그자에 대해서 알려준다고 해도 손해 볼 건 없지
않나?

크르르!

그때 갑자기 죽은 듯이 서 있던 페르키암이 나와 노인 쪽으
로 천천히 고개를 돌렸다. 그것을 보고 내가 기겁하여 뒤로
몇 발짝 물러섰을 때 노인은 웃음을 터뜨리며 입을 열었다.

"허허, 물러설 필요 없다니까. 이제 페르키암은 곧 죽을 것
이네."

크르르!

곧 죽는다는 페르키암은 녹색의 눈동자로 노인을 쳐다보
고 있었다. 처음엔 그것에 별 신경을 쓰지 않았지만 처음 페
르키암을 봤을 때 그 눈동자가 시뻘건 상태였다는 사실을 떠
올리고는 크게 놀랐다. 말하자면, 지금의 페르키암은 광포화
에서 풀려났다는 뜻이기 때문이었다.

《제룬버드.》

그때 갑자기 내 머릿속으로 페르키암의 말이 파고들었다.

내 머릿속을 울리는 그 말이 페르키암의 것이라는 생각이 든 이유는 모르겠지만 아무튼 그렇게 느껴졌다. 문제는 페르키암의 시선이 여전히 노인에게 고정되어 있다는 것이었고, 그것은 드래곤의 대화 방식이 일정 거리 안에 들어온 상대의 머릿속에다가 의사를 직접 전달하는 방식이란 뜻이었다. 그래서 노인과 가까이 있는 나는 페르키암의 말소리를 들을 수 있었다.

"오랜만이군, 친구여."

페르키암과는 달리 노인은 직접 입을 열어 말함으로써 자신의 의사를 표현했다. 하지만 중요한 것은 노인의 말이 지니고 있는 뜻이었다. 이 세상에 드래곤을 친구라고 부를 사람이 존재하는지 의심스러웠기 때문이다.

크르르!

노인과 대화를 하려던 중 갑자기 페르키암의 동공이 풀리기 시작했다. 아마도 페르키암의 최후가 다가온 모양이었다. 페르키암은 동공이 완전히 풀리기 직전 의미심장한 한마디를 내뱉었다.

《드래곤은… 버림받았다…….》

쿠웅―!

그 말을 끝으로 페르키암은 그대로 쓰러져 버렸다. 몇 살을 살았는지 알 수도 없는 노룡 페르키암. 그러나 그 최후는 하찮은 인간의 마법에 의해 맞이하게 되었다.

"페르키암도 이렇게 가는군……."

페르키암에게 '제룬버드'라고 불린 노인은 허탈한 표정을 지었다. 마치 자신과 오랫동안 동고동락해 온 동료가 이승을 떠났다는 그런 표정이었다. 그것을 보고 난 저 노인이 드래곤일 것이란 확신을 가졌다. 설령 드래곤이 아니더라도 그에 준하는 존재인 것은 분명했다.

"자네, 이름이 뭔가?"

"예?"

내가 노인의 정체에 대해 결론을 내렸을 때 노인이 나에게 갑작스런 질문을 던져 왔다. 난 조금 당황했지만 내 이름을 알려준다고 해서 나에게 해가 될 것 같지는 않아서 이 세계에서의 이름을 알려주었다.

"레지스트리입니다만……."

"레지스트리?"

내 이름을 듣자 노인은 어리둥절한 표정을 지었다.

"레지스트리라면… 100년 전에 커널을 얻었던 인간 아닌가?"

"예, 맞는데요."

"자네도 그 이름인 건가? 허허, 재미있군."

노인 역시 100년 전의 레지스트리라는 인물을 알고 있는 듯했다. 그러더니 뜻 모를 말을 계속했다.

"원래는 흑마술이나 소환술, 아니면 정령술 쪽을 선택하려고 했는데, 이렇게 되면 마법을 고려하지 않을 수 없겠군."

잉? 대체 뭘 선택한다는 거지? 무슨 의미인지 전혀 알 수가 없잖아!

"후후, 그럼 이렇게 하지. 자네, 1년 뒤에 이곳으로 와보게. 운이 좋으면 세상을 지배할 힘을 얻게 될 거야."

"……?"

"기회가 되면 또 봄세."

"……!"

그 말을 끝으로 노인은 모습을 감추었다. 그것은 누가 봐도 순간 이동이었다. 이 세계에서는 텔레포트라고 부르는 순간 이동. 인간 중에 아직 성공한 사람이 아무도 없다는 순간 이동 마법. 그 불가능하다고 알려진 마법을 사용한 제룬버드라는 노인. 이로써 돌출될 수 있는 결론은 하나였다.

역시 제룬버드라 불린 할아버지는 드래곤이 사람의 모습으로 변신한 것이군. 그러면 지금까지의 의문이 모두 풀리지. 일단 페르키암이 나타나기 전에 일어났던 폭발은 제룬버드가 일으킨 것이란 소리인데, 대체 누구와 싸웠기에 그런 엄청난 폭발을 일으킨 거지? 아니, 드래곤과 맞장을 뜰 존재가 이 세계에 신이나 악마 말고 또 있나? 그리고 나보고 1년 뒤에 이리로 오라는 건 무슨 뜻이지? 세상을 지배할 힘? 으으, 하나도 모르겠잖아!!

"레지 군, 괜찮아요?!"

내가 노인이 서 있었던 곳을 멍하니 바라보고 있을 때 슈아로에가 달려와 내 안부를 물었다. 여태까지는 페르키암이 다시 날뛸지도 모른다는 생각에 뒤에서 마법을 준비하다가 페르키암이 완전히 쓰러진 것을 보고 나에게 달려온 것이었다. 어차피 페르키암이 아무것도 안 하고 꼴까닥해 버렸기 때문에 내 몸 상태는 괜찮았고, 도리어 실종된 사람들의 안위가 걱정되었다. 제룬버드라는 드래곤보단 일단 실종된 사람들을 찾는 게 더 중요했다.

"유리시아드하고 휴트로 씨, 쿠탈파 씨를 찾아봐야지."

난 슈아로에에게 그렇게 말하고 우선 유리시아드가 페르키암의 꼬리에 맞아 날아간 방향 쪽으로 걸음을 내디디려 했다. 그러나 그 방향으로부터 시커먼 두 그림자가 서로를 부축한 채 천천히 걸어오고 있었다.

"휴트로 씨! 유리시아드 씨!"

슈아로에가 두 사람을 알아보고 기쁨의 탄성을 내질렀다. 그녀의 말대로 두 사람은 유리시아드와 휴트로였다. 유리시아드는 피범벅이기는 했지만 걷지 못할 정도는 아니었고, 휴트로는 옷이 지저분하게 됐을 뿐 다친 곳은 없어 보였다. 나 역시 그 두 사람을 반갑게 맞이하려고 그들에게로 다가갔다. 그러나 휴트로는 날 발견하자마자 내 멱살을 움켜잡았다.

"이 자식! 하마터면 네놈의 마법 때문에 우리까지 휩쓸릴 뻔했다! 내가 유리시아드랑 같이 있지 않았다면 유리시아드는 죽었다고!"

"으윽……!"

난 멱살을 잡혀서 정신이 없었지만 유리시아드가 페르키암의 꼬리에 맞고 날아갔을 때 휴트로가 즉시 유리시아드를 찾으러 뛰어나갔음을 알게 되었다. 휴트로가 유리시아드와 같이 있었기 때문에 캐논 슈터의 폭발에 휘말리지 않고 도망칠 수 있었던 것이다.

일단 휴트로 씨와 유리시아드는 크게 다치지 않아서 다행인데, 쿠탈파 씨는 어떻지? 그 드워프 할아버지도 페르키암의 꼬리에 맞고 날아갔잖아? 그는 유리시아드와는 달리 지켜줄 사람이 아무도 없었을 텐데? 설마 캐논 슈터의 폭발에 휘말려서 저승으로 GO?

"카학! 퉤! 젠장! 진짜 뒈질 뻔했네!"

그때였다. 호랑이도 제 말 하면 온다는 속담처럼 쿠탈파가 모습을 드러내었다. 가죽 갑옷이 완전히 걸레조각처럼 망가진 데다가 무수히 나 있던 수염까지 홀라당 타버린 상태였기 때문에 그의 부상이 꽤 심하다는 걸 알 수 있었다. 특히 뱉은 침에 피가 섞여 있다는 점이 그 심증을 뒷받침해 주었다.

"우라질, 뭔 놈의 마법이 그렇게 세? 완전히 통구이되는 줄 알았다!"

쿠탈파 역시 휴트로에게서 날 빼앗은 뒤 내 멱살을 움켜잡았다. 쿠탈파의 키가 나보다 매우 작은 관계로 난 바닥에 무률을 꿇을 수밖에 없었다.

"두 분 다 그만 하세요! 레지 군의 마법이 아니었으면 드래곤을 못 잡았을 거라구요!"

두 남자가 날 괴롭히자 슈아로에가 내 편을 들어주었다. 날 다그치던 두 사람도 내 마법으로 인해 페르키암을 쓰러뜨렸다는 사실은 인정했다.

"이 녀석 마법 때문에 이기기는 했지만……."

"근데 그 마법, 정말 이 녀석이 만든 거 맞아? 대마법사가 만든 게 아니고?"

쿠탈파가 이의를 제기했다. 그래서 난 매우 당연한 대답을 해주었다.

"마법의 개념을 수립하고 코드를 완성한 건 나지만 그걸 실행으로 옮길 수 있는 실력은 안 돼요. 그래서 슈아나 레이뮤 씨에게 도움을 빌아야 하죠. 저 혼사 말 수 있는 마법은 아니거든요."

"그래? 그럼 대마법사가 페르키암을 물리친 거냐?"

"뭐, 그런 셈이죠. 레이뮤 씨 아니었으면 그 정도의 파워를 내지 못했을 테니까요."

"흠, 그런 거였군."

내 설명에 쿠탈파는 연신 고개를 끄덕거렸다. 그때 슈아로에가 의문의 노인에 대해 의문을 제기했다.

"그런데 그 할아버지는 누구죠? 캐논 슈터가 터지고 나서도 멀쩡한 데다가… 한순간에 모습을 감춰 버렸다구요."

"아마도… 인간이 아닌 종족인 듯하구나."

슈아로에의 말에 반응을 보인 사람은 레이뮤였다. 표정을 보아하니 그녀 역시 나처럼 제룬버드라는 노인을 드래곤이나 그에 준하는 종족이라고 생각하는 듯했다. 레이뮤는 마지막에 제룬버드와 페르키암이 얘기를 나눌 때 내가 가까이에 있었다는 사실을 떠올리고는 나를 향해 질문을 던졌다.

"페르키암과 그 노인이 서로 얘기를 주고받았던 것 같은데… 들은 내용 없나요?"

"에… 그 할아버지의 이름이 제룬버드라고 들은 거 빼고는 별로……."

"제룬버드?"

의문의 노인이 드래곤이라면 페르키암만큼이나 사람들에게 알려져 있어야 했다. 그러나 레이뮤를 비롯한 다른 사람들은 제룬버드라는 이름을 처음 들은 것 같았다. 페르키암이 죽으면서 노인의 이름을 거짓으로 말할 리는 없기 때문에 노인의 이름은 제룬버드가 거의 확실했고, 제룬버드라는 존재는 인간들에게 거의, 아니, 전혀 알려지지 않았다는 것을 대충 파악할 수 있었다.

"알 수 없군요. 그 노인이 누구인지, 그리고 왜 여기에 왔는지……."

레이뮤는 평상시에 잘 짓지 않는 고민하는 표정을 지어 보였다. 그러나 단서가 주어지지 않은 이상 고민해 봤자 얻어지는 건 아무것도 없었다. 그래서 난 제룬버드에 대한 논의를 종결시켰다.

"지금은 아는 게 없으니 그 할아버지에 대해서는 나중에 생각해 보도록 하죠. 그보다 다친 사람들이 많으니까 치료를 받는 게 우선일 듯싶은데요."

내가 다른 할 일을 제안하자 네리안느가 맞장구를 쳐주었다.

"그래요. 일단 여기서 치유의 노래로 회복한 뒤에 마을로 돌아가도록 해요."

"그러는 게 좋겠습니다. 피곤하네요."

유리시아드 역시 나와 네리안느의 제안에 찬성했다. 가장 크게 다친 사람 중 하나가 유리시아드이기 때문에 그녀로서는 한시라도 빨리 치료를 받아야만 했다. 그래서 일난 유리시아드와 쿠탈파를 가운데 놓고 나머지 일행은 편하게 둘러앉았다. 곧 네리안느는 우리를 위해서 치유의 노래를 부르기 시작했다.

* * *

"영차!"
"으랏차!"

해가 뉘엿뉘엿 지고 있음에도 모든 마을 사람들이 페르키암의 시체를 묻는 일에 동원되었다. 페르키암의 시체를 완전히 땅속에 묻어서 마치 여기에 시체가 없는 것처럼 해야 하기 때문에 시간이 많이 걸리고 있었다.

"근데 왜 페르키암의 시체를 완전히 묻어야 하죠? 누군가한테 알려지면 안 되나요?"

죽어라고 땅을 파 거대한 페르키암의 사지를 일일이 찢어서 운반하고 있는 사람들이 마치 개미 같다고 느끼며 난 레이뮤에게 질문을 던졌다. 레이뮤는 내 질문에 친절히 답해주었다.

"질 나쁜 소환술사의 소환 재료가 될 가능성이 있기 때문이에요. 소환술이란 것은 소환될 존재의 뼈대를 미리 만들고 나서 소환을 시작하게 되어 있어요. 그런데 무(無)에서 뼈대를 만들어내는 것보다 이미 있는 뼈대를 이용하는 게 훨씬 편하지요. 그래서 금기시되어 있는 소환물의 뼈를 얻어서 소환술을 행하는 소환술사들이 있어요. 그들의 귀에 페르키암의 뼈가 이곳에 묻혀 있다는 소식이 들리게 되면 분명히 땅을 파헤쳐 페르키암의 뼈를 얻어 페르키암의 영혼을 소환할 거예요. 그것을 막기 위함이죠."

"그럼 카이드렌인가 하는 드래곤의 영혼은 어떻게 소환된 거죠? 카이드렌이 묻혀 있는 장소를 알아낸 후 뼈를 얻어서 소환했나요?"

"그것은 잘 모릅니다."

앗, 레이뮤 씨 표정이 딱딱하게 변했다. 자신의 옛날 약혼자가 에크 트볼레시크를 소환했을지도 모르고, 카이드렌의 영혼도 소환했을지도 모른다는 점 때문에 그런 건가? 뭐, 자신이 사랑한 사람이 나쁜 짓을 했다는 걸 알면 아무래도 기분이 좋지 않겠지.

"처음에 드래곤을 쓰러뜨렸다는 말을 듣고 솔직히 믿지 않았습니다만… 이렇게 직접 눈으로 보게 되니 믿지 않을 수가 없군요."

버지 마을의 촌장 할아버지가 레이뮤에게 다가와 경의를 표했다. 특히 그가 놀란 부분은 얼마 되지 않은 인원으로 페르키암을 쓰러뜨렸다는 점이었다. 각국의 마법사들이 이번 페르키암 제거에 협조하기로 했는데, 그들의 도움 없이 달랑 아홉 명으로 페르키암을 집아버렸으니 놀라지 않을 수 없었던 것이다.

"카카, 드래곤에게 먹인 독가루가 제대로였지! 내 활약이 아니었으면 절대 못 잡았다고!"

우리 모두 가만히 있는 와중에 쿠탈파만이 자화자찬을 했다. 확실히 쿠탈파의 가루 공격이 없었다면 내가 캐논 슈터를 사용할 틈을 얻지 못했을 것이기에 군이 쿠탈파의 자화자찬을 막고픈 생각은 없었다. 촌장 역시 쿠탈파만으로는 절대 페르키암을 잡지 못한다는 걸 알고 있는지 우리들 전부에게 그

공을 돌렸다.

"정말 고맙습니다. 여러분 덕분에 편한 마음으로 마을을 복구할 수 있을 것입니다."

"촌장님!"

촌장에게 볼일이 있는지 한 마을 사람이 촌장을 부르자 촌장은 우리에게 허리 숙여 인사한 뒤에 그 사람을 따라갔다. 덕분에 우리 일행끼리 이야기할 시간을 얻게 되었다.

"드래곤을 잡았다는 게 아직도 믿어지지 않아요."

슈아로에가 가장 먼저 입을 열었다. 하지만 뒤이어 그녀는 자신의 활약에 대해서 책망했다.

"제가 제일 한 일이 없는 것 같아요. 제대로 방어도 못했고 정신까지 잃었으니……."

"그건 나도 마찬가지예요. 난 아무런 도움도 안 되었는걸요."

슈아로에가 스스로를 질책하자 네리안느도 동참했다. 이렇게 서로 자학하는 분위기로 가면 난감했기 때문에 난 즉시 그녀들의 말을 끊었다.

"슈아가 없었으면 폭발에 휘말려 다칠 수도 있었고, 네리안느 씨가 아니었으면 부상을 치료하지도 못했을 거예요. 쿠탈파 씨도 큰 역할을 했고, 유리시아드와 휴트로 씨, 리엔 씨와 리에네 씨도 정말 많은 일을 했죠. 결국 우리들이 이렇게 큰 부상 없이 있을 수 있는 건 모두가 최선을 다했기 때문이에요."

쿨럭, 내가 한 말이지만 너무 빤한 말이로군. 얼굴이 다 화끈거리려고 한다. 사실 팀 플레이를 한다고 해도 그중에서 누구의 비중이 더 크고 작은지 확실히 구분이 되지만, 그걸 겉으로 드러내면 팀 플레이에 금이 갈 수 있으니까 대부분 숨기는 거지. 지금 상황도 마찬가지. 모두 잘했다고 얼버무림으로써 팀원의 사기를 북돋아주는 거야!

"이제 뭘 하죠?"

마을 사람들이 페르키암의 시체를 처리하는 모습을 지켜보던 슈아로에가 레이뮤에게 물음을 던졌다. 그녀의 물음에 레이뮤는 잠깐 생각을 하더니 이내 대답했다.

"본래는 드워프 마을에 들를 생각이었지만, 이미 드워프족 장로를 만났으니 굳이 가서 얘기를 들을 필요가 없어졌구나. 그렇지 않습니까, 쿠탈파 씨?"

"물론. 우리 드워프들에게서 싱스러운 목길이를 빼앗는다는 건 불가능하거든. 누군가 쳐들어왔다고 하면 모두들 나가서 싸우니까 아무리 많은 적이 몰려와도 어림없어. 우리들은 누구처럼 몇 명만 성물을 지키는 바보 짓은 안 하니까. 성물은 우리 드워프들의 자산과도 마찬가지지."

쿠탈파는 얘기를 하면서 엘프들 꼬집기를 잊지 않았다. 그 말에 엘프 남매가 발끈할 만도 했으나 마음이 넓은 건지, 드워프와 말다툼하는 게 싫은 건지 두 사람은 아무 말도 하지 않았다. 레이뮤는 두 이종족이 더 이상 싸우지 않음을 확인하고 나머지 말을 마저 했다.

"페르키암을 쓰러뜨렸다는 사실을 굳이 시리오드 황제에게 보고하지 않아도 자연스럽게 알게 될 거야. 그러니 우리는 각국 방문 일정을 계속 이행해야 한단다."

"그럼 휴트로 씨와 소성녀님, 유리시아드 씨는요?"

슈아로에의 시선이 휴트로 일행에게로 옮겨졌다. 그러자 휴트로가 대표 자격으로 입을 열었다.

"페르키암을 잡으면 우선 고국으로 돌아갈 생각이었습니다. 몬스터 퇴치를 위해 여행을 시작한 지 벌써 석 달이 흘렀기 때문에 소성녀도 신전으로 돌아가야 하니까요."

"나는 계속 여행을 떠날 거야. 고향에는 별로 돌아가고 싶지 않거든."

휴트로에 이어 유리시아드도 향후 일정을 알려주었다. 어차피 쿠탈파는 자신의 마을로 돌아갈 것이 뻔했고, 휴트로와 소성녀도 일단 신전으로 복귀한다고 했으니 스케줄은 정해져 있는 상태였다. 그러나 유리시아드의 경우에는 Free였기 때문에 난 그녀를 꼬시는 데 주력했다.

"유리시아드, 어차피 여행을 계속할 거 우리랑 같이 다니자."

"나보고 그쪽하고 같이 다니라구요?"

순간 유리시아드의 눈에서 살기가 피어올랐다. 그러나 난 나름대로 절실한 상태였기 때문에 그녀의 살기에도 꿋꿋이 버렸다.

"유리시아드가 들어오면 우리 일행이 딱 여섯 명이 되거든? 그럼 여관비를 조금 보태서 방 세 개를 잡을 수 있어. 유리시아드도 비싼 1인용 방에서 자는 것보다는 값싼 2인용 방에서 지내는 게 더 낫잖아?"

"음……."

내 유혹에 유리시아드의 살기가 흐트러졌다. 난 되도록 평상시와 같은 표정으로 유리시아드를 바라보려고 노력했다. 마음속으로는 '제발 부탁이야! 나 혼자 텐트 치고 자는 거 귀찮아!'라고 울부짖으며 매달리고 싶었으나 싫어하는 사람이 애원하면 도리어 역효과가 날 수도 있었기 때문에 선택을 유리시아드에게 맡겨 버린 것이다.

"우리도 유리시아드가 합류하면 훨씬 마음이 놓여요."

그때 레이뮤가 결정적인 어시스트를 했다. 그녀의 말 한마디는 유리시아드의 갈등을 한 방에 잠재워 버렸다.

"네, 레이뮤님이 그렇게 말씀하신다면 같이하겠습니다."

오우, 예! 드디어 나도 텐트에서 벗어나 여관방에서 잘 수 있겠구나! 매일 저녁마다 텐트 치고 아침마다 텐트 걷는 일상이여, 안녕~

"그럼 이제 레이뮤 씨와 슈아가 한 방을 쓰고 유리시아드랑 리에네 씨가 한 방, 나하고 리엔 씨가 한 방을 쓰면 딱이네요. 하하!"

기분이 좋아진 나는 내 임의대로 방 배정을 끝내고는 낄낄 댔다. 그러자 슈아로에가 나에게 의심의 눈초리를 보냈다.

"혹시 레지 군, 텐트에서 자는 게 싫어서예요? 자기가 잔다고 해놓고?"

"아니, 그렇다기보다는 유리시아드가 들어오면 남녀 인원수도 맞겠다, 방 세 개를 쓰는 게 낫잖아? 두 명이 텐트에서 잘 수는 없으니까."

"정말 그런 순수한 의도에서? 텐트 치고 걷는 게 귀찮아서가 아니라?"

"아니라니까 그러네."

내 생각을 정확히 꿰뚫는 슈아로에를 속여넘기기 위해 난 최대한 리얼한 표정 연기를 선보였다. 내 의중을 알아냈든 아니든 유리시아드가 합류하는 편이 방 배정뿐만 아니라 신변 보호에도 좋기 때문에 슈아로에 역시 더 이상 아무 말도 하지 않았다.

"대마법사님, 혹시 내일 떠나실 겁니까?"

그때 휴트로가 레이뮤에게 다가와 물었다. 레이뮤는 고개를 살짝 끄덕이며 말했다.

"네, 그럴 예정입니다만 무슨 문제라도?"

"저 녀석과 약속한 게 있어서 그걸 지킬 생각입니다."

"……?"

갑자기 휴트로가 날 지목했기에 난 어리둥절했다. 휴트로와 무슨 약속을 했는지 도통 기억이 나지 않았기 때문이다. 그래서 난 실례를 무릅쓰고 휴트로에게 질문을 던졌다.

"휴트로 씨랑 제가 무슨 약속을 했나요?"

"했다. 다음에 만나면 무공을 가르쳐 준다고."

"아……!"

휴트로의 말을 듣고서야 푸가 체이롤로스를 쓰러뜨린 후 헤어지기 전에 그가 했던 말이 기억났다. 그러나 그것은 휴트로의 일방적인 약속이었기 때문에 나는 그것을 약속이라 생각하지 않고 있었다.

"아뇨, 안 가르쳐 주셔도 돼요. 저번에 유리시아드에게 물어봤는데 전 무공에 소질이 전혀 없대요."

"그건 내 알 바 아니지. 어쨌든 네가 뭐라고 생각하든 난 약속한 이상 반드시 지킨다."

"아니, 그러니까 그런 약속을 굳이 지키실 필요는　　!"

"시끄러! 남자는 약속을 저버리지 않는다!"

난 휴트로에게 계속해서 거부의 의사를 밝혔지만 휴트로는 강압적으로 자신의 뜻을 관철시켰다. 그래서 결국 난 GG를 선언하고 말았다.

"예, 마음대로 하세요. 근데 곧 신전으로 가신다고 하지 않았어요? 저한테 무공을 가르칠 시간이 없잖아요?"

"맞다. 시간이 없다. 그래서 오늘 내로 너한테 무공을 가르친다."

"……!"

으헉?! 오늘 내로 무공을 가르친다고? 아니, 지금 무공의 'ㅁ' 자도 모르는 나한테 무공을 가르치겠다니 제정신이야? 설마 무공 쓰는 방법은 무시하고 무공 이론만 가르치겠다는 뜻?

"대마법사님, 이 녀석, 오늘 하루 좀 빌리겠습니다."

"네, 마음껏 사용하세요."

휴트로는 내 목에 팔을 걸고는 레이뮤에게 양해를 구했고, 레이뮤는 아주 담담한 표정으로 허락했다. 그것이 내 여린 마음에 상처를 주었지만 아무 힘 없는 나는 그런 대우에도 반발을 할 수 없었다. 그저 휴트로에게 붙잡혀 끌려가야만 했다.

"어디 가요?"

"수련장이다."

내가 질문을 해도 휴트로는 제대로 된 대답을 해주지 않았다. 그러나 굳이 대답을 듣지 않아도 휴트로가 버지 마을로 향하고 있는 것쯤은 알 수 있었다. 아마도 거기서 무공 교육을 할 것 같은 생각이 들었다.

"……?"

처음에는 나와 휴트로의 일 대 일 맨투맨 수업인 줄 알았지만 내 뒤에서 유리시아드가 부속품으로 따라오는 것을 보곤 그것이 아님을 알게 되었다. 그렇게 페르키암이 죽은 장소를 벗어나서 버지 마을에 도착한 직후 휴트로는 우리들이 잠시

머물렀던 천막으로 날 밀어 넣었다. 그리고는 유리시아드에게 한마디 했다.

"경계를 부탁한다."

"네."

헉! 설마 둘이서 짜고 날 천막에 가둔 뒤에 흠씬 두들겨 팰 생각인가? 왜 유리시아드를 경계병으로 세우는 거지? 남들이 구타 장면을 보면 안 되니까 그런 거야?

"야, 가부좌 틀고 앉아."

"예……."

내가 속으로 뜨끔하고 있을 때 휴트로가 나에게 지시를 내렸다. 그래서 난 불안한 마음을 숨기며 천막 한가운데에 양반다리를 하고 앉았다. 내가 앉자 휴트로도 내 앞에 가부좌를 틀고 앉았다. 그리고는 입을 열어 앞으로 할 행동에 대해서 알려주었다.

"이제 난 너한테 내공을 주입할 거다. 넌 그걸 잘 받아들여서 네 것으로 만들어라."

"……?"

잉? 뭔 소리지? 내공 주입? 대체 나보고 뭘 어쩌라는……?

"눈 감고 정신을 집중해. 그럼 시작한다."

휴트로는 더 이상의 설명을 하지 않고 나에게 계속해서 지시를 내렸다. 결국 난 할 수 없이 눈을 감고 휴트로의 다음 행동을 기다렸다. 정신을 집중하라고 해도 뭘 어떻게 집중해야 하는지 알 수 없었기 때문에 그저 눈만 감을 뿐이었다. 그러다가 휴트로의 손이 내 단전에 닿는 것이 느껴졌다.

"선자기(選子氣), 위노궁(位勞宮), 연타(連他), 조규(造規), 전자기(傳子氣), 성천(成千)!"

휴트로의 구결 낭송이 끝나자 그의 손바닥으로부터 강한 열기가 느껴지기 시작했다. 그 열기는 지체없이 내 단전으로 파고들었고, 그걸 가만히 놔두니 내 몸속으로 스며들어 사그라져 버렸다. 그래서 이번엔 그 열기를 단전에 가둔다는 생각을 떠올렸다. 그러자 흩어지려는 열기가 제대로 움직이지 못하더니 내 단전으로 뭉치기 시작했다.

호오, 휴트로 씨가 정신을 집중하라는 말이 이 뜻인가 본데? 뭐, 나한테 내공을 주입한다고 했으니 나도 내공을 주입받아서 모아야겠군. 근데 이건 꼭 그 의문의 청년에게서 마나 복사를 당하는 상황 같은걸? 그때는 녀석이 강압적으로 내 머릿속에 마나를 새겼지만 지금은 내 의지에 따라서 내공을 받아들이고 있다는 게 다를 뿐.

……

시간이 얼마나 흘렀는지는 알 수 없었다. 난 계속해서 들어오는 휴트로의 내공을 내 단전에 고정시키는 데에 주력했다. 그런 나의 노력은 결실을 맺어 가만히 내버려 두어도 흩어지지 않는 내공의 구슬을 형성하게 되었다.

"후우……."

내가 내공 형성에 성공한 것을 알았는지 휴트로는 숨을 몰아쉬며 내공 공급을 중단했다. 그래서 난 눈을 떠 휴트로를 쳐다보았다. 휴트로의 이마에는 땀이 송골송골 맺혀 있었다. 단순히 내공을 전해준 것만으로도 상당히 지쳐 보였다.

"괜찮으세요?"

"괜찮다. 그보다 넌 지금 10년 공력을 얻었다. 앞으로 시간이 날 때마다 운기조식해서 내단의 크기를 증가시키면 보다 수월하게 무공을 사용할 수 있을 거다."

휴트로는 그 말을 끝으로 자리에서 일어났다. 그러나 나로서는 무공을 잘 모르기 때문에 그 정도의 설명으로는 만족할 수 없었다.

"전 무공 사용법을 모르는데요?"

"뭘? 상의어를 알잖아?"

"그거하고 무공 사용법하고는 별개……."

"별개는 무슨, 정 모르면 유리시아드한테 물어봐."

내가 아무리 요청을 해도 휴트로는 더 이상 알려줄 생각을 하지 않았다. 오히려 나에게 큰소리를 쳤다.

"이걸로 난 분명히 너한테 무공을 알려줬다! 불만없지?"

"에… 에……."

"앞으로 잘해봐라! 난 간다!"

"에……."

휴트로는 손을 한 번 들어준 뒤 뒤도 돌아보지 않고 천막을 빠져나갔다. 난 그저 가만히 앉은 채로 입만 벙긋벙긋했다. 그러는 사이 밖에서 경계를 서고 있던 유리시아드가 천막 안으로 들어왔다. 유리시아드는 천막 한가운데에 앉아 있는 날 내려다보다가 약간 놀란 표정을 지으며 입을 열었다.

"의외로군요. 그쪽 능력치고는 많은 내공을 얻었으니."

"……?"

"당신 같은 사람에게 10년 공력을 전해줄 생각을 하다니 스승님은 너무 도량이 넓군요. 물론 두 시간 동안 공력을 계속 받아들인 그쪽도 나름대로 대단하긴 하지만."

"……?"

난 여전히 멍한 표정을 지었다. 그런 날 보더니 유리시아드가 화를 내었다.

"언제까지 앉아 있을 생각이죠! 저녁 먹을 시간이라구요! 일어나요!"

"아, 어……."

유리시아드의 질책에 난 정신을 차리고 자리에서 일어나려고 했다. 그러나 유리시아드의 말대로 두 시간 동안 양반다리를 하고 앉아 있었던 탓인지 내 몸은 내 통제를 벗어나 있었다. 일어나자마자 다리가 풀리며 머리가 어질했던 것이다.

"으앗!"

난 비명을 지르며 팔을 내저었다. 이대로 있으면 꼴사납게 엉덩방아를 찧어야만 하는 상황이었다. 그런 일촉즉발의 위기 상황에서 유리시아드가 내 팔을 잡아줌으로써 난 간신히 자세를 유지할 수 있었다.

"두 시간 동안 집중했으니 무리는 아니죠. 불쾌하지만 잠깐 이대로 있어줄게요."

유리시아드는 내키지 않는 표정을 지으면서도 날 끌어안은 채로 있었다. 유리시아드가 지탱해 주지 않으면 난 그대로 주저앉을 판국이었기 때문에 나 역시 그녀의 몸을 끌어안고 있어야만 했다. 만약 정신이 멀쩡했다면 상당히 잇힝~한 상황이었지만, 지금은 머리가 빙글빙글 돌 듯이 어지러워서 그런 기분은 느낄 수가 없었다.

으으… 죽겠군. 앉아 있을 때는 아무렇지도 않다가 일어서니까 어지럽네? 대체 인간의 뇌 구조는 어떻게 돼먹은 건지……. 역시 뇌는 미스터리로 가득한 부분이야.

"레시 군, 나 끝났쇼!"

그때 천막 밖에서 슈아로에의 목소리가 들려왔다. 순간 유리시아드와 뜨겁게 포옹하고 있는 지금 이 장면을 슈아로에에게 들키면 그녀가 오해를 할 것이란 생각이 들었다. 물론 포옹이라고는 해도 내가 다리를 후들거리면서 제대로 일어서지를 못하고 있는 상황이었기 때문에 눈치 빠른 사람이라면 충분히 이해할 수 있다는 생각도 들었다.

"끝났으면 어서 나와서 저녁……!"

천막 밖에 있던 슈아로에가 안으로 들어오다가 나와 유리시아드의 포옹 장면을 목격했다. 분명히 처음에는 밝은 표정이었지만 안으로 들어선 순간 표정이 싹 굳어버렸다. 그녀가 완벽하게 오해했다는 생각이 들자 난 상황을 설명하기 위해 입을 열려고 했으나 그전에 슈아로에가 비명에 가까운 소리를 질렀다.

"뭐, 뭐예요! 무공 배운다면서 둘이서 지금 뭐 하는 거예 욧!"

으윽, 슈아의 반응이 과격해서 머리가 울린다.

"아니, 내가 지금 지친 상태라 제대로 일어서질 못해서 부축을……."

"뭘 했기에 일어서지 못할 정도로 지쳤어요?! 그리고 그게 부축이에요?!"

내가 재빠르게 상황 설명을 했지만 슈아로에는 그 설명에 조목조목 반론을 붙였다. 머리도 어지럽고, 몸에 힘도 들어가지 않는 상황이라 난 슈아로에를 납득시킬 만한 설명을 할 수가 없었다. 이대로 있다가는 슈아로에의 융단폭격이 시작될 것 같아서 내가 두려움에 떨고 있을 때 유리시아드가 날 살짝 떨어뜨려 놓았다. 그 결과,

"윽!"

털썩—

지탱하던 것이 사라지게 되자 난 그대로 바닥에 주저앉았다. 유리시아드가 예고없이 몸을 빼버려서 자세를 가다듬을

틈도 없었다. 이렇게 된 거 차라리 이렇게 앉아 있는 게 훨씬 낫겠다는 생각이 들어서 난 일어서고자 하는 모션도 취하지 않았다. 그런 내 모습을 보며 유리시아드가 입을 열었다.

"지금 저 남자는 지쳐 있어. 제대로 서 있지도 못할 정도로."

"괘, 괜찮아요?!"

여태까지 나에게 소리를 지르던 슈아로에가 놀란 표정으로 나에게 다가왔다. 불신의 빛이 가득했던 그녀의 눈에는 이제 걱정의 빛이 떠올라 있었다. 복잡하게 될 수도 있는 상황을 간단한 동작만으로 해결해 버린 유리시아드의 센스에 난 탄복하고 말았다.

하하, 확실히 말로 설명하는 것보다는 몸으로 보여주는 게 이해도가 더 빠르지. 물론 덕분에 난 또다시 바닥에 Sit Down 해야 했지만. 아니, 이건 Knock Down 상태인가? 어쨌거나 유리시아드에게 버림받은 것 같아서 기분이 영……. 아, 난 원래 유리시아드한테 버림받았었군. 당연한 거였구나.

"일어설 수 있겠어요?"

"어… 이제 좀 괜찮아졌다."

난 슈아로에의 부축을 받으며 다시 한 번 자리에서 일어났다. 시간이 좀 지났기 때문인지 이젠 혼자서 걸을 수 있을 정도가 되었다. 그럼에도 슈아로에는 내 부축을 그만두려 하지 않았다.

"부축 안 해도 돼. 걸을 수 있어."

"미안해요. 전 그것도 모르고 화만 내서……."

슈아로에는 미안하다면서 내 곁에서 떨어질 생각을 하지 않았다. 그래서 난 할 수 없이 슈아로에의 부축을 받으며 천막을 빠져나가야만 했다.

*   *   *

페르키암을 잡은 후 휴트로와 네리안느는 '시피유' 대륙에 있다는 소리의 신 쟈느네가 사일의 신전으로 돌아갔다. 개인적으로 시피유라는 말이 상당히 거슬리기는 했지만 모바일 대륙 옆에 있다 하고, 우리들의 각국 방문 일정에는 들어 있지 않은 곳이었기 때문에 아무 말도 하지 않았다. 한편, 쿠탈파는 자기가 페르키암을 잡았다고 떠벌리며 자신의 마을로 돌아갔다. 그리고 남은 우리 일행은 시리오드 황제를 보지 않고 곧바로 엔비디아 제국을 향해 기수를 돌렸다.

덜컹덜컹.

시리오드 황제가 제공했던 마차 대신 새로 마차를 준비해 탔기 때문에 우리는 덜컹거림이 심한 마차를 다시 타게 되었다. 그동안 고급 마차를 타고 왔기 때문인지 오랜만에 싸구려 마차를 타니 엉덩이가 아파왔다.

"뭘 그렇게 찾아요?"

흔들거리는 마차 안에서 내가 Code Library 책을 뒤적이자 슈아로에가 궁금한 얼굴로 물었다. 그래서 난 간단하게 대답해 주었다.

"포스 변환 코드."

"아……!"

나의 궁극적인 목적이 각 포스 간의 상호 변환이라는 것을 알고 있기 때문에 슈아로에는 더 이상의 질문을 하지 않았다. 아무리 마법 천재라 불리는 슈아로에라고 하더라도 개념 자체가 정립되지 않은 코드를 알고 있을 리는 없어서 이번 일은 나 혼자 진행해야만 했다.

흐음, 코드의 성질을 바꾸는 거니까 Set Code With~ 형식을 쓰면 될 것 같은데 변환 코드는 뭘까? 일단 코드 중에 Phonetic, Physical, Magic, Spirit, Divine이 있는 걸로 봐서는 이것들이 각 포스를 나타내고, 이것들을 잘 조합하면 될 것 같긴 한데 말이지. 그런데 단순히 코드 설정을 바꾼다고 코드가 바뀌나? 내가 생각하기에 포스는 거의 OS의 개념 같은데……. 보통 하나의 컴퓨터에 OS를 두 개 이상 깔아도 그 OS를 사용하기 위해서는 재부팅을 해야 하잖아. 그 개념을 적용하면 뭔가 재부팅 코드가 필요하다는 소리 아닐까?

"……."

난 그 쓰임을 전혀 짐작할 수 없는 몇 가지 코드를 펼쳐 놓았다. 그것은 String과 Protocol이었다. Protocol 같은 경우에는 컴퓨터 간의 통신 규약 같은 것이고, 의문의 청년이 사용했던 마나 복사 코드에 삽입되어 있었던 코드임을 생각해 내었기 때문에 완전히 모른다고는 할 수 없었다. 대신 String은 아무리 봐도 그 뜻을 전혀 이해할 수 없었다. String이라고 하면 실, 줄, 끈의 뜻을 가지고 있는데 그걸로 마법을 구현할 만한 것은 없다고 해도 과언이 아니었기 때문이다.

"……!"

순간, 갑자기 내 머릿속으로 블루스크린에 떴던 문자들이 떠올랐다. 워낙 인상이 강해서 기억하고 있었던 Login, Password 말고 그 위에 있었던 두 줄의 코드가 생각난 것이다.

```
repeat access string until connect string.
repeat access string until execute string.
```

Code Library에 있긴 하지만 용도 불명의 코드로 분류되어 있는 Login, Password는 네티즌이라면 누구나 알고 있으니 내가 안다고 볼 수 있는 코드……. Repeat는 반복하다는 뜻이고 Until은 ~할 때까지의 뜻이니까 String을 연결할 때까지 String에 접속하고 String을 실행할 때까지 String에 접속하라… 이겠군. 그럼 String이란 코드는 마법을 사용함에 있어서 중요한 역할을 담당하는 것인가? 으음, 이 String 코드를 잘 이용하면 뭔가 획기적인 마법을 만들 수 있을 것 같은데……

휘이잉!

그때 난데없이 내 머리 쪽으로 상쾌한 바람이 불었다. 마차 안이라 바람이 불 리 없었기 때문에 난 조금 놀라고 말았다. 게다가 그 바람을 일으킨 존재가 티니실프인 것을 확인하고 나서는 더욱 놀라 버렸다.

"아, 고마워요, 리에네 씨."

난 티니실프를 소환하여 내 머리의 열기를 식혀준 리에네에게 감사의 멘트를 날렸다. 물론 말수 적은 리에네에게 답변을 들으려고 한 말은 아니었다. 그런데 의외로 리에네가 내 말에 반응하여 입을 열었다.

"레지스트리는 정말 열심히 하는 것 같습니다. 그 점이 부럽습니다."

"아뇨, 부러울 것까지야……"

리에네에게서 생각지도 못한 칭찬을 들어서인지 왠지 기분이 좋아졌다. 그러나 슈아로에가 리에네의 칭찬을 무효화시키려 했다.

"레지 군은 열심히 하는 게 아니라 마법을 쉽게 쓰려고 그냥 머.리. 굴.리.는. 거예요. 부러워할 거 전혀 없어요."

"머리 굴리는 것입니까? 열심히 하는 것으로 보입니다."

"그냥 열심히 하는 척.하.는. 거죠. 속지 말아요."

슈아로에는 몇 마디 말을 유난히 강조함으로써 날 계속 헐뜯었고, 리에네도 그 말을 믿으려는 듯이 보였다. 어차피 남들이 날 뭐라고 해도 신경 안 쓰는 도량 넓은 나이기 때문에 난 득도의 길을 택했다.

"마음대로 생각하세요, 난 계속할 테니."

"……."

내가 별 반응을 보이지 않자 슈아로에는 맥 빠진 표정을 지었다. 아마도 내 코드 개발을 방해하려고 태클을 걸었는데 내가 걸려들지 않아서 그런 듯했다. 이유야 어쨌든 슈아로에가 더 이상 험담을 하지 않았기 때문에 난 마음 놓고 코드 개발에 몰두했다.

『매직 크리에이터』 3권에 계속

화제의 베스트셀러 「삼성처럼 경영하라」의
저자가 제시한 제대로 사는 삶을 위한 성공 법칙!

Coordinated People Who Live Satisfactorily

이채윤 지음 | 값 8,900원

제대로 사는 통합형 인간

나는 여러분에게 지금보다 많은 것, 좋은 것을 찾는데 경주하기보다는 자신의 능력을 향상시키는데 주력함으로써 성취감을 느끼고 '제대로 살고 있다는 기쁨'을 느끼는 것이 중요하다고 강조할 것이다.
그렇게 함으로써 나는 여러분이 이 책을 읽고 자신의 능력을 하룻밤 사이에 두 배 이상으로 늘릴 수 있고 제대로 인생을 즐기며 살아갈 수 있는 방법을 제시하고자 한다!

제대로 사는 삶을 위한 5단계 성공 법칙!

- ◉ step 1: 자신의 재능이 선택한 삶을 산다
- ◉ step 2: 자신의 일 외에 다른 것에 집착하지 않는다
- ◉ step 3: 세상에 대해서 자신의 목소리로 말한다
- ◉ step 4: 심신을 조화롭게 유지하며 산다
- ◉ step 5: 뜻을 같이하는 멋진 동료들과 어울려 산다

외눈박이의 일기

오늘 영어 선생님이 성병으로 결근하셔서 담임 선생님이 대신 수업을 하셨다. 담임 선생님
은 "뭐, 원조교제 하다 보면 그럴 수도 있으니 이해하라"고 말씀하시더니 여자 반장한테도 병
원에 가보라고 하셨다. 반장은 눈물을 글썽이며 외쳤다. "너무해요! 선생님! 전 원조교제 같
은 건 안 했어요!" 그러나 매독이라는 담임 선생님의 말을 듣곤 벌떡 일어나 후다닥 짐을 챙
겼다. 그러더니 남자 부반장 면상에 욕과 함께 주먹을 날렸다. 부반장은 "습진인 줄 알았다"
고 변명했다. 그걸 본 다른 아이들도 병원에 간다며 서둘러 교실 밖으로 나갔다. 결국 교실
엔…"계…제길! 나만 남았다. 그래, 나만 숫총각이다. 제기랄!" 담임 선생님은 자책하지 말라
며 "세상은 용모로 살아가는 게 아니잖아"라며 화를 돋우셨다. "뭐라구요? 지금 놀리시는 겁
니까? 선생님! 그래! 나 외눈박이다! 그래서 한번도 못해봤다! 크아악!!"